WEEK-END SAUVAGE

Hubert Corbin

WEEK-END SAUVAGE

ROMAN

Albin Michel

COLLECTION « SPÉCIAL SUSPENSE »

22, rue Huyghens, 75014 Paris

ISBN 2-226-05940-7
ISSN 0290-3326

1

Aussitôt la porte de l'enclos refermée derrière lui, l'animal s'élança en quelques gambades vives et cabriola en tous sens comme pour s'assurer que la liberté lui avait bien été rendue. Puis il s'apaisa et finit par se tenir immobile, la tête droite, afin d'examiner le lieu où il se trouvait. Il inspecta l'horizon avec lenteur, mesurant l'espace qui lui était offert et cherchant à apprécier les éventuels dangers qui s'y cachaient. Une vaste étendue en pente douce, couverte d'herbes jaunies par le soleil et parsemée d'arbustes, s'étalait à perte de vue.

Le Dr Kurnitz, qui avait soigneusement refermé la porte derrière l'animal, rebroussa chemin et gagna un petit promontoire en rondins érigé sur le faîte de la colline, quelques centaines de mètres plus haut. En soufflant un peu, il grimpa les huit à dix marches de bois et se tint sur la plate-forme d'où il pouvait couvrir du regard plusieurs hectares. Il avait fait construire ainsi des points de vigie sur tous les sites culminant le domaine afin de pouvoir surveiller sans peine l'immensité de celui-ci quand l'envie lui prenait. Il ouvrit sa sacoche dont il tira des jumelles puissantes d'une extrême précision et un mouchoir avec lequel il s'épongea le visage. La chaleur était montée de la vallée et rendait plus frappante encore l'illusion de la savane africaine.

Le Dr Kurnitz était un homme courtaud, rond de visage et plus encore d'abdomen, dont les traits fatigués attestaient sans le moindre doute qu'il avait passé le cap de la soixantaine depuis quelque temps déjà. Ses joues affaissées et ridées semblaient avoir été tannées par les soleils de toutes les latitudes, et une barbiche de crin blanc lui ornait le menton et lui donnait l'air d'une vénérable antiquité. Ses lunettes rondes cerclées de métal, sa culotte de cheval à fond de cuir et son chapeau d'été blanc à ruban bleu achevaient de faire de lui un de ces professeurs exotiques et loufoques qu'on aurait pu apercevoir sur les campus américains dans les années quarante, autant dire à la préhistoire. Seuls ses yeux, extraordinairement mobiles, d'un bleu vif et acéré que l'âge n'avait pas encore terni, montraient combien il restait de force et peut-être d'agilité dans ce corps déjà marqué par la vieillesse. D'un geste précis il porta les jumelles à ses yeux et ajusta le point.

Plus loin, en contrebas, l'animal s'était déplacé et avait pénétré plus avant dans le territoire où il avait été introduit. Mais, curieusement, son comportement indiquait qu'il n'avait pas trouvé le calme et semblait dans l'impossibilité de se résoudre à brouter avec son indifférence coutumière de ruminant. Il gardait la tête haute et inspectait toujours les alentours, comme quelqu'un de vaguement préoccupé mais pas encore inquiet. Au-delà de la clairière où il se tenait, s'offrait la masse sombre et moins engageante d'une forêt de petits arbres. Ses pattes graciles esquissèrent quelques pas vers le centre de la clairière où le terrain était le plus découvert. Après encore quelques hésitations, l'animal fit mine de brouter, mais c'était sans conviction. Au moindre souffle d'air agitant les branchages avoisinants, il relevait subitement la tête et observait autour de lui durant de longues secondes avant de paître à nouveau du bout des dents.

C'était un cerf *axis*. Un de ces *chitals* indiens qui s'acclimatent sans peine sous les latitudes tempérées. Le Dr Kurnitz en avait tout un élevage dans deux enclos voisins. Ces bestioles se reproduisaient sans la moindre peine en captivité et constituaient un cheptel qui couvrait pour l'instant ses besoins. Il envisageait néanmoins d'attribuer bientôt un enclos supplémentaire à des cerfs-cochons ou des antilopes qui conviendraient tout aussi bien.

L'animal avançait à petits pas en broutant d'une touffe à l'autre quand soudain il se figea en arrêt, prêt à prendre la fuite. Tête baissée, il considérait dans une totale immobilité une tache noirâtre qui maculait le sol. Il releva alors vivement le col et ses yeux où luisait un début d'affolement scrutèrent rapidement les buissons proches. Ce n'était plus le danger diffus qu'il humait sans certitude depuis la minute où il était entré. C'était maintenant un danger immédiat, matérialisé. L'alerte rouge, se dit le Dr Kurnitz. L'animal venait d'apercevoir et surtout de flairer le redoutable marquage du propriétaire des lieux où il se promenait en intrus.

D'un trot agile et comme à la suite d'une soudaine décision, l'animal s'élança à travers les taillis pour tenter de gagner un lieu moins propice à une embuscade. Car la marque avait réveillé dans sa petite cervelle de cervidé les procédures d'urgence, et l'instinct lui faisait prendre ce qui était déjà des mesures de survie.

Avec ses jumelles, le Dr Kurnitz suivit la trajectoire de la bête craintive qui avait décelé la précarité de sa situation et qui, sachant sa vitesse et son agilité ses seuls atouts, parcourait l'immense enclos à grandes enjambées, tous sens en éveil, son propre mouvement ayant pour principal objectif de la rassurer.

Le Dr Kurnitz savait que l'animal courrait pendant peut-être des heures, se heurtant de temps à autre à la haute muraille grillagée qui fermait les quelque dix hectares de l'enclos numéro sept. Ce n'était pas la première fois qu'il s'apprêtait à rester debout sous le soleil, les jumelles glissant dans ses mains moites de sueur, autant de temps qu'il faudrait pour être témoin de cet extraordinaire jeu imposé depuis le fond des âges par la nature. En fait, comme à chaque fois ou presque, ce fut lui qui repéra, bien avant le cerf apeuré qui errait de façon aveugle et désordonnée, la présence silencieuse qui se coulait furtivement, pratiquement invisible, sous les feuillages et dans les herbes.

Dans sa course, le cerf avait maintenant découvert plusieurs de ces indices mortels et une terreur sourde faisait palpiter ses flancs joliment tachetés de blanc quand il s'arrêtait quelques instants pour reprendre haleine. Il avait beaucoup couru pour rien, repassant sans cesse sur les mêmes sentiers, et retrouvant à tout moment les déjections empuantissant le sol qui le faisaient s'écarter d'un bond et s'éloigner vers quelque lieu dégagé d'où il pouvait surveiller la lisière des buissons et des hautes broussailles, avec l'illusion d'assurer sa sécurité.

Le cerf était justement immobile, au milieu d'une petite savane, la langue pendante et écumante car le manège durait depuis bientôt une heure, quand le Dr Kurnitz décela sous les branchages un remous d'éclairs blanchâtres ondulant sous le soleil.

La clairière où se tenait le cerf était trop silencieuse et l'animal le savait. Le silence semblait se mêler à la chaleur accablante de l'après-midi pour faire ployer les herbes et les branches, et les oiseaux ainsi que les criquets s'étaient tus. Le cerf fit quelques pas au hasard, sans savoir véritablement où se diriger. Il avait de plus en plus conscience de la présence infiniment dangereuse qui se rapprochait de lui et qui allait mettre fin à ses déambulations inutiles. Une menace mortelle planait maintenant sur tout l'endroit et le cerf savait qu'il n'avait même plus l'initiative de ses mouvements dérisoires. L'instinct le poussa encore une fois et, dans un démarrage foudroyant qui n'était pourtant motivé par rien de précis, il bondit soudain par-dessus les herbes et les haies, et s'arrêta bientôt deux cents mètres plus loin.

Il n'avait fait que déplacer le lieu de son destin. Dans le silence pesant du paysage, il se tint à nouveau immobile, sachant qu'à chaque seconde qui passait le danger invisible se rapprochait inexorablement. Le craquement furtif d'une brindille sèche et l'infime tremblement des feuilles dans l'ombre des arbres l'avertissaient paradoxalement d'un péril immense, gigantesque, d'une force disproportionnée, qui allaient l'anéantir d'un moment à l'autre.

Le Dr Kurnitz vit distinctement l'animal être parcouru de frissons et trembler par influx saccadés sur ses pattes grêles. Il cala plus fermement ses jumelles et maîtrisa sa respiration afin d'éviter tout geste susceptible de brouiller sa vision. Le moment tant attendu approchait et sa gorge était devenue sèche. Il passa lentement sa langue sur ses lèvres afin de les humecter. Il avait beau fouiller les arbres et les taillis de son regard perçant, pas plus que le cerf il ne pouvait déceler l'endroit où la mort se tenait embusquée.

Le cerf semblait maintenant avoir adopté une extraordinaire passivité, un peu comme ces condamnés à mort qui savent leur destin inéluctable et qui, à genoux, les mains liées dans le dos, le col de la chemise déchiré, l'esprit paralysé par l'imminence de la violence suprême qui va les exterminer dans le sang, attendent le sifflement du sabre qui tranchera leur tête.

Il y eut brusquement, à quelques mètres dans le feuillage, une cavalcade sourde et feutrée accompagnée de bris de branches. C'était une course puissante, déterminée, à la trajectoire parfaitement calculée. Sans prendre le temps de tourner la tête, le cerf démarra à toutes jambes et s'élança entre les buissons. Et puis tout se passa très vite.

L'énorme tigre blanc de Sibérie jaillit de l'ombre en pleine course, bondit sur le cerf et planta profondément ses griffes tranchantes dans la chair de l'animal. Celui-ci s'écroula aussitôt sous les trois cents kilos du chasseur impitoyable qui venait de fondre sur son dos, et se débattit de ses pattes malingres en raclant ridiculement la poussière. Mais le tigre l'avait déjà pratiquement immobilisé en lui crochetant le cou de toute la puissance de ses mâchoires. Le cerf, pourtant irrémédiablement blessé, tenta de manifester quelques secondes encore le désir d'échapper à la mort et, dans un sursaut d'énergie, parvint à s'agenouiller sur ses pattes antérieures. Changeant de prise, le tigre lâcha alors la nuque déjà dégoulinante de sang pour planter à une vitesse foudroyante ses énormes crocs dans la gorge de sa proie.

Debout sur la plate-forme inondée de soleil, le Dr Kurnitz, figé comme une statue de sel, les jumelles appuyées sur ses orbites à lui en faire mal, n'avait pas perdu le plus infime événement du drame qui se déroulait à quelques centaines de mètres de là. Un sourire de satisfaction s'était même ébauché sur son visage, à la vision de la subtilité si parfaite de la chasse menée par le tigre. Il vit distinctement dans les yeux du cerf disparaître tout espoir de réchapper à cette embuscade, et il retrouva bientôt dans le regard de cette bête la résignation patiente et muette face à l'arrivée de la mort qu'il avait observée maintes fois.

L'étreinte puissante du tigre clouait le cerf au sol, et le cou déchiré de celui-ci avait maculé de sang les babines blanches de l'agresseur. Le Dr Kurnitz percevait parfaitement sur les flancs lacérés et ensanglantés de la victime la respiration faiblissante de celle-ci. Le cerf n'avait pas encore l'œil vitreux des cadavres bien que sa langue pendît de travers, hors de son museau.

Le Dr Kurnitz avait toujours été fasciné par ces moments ultimes qu'il avait étudiés dans les plus grands détails depuis des années et des années. Il avait souvent tenté d'analyser en termes objectifs et scientifiques cet étrange phénomène de la douleur muette que semblaient exprimer les derniers éclairs de vie lancés par le regard des victimes. Depuis longtemps il était cependant convaincu, comme certains de ses confrères, que cette souffrance qu'un témoin croyait déceler n'était en fait qu'une projection de sensiblerie humaine tout à fait déplacée, sur un phénomène naturel d'une extrême simplicité. Cette souffrance muette n'était jamais qu'un état de choc inventé par la nature dans son infinie perfection pour anesthésier le corps des animaux soumis à la violence meurtrière des plus forts. Et le Dr Kurnitz, bien que ce fût difficilement vérifiable, était persuadé que les bêtes étaient alors comme insensibilisées à toute douleur afin de participer sereinement, si l'on peut dire, au rituel immuable de la loi sauvage.

A moins que, dans son attaque, le tigre n'ait brisé la colonne vertébrale ou la nuque de sa proie, la mort par étranglement, hémorragie et choc intervenait normalement dans un délai de cinq à douze minutes. Dans un geste automatique révélant une longue habitude, le Dr Kurnitz avait déclenché le chrono de sa montre digitale dès le début de l'attaque du tigre. Il scruta attentivement la tête du cerf et, cette fois-ci, observant l'œil éteint, il le déclara physiquement mort et jeta un regard à sa montre : six minutes et vingt-sept secondes.

Le tigre, qui avait dû faire la même constatation que le professeur, relâcha son étreinte, se mit sur ses pattes et, assurant sa prise au cou de la victime, entreprit de la traîner dans les herbes vers un lieu propice pour la dévorer. Jamais un fauve ne dévorait sa proie sur place : il lui fallait choisir l'endroit qui, pour des raisons difficilement définissables, était le seul qui convînt. C'est ainsi qu'il traîna le cadavre chaud et fumant vers un coin retiré de l'enclos, malheureusement dissimulé des jumelles du Dr Kurnitz par les cimes de quelques arbres.

Mais le professeur n'avait pas besoin de voir la suite qu'il connaissait par cœur pour avoir étudié depuis si longtemps toutes les mœurs de la famille des *panthera*. Il savait que, d'un coup de crocs d'une remarquable précision, le tigre blanc inciserait l'abdomen gonflé et relâché du cerf pour en faire jaillir les viscères. Il arracherait en tout premier lieu, pour s'en délecter, les organes gonflés de sang comme le foie, le cœur et les poumons. Puis, sans la moindre répugnance, il dévorerait les intestins si riches en matières nutritives et en vitamines dont son organisme avait besoin. Enfin, il dépècerait les muscles et raclerait les os de ses dents tranchantes et jaunes durant plusieurs jours. Après quoi, il abandonnerait la carcasse aux charognards éventuels (mais il n'y en avait pas dans la région hormis quelques corbeaux) et aux insectes nécrophages.

Le Dr Kurnitz rangea ses jumelles dans sa sacoche et s'essuya le visage encore une fois. Voilà une bonne chose de faite. Il faut dire que le tigre était terriblement affamé car il ne le nourrissait qu'à de très longs intervalles. Il ne voulait pas transformer cet animal en une bête de zoo grasse et facilement repue qui perdrait toute agressivité et finirait par considérer comme un dû les quartiers de viande qu'on lui balançait. Il avait pour méthode de lâcher dans l'enclos une proie vivante, à intervalles irréguliers. Entre-temps, c'était au fauve de se débrouiller pour débusquer sur son territoire quelques petits animaux, rongeurs ou oiseaux, qui lui assuraient des en-cas. Moyennant quoi le Dr Kurnitz avait la satisfaction de voir ses pensionnaires conserver leur redoutable instinct sauvage, et se félicitait de préserver leurs magnifiques dispositions de chasseurs.

Cet après-midi et le lendemain, il procéderait de la même façon pour les autres enclos de l'immense domaine. Et puis c'en serait terminé pour plusieurs semaines. Il savait comment rendre ses bêtes féroces et c'est ainsi qu'il les voulait. Il quitta le promontoire, et de son pas de plantigrade rondouillard il prit le chemin qui le menait vers la sortie. A un croisement du sentier il rencontra Brogan monté sur son tracteur qui tirait une charrette de foin vers l'enclos des cerfs.

— Wand-da a bien mangé, professeur ? lança celui-ci.

— Aucun problème, Brogan, aucun problème. Toujours dans une excellente forme. Vous m'aiderez tout à l'heure pour la femelle, je vous prie, et pour les panthères cet après-midi. D'accord ?

— Très bien, professeur.

Il accéléra et le tracteur s'éloigna avec son chargement dans une odeur de gas-oil brûlé qui fit faire une grimace au Dr Kurnitz.

Celui-ci poursuivit à pied son chemin vers la sortie. Elle était assez éloignée, à cinq ou six cents mètres, et dans son domaine le professeur n'utilisait pour ainsi dire jamais de moyen de locomotion autre que ses pieds. Il profitait de ces longues promenades pour inspecter chaque détail des clôtures, de la végétation et de l'état général du parc, afin d'entretenir au plus vite tout ce qui pouvait menacer de se dégrader. Il avisait ensuite Brogan des tâches à exécuter et reprenait chaque jour ses visites à ses pensionnaires, qui étaient à la fois des tournées d'inspection.

Tout en marchant, le professeur sortit de sa sacoche un calepin et vérifia la date du prochain repas prévu pour ses fauves. C'était à plus de trois semaines d'ici. Ils auraient le ventre tout à fait creux. Il referma et rangea l'agenda, puis, d'un pas ferme, poursuivit son chemin. Il était manifestement plongé dans une rêverie absorbant totalement sa pensée, mais personne n'aurait pu dire de quoi il s'agissait, même en sondant son regard bleu-gris, vif et acéré, qui fixait les détours du chemin droit devant lui.

2

Dos Rios était une petite ville comptant une quinzaine de milliers d'habitants. Elle tenait son nom du confluent de deux minuscules cours d'eau où les Mexicains avaient édifié une mission aux alentours de 1830, quand la Californie n'était pas encore américaine. Par la suite, lorsque les Américains colonisèrent la région avec une tout autre vigueur que celle des Mexicains, la longue et étroite vallée où se situait Dos Rios avait vu l'installation d'une voie de chemin de fer qui allait relier San Francisco à Los Angeles. A partir du moment où le petit hameau eut droit à sa propre gare qui faisait également office de bureau de poste, les activités agricoles de la région se développèrent, la population augmenta et une certaine prospérité apparut.

Cependant, pour des raisons que quelque démographe ou sociologue ne manquera pas d'étudier un jour, ce fut la ville voisine, Queen City, distante d'une vingtaine de kilomètres, qui se développa le plus rapidement, et Dos Rios en pâtit. Malgré l'exploitation de plantations assez rentables à l'aide d'une main-d'œuvre d'origine mexicaine cyniquement sous-payée, le district de Dos Rios connut une récession totale entre les deux guerres mondiales. En 1950, ce n'était plus qu'une bourgade apathique, désertée pour Queen City où se concentraient toutes les activités humaines dignes d'intérêt, c'est-à-dire toutes les formes de commerce.

Blotti au fond de cette vallée où se rejoignent les chaînes de Santa Lucia et de Diablo pour former un seul et unique massif montagneux courant le long du Pacifique jusqu'à Los

Angeles et au-delà, Dos Rios semblait bel et bien avoir été oublié des fastes de la civilisation grouillante de la Californie.

Mais la fée de la réussite (qui n'est pas la moindre des divinités américaines) se décida un jour à frapper une seconde fois de sa baguette magique ce trou perdu où survivaient quelques centaines d'habitants se demandant chaque matin à leur réveil ce qu'ils avaient fait au bon Dieu pour vivre dans un bled pareil. Au début des années soixante, un jeune ingénieur en électronique du nom de Milland débarqua chez le vieux maire, M. Blythe, et lui fit valoir que si des arrangements financiers intéressants lui étaient consentis, il était prêt à installer sur place une usine de composants pour appareils radio.

C'est ainsi que fut construit en peu de temps un bâtiment de plain-pied, à armature d'acier et parois de tôles isolantes blanches d'allure résolument moderne, qui donna un air de deuxième jeunesse à la ville léthargique. Les affaires de Max Milland prospérèrent au point d'attirer quelques années plus tard les nouveaux aventuriers des microprocesseurs, à l'époque où Silicon Valley était en pleine expansion deux cent cinquante kilomètres plus au nord. Les cadres, les ingénieurs et les virtuoses du contrat et des joint-ventures débarquèrent par l'autoroute 101 qui traversait Dos Rios et s'établirent là sans l'ombre d'une hésitation.

Dans sa grande sagesse, Max Milland avait très vite racheté des terrains ne valant pas un clou ou grevés d'hypothèques et qui étaient vendus aux enchères pour rien, afin de les louer ou de les revendre aux entreprises qui venaient à leur tour s'installer.

Max Milland était sans conteste l'instigateur de la prospérité retrouvée de Dos Rios dont la population augmenta à nouveau à un rythme vertigineux, et après quelques habiles manœuvres il parvint à se faire élire maire sans la moindre difficulté en 1976. La ville reconnaissante l'avait déjà réélu une seconde fois depuis, et Max Milland était devenu un de ces emblèmes de la réussite qu'on citait en exemple et couvrait de louanges en toute occasion.

— Je suis désolé, chérie, mais ça va bien me prendre tout l'après-midi.

Max Milland était au lit avec sa femme, dans leur chambre à coucher baignée des premiers rayons de soleil de la journée qui filtraient par les volets à persiennes de leur villa espagnole. Milland avait racheté celle-ci quelques années auparavant à une parente de l'ancien maire qui avait eu la bonne idée de décéder alors qu'il recherchait une demeure à la mesure de sa notoriété retentissante. Quelque chose de rustique mais digne, comme il disait. Mme Milland avait transformé cette maison de neuf pièces sur deux niveaux avec l'aide d'un décorateur avisé de San José qui savait mieux que quiconque flatter les goûts douteux des parvenus de l'informatique.

— Tu emmènes Norman avec toi ? demanda Nancy.

Mme le maire avait besoin de planifier sa journée. A son goût, celle-ci avait d'ailleurs mal commencé. M. le maire, démangé par une érection matinale, l'avait réveillée d'un de ces petits coups rapides dont elle avait horreur.

— Bien sûr qu'il vient avec moi. J'ai demandé aussi à Valerie de nous accompagner. Il y aura la télé. Une équipe de l'antenne de CBS à San Francisco. Le reportage devrait passer cet été sur le réseau national.

— Je peux quand même compter sur toi pour la party des Ramden ? s'enquit Nancy.

En fait, elle se moquait totalement d'avoir son mari chez les Ramden. Ce qui la préoccupait, c'était de savoir à partir de quelle heure elle pourrait voir Norman Cass, le secrétaire général de la mairie, avec qui elle s'accordait depuis quelques mois des distractions sexuelles occasionnelles qui, pensait-elle, rendaient sa vie moins insipide.

— Ecoute, chérie, je ferai tout mon possible. Mais ce vieux chnoque de Kurnitz a prévu un apéritif et un lunch, une sorte de pique-nique dans la nature, et je n'ai pas la moindre idée du temps que ça prendra. Pour peu que les types de la télé prennent ça pour des vacances, on risque d'y rester jusqu'à ce soir...

C'était un samedi matin, et bien que les week-ends fussent une chose sacrée pour Max Milland, ses obligations de maire primaient malheureusement sur toute autre considération. C'était une bonne chose que cette émission télé. Il avait souvent les honneurs du petit écran dans la région, mais là c'était quelque chose de tout à fait spécial qui ne manquerait pas de faire briller un peu plus son prestige, si cela était possible. Car sa notoriété était déjà parfaitement reconnue, surtout à Queen City qui louchait d'envie sur le miracle de Dos Rios, miracle qui avait pour nom Max Milland, ainsi que se plaisaient à le répéter les panneaux publicitaires qu'il avait fait placer sur les routes. Mais la télé nationale, c'était autre chose.

— J'ai bien fait de faire racheter ce parc par la municipalité, expliqua Milland à sa femme qui ne lui demandait rien. Les gens viendront bientôt de partout pour voir cette réserve. Toutes ces familles qui claquent bêtement leur fric dans des parcs d'amusement comme Marriot à San José viendront le dépenser ici. Et au moins ils ressortiront de leur visite un peu moins stupides que quand ils sont entrés.

Mme le maire jeta un regard à son mari. Alors que, dans le mépris des gens, celui-ci avait depuis longtemps atteint des sommets, elle arrivait encore à être surprise.

— N'essaie pas de m'émouvoir avec ton exquise philanthropie, lui dit-elle.

Avec une indifférence toute professionnelle à l'ironie blasée de sa femme, Milland reprit le fil de ses pensées à voix haute.

— On va mettre tous les zoos merdiques de l'Etat à plat ventre. Même celui de San Diego. Les plus belles bêtes. Le meilleur spécialiste. Ils sont verts de rage d'avoir perdu Kurnitz !

— Je n'aime pas ce Dr Kurnitz, observa Nancy. Il ne

pense qu'à ses bestioles. Et crois-moi, il se fiche totalement de ce que cette réserve peut te rapporter...

— Ça n'a aucune espèce d'importance. Ce type est le meilleur spécialiste de tous les Etats-Unis. Ils le savent tous. Et ils enragent parce que ce n'est pas à cause de l'argent que j'ai pu l'acheter, mais parce que je lui ai donné ce qu'aucun zoo ne lui avait jamais accordé de sa vie : carte blanche totale pour réaliser la réserve. A chacun sa partie. Lui, c'est les bestioles, moi, c'est la pub. Dos Rios : une réserve de carnassiers chez les carnassiers de l'informatique !

Il avait lancé cette dernière phrase avec conviction et un sourire cent pour cent médiatique en calandre de Cadillac des années cinquante. Il se croit au conseil municipal ! pensa sa femme en soupirant.

Malheureusement, si sa vigueur de jeune loup était rentrée en ligne de compte à l'époque où elle l'avait épousé, elle devait reconnaître qu'aujourd'hui il lui restait peu de chose dont elle pourrait s'éprendre à nouveau. A cinquante-trois ans, le carnassier en question commençait à avoir les dents usées des fauves sur le déclin, et se trouvait surveillé du coin de l'œil par de plus jeunes aux crocs plus longs.

Nancy était la deuxième Mme Milland. La première, Helen, prématurément usée et écœurée par son P.-D.G. de mari, avait, aux yeux de Nancy, commis l'erreur de ne pas s'accommoder des licences que celui-ci s'accordait avec le beau sexe. L'adultère, même spontanément reconnu par le coupable, n'attirant plus de nos jours la moindre once de compassion chez les juges, c'est sous le prétexte humiliant et fallacieux de cruautés mentales attestées par des tiers qu'Helen obtint le divorce, onze ans après leur installation à Dos Rios. Concernant la pension alimentaire, Max se montra très libéral et même bon payeur, trouvant avantage à ne plus être tracassé par les responsabilités familiales quotidiennes. Sur les trois enfants qu'il avait eus d'Helen, deux étaient au collège. Le troisième, qu'il avait affublé du surnom un peu voyant de Johnny-John, arrivé avec retard un an avant le divorce, avait maintenant douze ans et vivait à temps égal chez sa mère et son père.

A cette époque, Nancy avait joué ses cartes à la perfection. Chasseuse de têtes pour une agence de recrutement de cadres haut niveau, elle avait rencontré Max pour des raisons professionnelles et avait aussitôt accepté de figurer à son tableau de chasse. Max avait alors quarante et un ans, et voulait devenir maire. Elle sut le diriger dans ses démarches et le convaincre qu'elle avait le profil idéal de seconde épouse pour les objectifs qu'il visait : elle était jeune, femme d'affaires avisée, et gratifiée d'une solide beauté californienne dont la blondeur altière et le bronzage étaient des atouts redoutables.

Ils se marièrent en 1975 et elle fit campagne avec lui. En 1976 il fut choisi par la population régénérée de Dos Rios pour occuper l'hôtel de ville, et on admettait partout que les charmes de Nancy avaient pesé autant que ceux de Max dans cette élection. Entre-temps, en stratège accompli, celle-ci avait donné naissance à une petite fille, Jessica, dont l'existence apportait un indiscutable complément de solidité à leur contrat de mariage, et qui avait aujourd'hui dix ans.

Le pyjama tendu par une vigueur indiscrète qui venait de l'envahir pour la seconde fois ce matin, Max glissa une main décidée entre les fesses de sa femme, mais celle-ci le découragea d'un geste et quitta le lit sans attendre.

— Il faut que je me lève, Max, lui dit-elle avec un sourire parfaitement calculé permettant de prévenir toute rancune éventuelle. Je vais voir si les enfants sont debout et si Betty les a préparés.

Il la regarda s'éloigner vers la salle de bains, à demi nue, ses fesses bronzées (elles étaient toujours bronzées) ondulant de façon tout à fait appétissante sous la tunique de satin qu'elle mettait la nuit. Les femmes ont toujours de ces façons pour vous envoyer paître ! se dit-il avec humeur. Et d'un œil déçu il contempla son érection contrariée qui se manifestait encore un peu sous les draps.

— Il y aura des lions et des panthères ? demanda Jessica de sa voix perçante tout en reversant du lait sur ses céréales.

Nancy sortit du four à micro-ondes les crêpes que la bonne avait préparées tôt le matin et les porta sur la table de la cuisine où déjeunaient Jessica et Johnny-John.

— Fais donc attention, Jessica ! s'exclama Nancy en voyant les ravages causés par la gamine. Ecoute, tu mets du lait partout à côté ! Regarde un peu où tu verses...

— Et des girafes et des ours ? poursuivit imperturbablement la fillette en reposant la boîte de lait au milieu d'une flaque.

— Non, Jessica, expliqua sa mère. Il n'y aura pas de girafes, ni d'ours. Il n'y a que des... comment on appelle ça ?

Elle fut surprise de ne pas trouver le mot exact, puis s'en rappela tout à coup.

— Il n'y aura que des félidés, ma chérie.

— C'est quoi, des félidés, maman ?

— C'est le nom qu'on donne aux lions, aux léopards, à tous les animaux qui sont comme des chats et qui vivent dans la nature.

— Comme les pumas à la télé ? demanda Johnny-John.

— Exactement.

— Alors c'est pas un zoo, s'il n'y a que des félidés, conclut-il sûr de lui.

— C'est une réserve, John. C'est différent.

La porte de la cuisine s'ouvrit, et une jeune femme radieuse vêtue d'un short fait d'un jean coupé et d'un tee-shirt rose fit irruption.

— Bonjour, tout le monde ! lança-t-elle en allant prendre place à la table.

— Bonjour Betty, répondit machinalement Nancy.

Mme Milland employait les services de Betty depuis un an, mais n'avait jamais ressenti pour elle une sympathie bien marquée. Betty, qui avait vingt et un ans, représentait à ses yeux le type même de femme que pour rien au monde elle aurait voulu être : une de ces gamines de la campagne sans ambition, l'air joyeux du soir au matin et qui acceptait de la meilleure volonté qui soit toutes les tâches subalternes qu'on lui proposait, que ce fût vendeuse au drugstore des Hirsch, serveuse au Sambo's de l'autoroute, ou baby-sitter à temps complet chez les Milland pendant les vacances.

— Betty, tu sais ce que c'est des félidés ? attaqua aussitôt Jessica dans l'espoir de l'impressionner par ses connaissances.

— C'est la famille des mammifères carnivores digitigrades qui vivent de la chair des vertébrés à sang chaud, repartit la jeune femme en se servant un grand verre de jus d'orange.

Jessica, bouche bée, la regarda fixement tandis que Mme Milland levait sur elle un regard intrigué et un peu vexé. Où était-elle allée chercher ça ?

— J'ignorais que tu avais fait des études en zoologie, lui dit-elle d'un air piqué.

— J'ai consulté l'encyclopédie hier soir, madame Milland. C'est ici en Californie qu'on a trouvé le squelette du plus ancien félidé connu. Le smilodon, précisa-t-elle en étalant du beurre de cacahuète sur une crêpe.

Cette petite oie qui n'avait pas poursuivi ses études après le lycée passait tous ses moments libres à lire et cela exaspérait Mme Milland. Que pouvait-elle trouver dans ces bouquins, ces romans ? Juste de quoi faire l'intéressante, sans doute !

Max Milland fit irruption à son tour dans la cuisine. Il était rasé de frais et son parfum d'après-rasage occulta bientôt toutes les odeurs du petit déjeuner. Il avait lustré de gel et peigné en arrière ses cheveux bruns encore abondants qu'il faisait régulièrement teindre par son coiffeur, et avait revêtu un costume léger d'été d'un bleu miroitant qui serait du meilleur effet devant la caméra.

— Tout le monde est prêt ? s'écria-t-il en se frottant les mains et en prenant place.

— Oui, papa ! s'exclama Jessica que son père ébouriffa d'un geste de la main.

— Betty, vous avez préparé leurs affaires ? demanda-t-il à la jeune femme assise à côté de lui.

— Oui, monsieur Milland.

Elle hésita avant d'ajouter :

— On ne rentrera pas trop tard, n'est-ce pas ?

— Je ne pense pas, Betty. Pourquoi ? Vous avez un rendez-vous galant ce soir ?

— Non, monsieur. J'ai promis à mes parents de dîner avec eux.

Il lui jeta un rapide coup d'œil, de la tête aux cuisses. Un dîner chez ses parents, tu parles ! C'était samedi soir et elle irait se faire sauter comme tout le monde après avoir dansé au Teen Club, voilà ce qu'il y avait ! Il faut dire qu'elle était vraiment bien roulée. Ce qui était curieux, c'est qu'elle n'avait pas l'air de s'en rendre compte. Dans le milieu de M. Milland, une fille bien roulée le montrait, et ses charmes lui servaient à quelque chose. Cette petite, bon sang, elle était à croquer, là, dans sa maison, et elle n'avait même pas l'air de se douter qu'il l'avait tant de fois déshabillée du regard que s'il la voyait un jour vraiment nue elle n'aurait plus rien à lui révéler.

Brunette avec un regard noir et une peau naturellement hâlée qui lui provenaient certainement de lointains colons espagnols lancés à la conquête des Amériques, Betty Holton arborait avec candeur sa beauté juvénile. Ses petits seins flottaient innocemment sous son tee-shirt, ses hanches étaient admirables, et avec ce short Milland n'était même pas sûr de pouvoir se maîtriser. Cette chair fraîche rôdait depuis près d'un an sur son territoire, et depuis cette date il se promettait chaque jour d'en faire à l'occasion un festin de roi. Max Milland partait du principe qu'il en allait des femmes comme de la politique : on pouvait tout se permettre.

Saisi d'une brusque inspiration, il glissa paternellement sa main sous les cheveux de Betty et lui caressa rapidement la nuque avec un sourire.

— D'accord, Betty, on tâchera de ne pas rentrer trop tard.

Celle-ci répondit par un sourire qui ne signifiait pas grand-chose. Elle n'aimait pas ces familiarités, mais il était le patron.

Norman Cass vira à droite, quitta la route, et fit grimper l'allée de la résidence des Milland à la Jeep Renegade bleu métallisé dont les portières étaient frappées du blason de Dos Rios. Les pneus crissèrent sur le gravier quand les larges roues s'immobilisèrent devant la maison.

Avec agilité, il sauta de la voiture, suivi en cela par la passagère qui l'accompagnait.

— Bonjour, Norman ! Bonjour, Mlle Walker ! leur fit Nancy qui venait d'apparaître sur la véranda.

Ils se serrèrent la main et Nancy garda celle de Norman dans la sienne quelques secondes de plus que ne l'exigeait le protocole. Son allure de grand chat souple lui rappelait Max à l'époque où elle l'avait connu. Grand, athlétique, les cheveux poivre et sel drus et fournis, vêtu d'un polo blanc, d'un pantalon blanc cassé au pli impeccable et chaussé de mocassins, Norman Cass passait le cap de la quarantaine toutes voiles dehors.

— Entrez, les invita-t-elle. Max et les enfants sont prêts. Vous êtes splendide, Valerie. Je parie que les gens de la télé ne s'occuperont que de vous !

Valerie Walker était l'attachée de presse de la mairie. C'est Milland qui l'avait fait embaucher, et ça pouvait vouloir dire qu'il lui était monté dessus deux ou trois fois. Mais Nancy s'en fichait éperdument.

Valerie était une femme superbe qui atteignait à peine la trentaine, avec un visage assez autoritaire indiquant qu'elle pouvait faire face aux situations les plus inattendues. Elle avait un sens du spectacle inné et par-dessus tout adorait se mettre en scène.

Pour l'occasion, elle avait revêtu une ample jupe de peau qui lui tombait à mi-mollets, chaussé des bottines en daim, et enfilé un chemisier blanc tendu à craquer sur une poitrine agressive artistiquement rehaussée par un soutien-gorge suggestif.

— On vous croirait sortie d'un film de John Ford, lui dit Milland en lui serrant la main. Vous êtes ravissante !

Il se tourna vers Cass.

— Tout va bien, Norman ?

— J'ai eu les types de la télé, hier soir au téléphone. Ils veulent faire un document de vingt-six minutes. Images des fauves, discussion avec Kurnitz et bien sûr avec le maire. Si on allonge vingt-cinq mille dollars, ils doublent la durée, nous assurent deux passages sur le réseau national et quatre ou cinq sur leurs réseaux câblés.

— Ça vaut le coup, Norman. Non ?

— Et comment ! La commission des finances va hurler qu'on fiche l'argent des contribuables par les fenêtres, mais ça vaut le coup.

Milland fit un geste qui signifiait qu'il se fichait de la commission des finances et des contribuables de Dos Rios comme de sa première cravate.

Les enfants entrèrent soudain dans le salon, précédant Betty qui avait à la main un sac de sport fourre-tout comprenant sweat-shirts, maillots de bain (on ne sait jamais), serviettes, casquettes et autres articles nécessaires à la randonnée.

Johnny-John arborait pour sa part un magnifique appareil photo Minolta qui faisait un peu cher pour son âge. Quant à Jessica, elle avait avec elle un livre sur les animaux.

— Eh bien, tout le monde a l'air paré pour l'aventure, fit Norman en saluant les enfants.

— Je vais prendre des photos du tigre blanc, annonça fièrement Johnny-John en montrant son appareil.

— Il faut passer chez Sally, ajouta Jessica en s'adressant à son père.

— Chez Sally ?

— Oui, expliqua Nancy. Jessica lui a téléphoné tout à

l'heure et nous sommes convenus que Sally les accompagnerait. Elle meurt d'envie de voir ces animaux !

— D'accord, d'accord, concéda Milland. On passe prendre Sally. Tout le monde en voiture !

Sally était la camarade de classe de Jessica. Une gamine étonnamment avancée pour son âge, première partout, qui donnait parfois à Max Milland l'impression désagréable que sa fille n'était pas particulièrement éveillée.

Tout le monde quitta la maison. Max Milland fit grimper ses enfants à l'arrière de sa grosse Chrysler et invita Betty à s'asseoir à ses côtés, sur le siège avant d'où il aurait une vue imprenable sur les jambes nues de la jeune femme. Puis il se mit au volant et démarra.

Mme Milland s'arrangea pour raccompagner Cass jusqu'à la portière de la Jeep.

— Je peux compter sur vous, ce soir chez les Ramden, n'est-ce pas ? lui lança-t-elle de la façon la plus mondaine qui soit.

— Mais certainement, Nancy, répliqua Cass.

— Merveilleux ! Je suis sûre que nous passerons une soirée formidable, ajouta-t-elle en ponctuant sa phrase d'un regard appuyé droit dans les yeux de Norman.

— Sans aucun doute, répondit celui-ci avec un enthousiasme très contrôlé.

Ses relations épisodiques avec Nancy Milland commençaient à lui poser un problème. S'il la laissait faire, elle finirait par croire qu'elle pouvait tout se permettre avec lui. Il était vrai que leurs petites séances de jambes en l'air ne lui déplaisaient pas, mais enfin ça ne faisait jamais partie que des activités récréatives offertes par la municipalité, pensa-t-il en riant intérieurement. Bientôt elle s'imaginerait qu'il lui devait quelque chose. Alors que le terrain de chasse de Norman Cass était suffisamment étendu pour qu'il n'ait pas que madame le Maire dans ses pensées.

Il se mit au volant de la Jeep et, tout en faisant marche arrière, il se tourna vers l'attachée de presse qui avait repris sa place.

— Après cette dure journée de labeur, lui dit-il, qu'est-ce que vous diriez d'un peu de distraction ?

— Vous me proposez quelque chose ? lui répondit Valerie Walker qui avait acquis le don très professionnel d'encourager tout cadre supérieur ou personnalité d'importance à lui faire des avances.

— Accompagnez-moi chez les Ramden, et ensuite on pourrait finir la soirée à Barney's Farm, suggéra-t-il.

C'était l'endroit branché de Queen City où les nouveaux riches de Dos Rios pouvaient renifler des rails de coke en public sous l'œil indifférent des serveurs. C'était aussi un endroit où on pouvait finir la nuit dans de véritables baisodromes, des chambres meublées de water-beds, équipées de gadgets divers, dont les murs et les plafonds étaient affublés de miroirs, pour tous ceux qui considéraient l'amour comme un sport de compétition, complément utile et nécessaire au jogging et au tennis.

— C'est une idée qui demande réflexion, répondit Valerie Walker.

Dans l'esprit de Cass, qui était passé depuis longtemps maître dans l'art de toutes les transactions, il savait que c'était une façon d'accepter. En partant du principe qu'un accord est toujours fondé sur un échange d'intérêts mutuels, et qu'il serait utile à Valerie Walker de coucher avec lui comme satisfaisant pour lui de coucher avec elle, il considéra l'affaire négociée et conclue et pensa à autre chose.

3

Il était onze heures du matin, et le soleil frappait déjà d'une caresse brûlante les flancs arrondis du versant est de la chaîne de Santa Lucia. Le break Toyota avait quitté depuis vingt minutes l'autoroute 101 et la vallée verdoyante qui s'étalait entre Queen City et Dos Rios. Il attaquait les lacets de la montagne sous un ciel bleu, pâli par les premières brumes de chaleur qui étaient capables, en été, de transformer la région en véritable Cocotte-minute.

Au volant, un homme brun, solidement charpenté, portant des lunettes de soleil et une casquette à longue visière, suivait des yeux avec attention le tracé sinueux de la route. Sa chemisette à manches courtes était gonflée par une puissante musculature mais aussi par un début d'embonpoint.

— C'est encore loin ? demanda-t-il à l'homme assis à ses côtés.

— Encore une quinzaine de bornes, répondit ce dernier en consultant une carte routière qu'il avait dépliée sur ses genoux.

Les cheveux trop blonds pour être naturels, les yeux agrémentés des valises légèrement violacées des mondains professionnels, Chris Doyle était sans âge bien qu'encore jeune, et d'apparence fragile bien qu'assez corpulent. Le contraste était saisissant avec le conducteur dont on pouvait se demander si la carrure impressionnante était le résultat d'une ancienne carrière d'haltérophile. Ce dernier attaqua un peu brutalement un virage serré.

— Spike ! se plaignit son voisin. Vas-y doucement, mon vieux ! Je suis sorti du studio hier soir à minuit et j'ai à peine dormi. Ces virages, ça me colle la nausée.

Spike lui jeta un coup d'œil rapide et secoua la tête avec un air pensif. A chaque fois qu'il était désigné pour accompagner Chris sur un reportage, celui-ci avait la même tête. Il se demandait comment il pouvait encore se débrouiller pour avoir la mine fraîche sur les plateaux, devant les caméras. Ça devait être ça, la magie de la télé : Chris était une vraie vedette sur l'écran, un présentateur que la C.B.S. de San Francisco se gardait jalousement. Mais dans la vie de tous les jours, c'était cette carcasse plutôt avachie qui dodelinait de la tête à chaque cahot de la route.

— Peut-être serait-il préférable qu'on s'arrête un instant ? suggéra le troisième passager de la voiture qui était assis à l'arrière.

Celui-ci était vêtu d'un costume gris de coupe impeccable et arborait une chevelure prématurément blanchie, ajoutant un rien de classe à son allure élancée et naturellement altière de quinquagénaire bien conservé.

— Non, monsieur Ballard, protesta Chris Doyle en se tournant vers lui. C'est inutile. Je suis juste un peu crevé, vous savez ce que c'est.

Il se frotta les yeux, passa une main dans sa tignasse blonde et essaya de rassembler ses pensées.

— J'espère que Kurnitz ne fait pas partie de ces types à qui il faut arracher tous les mots, fit Chris dont la mine était déjà accablée à cette seule perspective.

— Comme je vous l'ai dit, intervint M. Ballard, je ne l'ai pas vu depuis une dizaine d'années au moins, à l'époque où je dirigeais la Fondation Reuben. Et c'est vrai qu'il n'était pas quelqu'un de très expansif. Mais il avait une excellente réputation de professeur à l'époque où il enseignait.

— Il ne manquerait plus qu'il me fasse un cours de zoologie ! se lamenta à nouveau Chris Doyle. Vous ne pouvez pas savoir à quel point les spectateurs se fichent des radotages des scientifiques. Il n'y a rien de tel pour faire chuter l'indice d'audience d'un magazine !

— Je comprends tout à fait, monsieur Doyle. Mais je crois que je pourrai aborder avec M. Kurnitz des sujets passionnants. Il y a eu quelques petites divergences entre nous dans le passé, mais nous avons beaucoup de choses en commun.

— Des divergences ? Quel genre de divergences ? s'inquiéta sincèrement Chris Doyle.

Où est-ce qu'il allait, si on lui avait refilé un spécialiste qui réveillerait une vieille querelle d'universitaires ou Dieu sait quoi encore ?

— Oh, vous savez, ces rivalités toutes bêtes qui naissent immanquablement dans le travail ! J'étais le directeur de cette fondation, et naturellement le professeur Kurnitz était plus ou moins sous mes ordres. Et c'est un homme de caractère, comme je vous l'ai dit. Mais rien de grave, vraiment.

Chris Doyle n'était pas rassuré pour autant. D'abord, ce reportage sur les fauves que la C.B.S. lui avait demandé d'inclure dans un de ses prochains magazines ne lui plaisait guère. Qui se soucie de voir à la télé des lions dans un zoo ? Même les mômes en ont marre d'entendre parler des bisons en voie de disparition, des baleines en rut et de la vie secrète des castors. Tous les sondages le prouvent. Ces tigres blancs, peut-être ? Mais Chris Doyle était bien convaincu que, même bleu ou vert, jamais un tigre n'apporterait à son émission l'audience que procurerait un bon reportage sur les maladies sexuellement transmissibles ou les confessions d'une prostituée repentie.

Il soupira.

— Soyez sympa, monsieur Ballard, essayez de le lancer sur le terrain des anecdotes. Ou même sur celui des histoires drôles. Vous n'avez pas des histoires drôles, vous, les types des zoos, des trucs marrants avec les bestioles ?

Alex Ballard commençait à trouver l'individu déplaisant. Il avait fait des efforts depuis leur départ de San Francisco pour faire mine de s'intéresser aux problèmes de Doyle, mais il commençait à souhaiter que la journée s'achève au plus vite.

— Des anecdotes, monsieur Doyle ? C'est tout à fait possible. Joseph Kurnitz a une extraordinaire expérience des félins. Il a certainement beaucoup d'histoires à raconter. Mais drôles, je ne sais pas, ajouta-t-il. Je ne peux rien vous garantir.

Pour cette journée où il devait donner la réplique au professeur Kurnitz, Alex Ballard était payé six cents dollars en tant que conseiller spécialisé. La CBS lui avait téléphoné trois semaines plus tôt pour lui faire cette offre qu'il avait jugée digne d'intérêt. En fait, il se demandait maintenant s'il n'aurait pas mieux fait de rester dans son bureau du jardin d'acclimatation de Palo Alto où aucun présentateur de télévision ne venait lui demander de raconter des blagues sur ses *Heloderma suspectum* ou ses tortues venimeuses.

Ils arrivèrent sur les sommets arrondis des montagnes qui culminaient à sept ou huit cents mètres, et la route se mit à suivre une ligne de crête bordée de rochers, d'herbes jaunâtres et d'arbres rabougris dispersés dans le paysage.

— Ça doit être ça, s'exclama Chris Doyle en pointant du doigt un chemin caillouteux qui partait sur la droite d'un virage.

Spike ralentit et ils aperçurent le panneau métallique portant l'inscription : « *Domaine de Dos Rios. Réserve d'animaux sauvages.* » Le tout estampillé du blason de la ville que M. le maire aimait faire apparaître sur tout ce qui dépendait de son autorité. Spike engagea la voiture avec précaution, mais le chemin était en excellent état et il accéléra en laissant derrière lui un nuage de poussière.

Ils roulèrent sur deux ou trois kilomètres en silence, observant le paysage désolé qui s'étalait, de colline en colline, à perte de vue. De temps à autre, Spike jetait dans le rétroviseur un coup d'œil sur le matériel de prise de vues entassé à l'arrière du break.

— C'est le bout du monde, constata Chris Doyle qui n'avait pas l'habitude de batifoler dans les campagnes.

— Les gens vont venir jusque dans ce coin perdu ? s'interrogea Spike.

— Mon petit Spike, lui répondit Doyle en homme de médias avisé, les gens vont où on leur dit d'aller.

Ils passèrent sous un porche de rondins planté sur le chemin et dont les barrières en bois étaient grandes ouvertes. Quelques centaines de mètres plus loin, ils arrivèrent sur un versant boisé et mieux protégé du soleil par des grands arbres. Ils roulèrent à l'ombre des feuillages quelques instants et débouchèrent sur un terre-plein assez vaste face à une grande bâtisse. Spike avança au pas puis gara la Toyota dans un endroit à l'ombre. Il coupa le contact et les trois passagers sortirent de la voiture.

L'endroit était désert, et personne ne vint à leur rencontre.

— Des coins aussi paumés, je croyais qu'on n'en voyait plus que dans les films, fit remarquer Doyle les mains sur les reins, faisant mine de s'étirer, puis renonçant avec une grimace. La vie au grand air ! s'exclama-t-il en regardant autour de lui. C'est complètement démoralisant !

— On devrait peut-être klaxonner ? suggéra Spike.

Doyle fit quelques pas vers la maison en inspectant les lieux.

C'était un assez grand bâtiment sur deux niveaux composé d'une partie principale, d'une aile qui partait à angle droit, et d'un garage pour plusieurs véhicules accolé à l'aile. On aurait sans doute pu y loger une douzaine de personnes sans qu'aucune ne fût gênée par les autres. Un escalier de bois menait à une véranda assez haut située au premier étage de la façade peinte en blanc du bâtiment principal. L'ensemble avait la fière allure d'une résidence d'été de quelque magnat et, grâce à une vigne vierge qui enlaçait la plupart des murs de pierre, avait acquis la patine des ans qu'on constatait si rarement sur les maisons californiennes. Celle-ci avait dû être bâtie dans les années vingt ou trente.

Chris Doyle allait contourner le bâtiment pour se diriger sur l'aile, quand il entendit un grognement qui le fit s'arrêter net.

C'était une sorte de râle rauque et étouffé qui était venu de l'aile de la maison. Un deuxième grondement plus puissant se fit entendre, suivi d'une rafale de ronflements sourds. Doyle se tourna vers Spike et Ballard qui se tenaient à une vingtaine de mètres de lui.

— Bon Dieu ! Qu'est-ce que c'est que ce truc ? s'exclama-t-il.

Ballard s'approcha de lui, les mains dans les poches de son pantalon, très à l'aise.

— C'est un rugissement de lion, je pense, monsieur Doyle.

Et il jeta un coup d'œil sur la maison.

— Apparemment, ça vient de l'intérieur, ajouta-t-il. C'est tout à fait le genre de Kurnitz d'avoir un de ces animaux chez lui.

— Chez lui ? s'étonna Doyle avec une mine de dégoût absolu, comme si on venait de lui révéler une perversion tellement honteuse que même la télé, qui avait pourtant peu de scrupules, en serait scandalisée.

— Pas dans son salon, je présume, fit Ballard. Mais il a dû aménager un endroit pour un de ses pensionnaires.

Au moment où il prononçait ces paroles, une porte donnant sur la véranda s'ouvrit et le Dr Kurnitz apparut.

— Ballard ! s'écria-t-il. Quelle surprise ! Vous avez accompagné ces messieurs de la télévision ?

Et il descendit l'escalier pour les accueillir.

Il était vêtu comme à l'accoutumée d'une culotte de cheval et de bottes de cuir, mais il n'avait pas mis son chapeau et ses cheveux gris clairsemés le vieillissaient encore un peu plus.

— Comment allez-vous ? fit-il à Ballard en lui serrant la

main vigoureusement. On m'avait prévenu que j'aurais un spécialiste avec qui discuter, et je me demandais qui ça pourrait être. Ils ne pouvaient pas choisir mieux, Alex !

— Merci, Joseph, c'est très aimable à vous. Et c'est un grand plaisir pour moi de vous revoir ! assura Ballard avec son meilleur sourire. Ça fait combien de temps déjà ? Dix ans ?

— Onze, mon cher, onze. Je suis un vieillard maintenant, que voulez-vous ! Par contre, vous avez l'air en pleine forme. Quelques cheveux blancs, peut-être ? insinua-t-il avec un coup d'œil malicieux sur la chevelure blanche comme neige d'Alex Ballard.

Celui-ci partit d'un éclat de rire.

— Je vois que les années n'ont pas affecté votre sens de l'humour ! lui dit-il. Eh oui, encore un privilège de l'âge, ajouta-t-il en passant une main dans ses cheveux.

Chris Doyle, qui s'était tenu à l'écart, un peu vexé par ces retrouvailles qui donnaient la priorité à Ballard, s'approcha du Dr Kurnitz et salua celui-ci.

— Je m'appelle Doyle, professeur. Chris Doyle. Le type qui s'agite dans la petite boîte lumineuse tous les mercredis soir à vingt-deux heures sur CBS national, précisa-t-il.

— Mais comment donc ! Très honoré de faire la connaissance d'un homme aussi célèbre que vous, s'empressa de dire le Dr Kurnitz en serrant la main un peu molle de Doyle. Je dois vous avouer que je ne regarde pas la télévision, mais qui n'a entendu parler de votre émission ?

— Oh, il doit bien y avoir une petite douzaine de personnes dans les Etats-Unis qui ignorent jusqu'à mon nom, rétorqua Chris Doyle sur un ton égal.

Alex Ballard s'esclaffa à nouveau, comme s'il prisait au plus haut point l'esprit dont faisaient preuve les gens qui l'entouraient.

— Le déménageur de coffres-forts, là, c'est mon assistant Spike North, continua Doyle en désignant d'un geste du pouce le colosse à lunettes fumées qui dépassait tout le monde d'une bonne tête. C'est le meilleur caméraman que je connaisse.

— Bonjour, professeur, fit Spike en tendant à celui-ci une large main.

— Vous voyez, fit Doyle, il sait parler. Et quand il est bien habitué à vous, il ne mord pas. Pas vrai, Spike ?

— Tout juste, Chris.

— Chris et Spike, les redoutables chasseurs de fauves, conclut Doyle avec une révérence, comme s'il venait d'en finir avec un numéro devant les caméras. Quand commence le safari ?

Ballard, soucieux de maintenir une bonne ambiance, riait toujours aussi bruyamment aux sorties de Doyle quand la Jeep de Norman Cass et la Chrysler de Milland débouchèrent sur le terre-plein.

— Voilà justement ceux qui manquaient à votre safari, dit le Dr Kurnitz à l'attention de Chris Doyle.

Le Dr Kurnitz présenta les nouveaux arrivants ainsi que l'équipe de télévision, et tout le monde fit connaissance.

— Je vois que vous avez amené avec vous la jeune génération, dit le Dr Kurnitz à Milland en désignant Johnny-John, Jessica et la petite Sally qui s'était jointe à eux à Dos Rios.

— Ils mouraient d'envie de voir vos animaux, Joe. Depuis le temps qu'on en parle à la maison !

Il ne dit pas que la présence d'enfants rehaussait toujours l'image d'un homme politique et qu'il ne manquait jamais de s'entourer des siens lors de ses apparitions à la télévision ou quand il recevait des journalistes chez lui.

— Vous avez eu une excellente idée, Max. Je suis sûr qu'ils seront enchantés. Vous n'avez pas peur des lions et des panthères, n'est-ce pas ? demanda-t-il aux trois enfants.

— Pas s'ils sont enfermés, rétorqua sur-le-champ la petite Sally avec logique.

Cette dernière était toujours un sujet d'observation et de curiosité pour Max Milland qui se piquait de morphopsychologie. Comment une gamine d'apparence aussi terne pouvait-elle avoir l'esprit aussi délié ? Rondouillarde et peu agile sur ses jambes, le visage lunaire affublé de lunettes et cerné de cheveux blondasses, elle aurait pu facilement passer pour une retardée.

— Pas s'ils sont enfermés ! répéta le Dr Kurnitz avec bonne humeur. Tu as tout à fait raison, petite. Mais même enfermés, il faut faire attention à ces animaux. Par exemple, expliqua-t-il, il ne faut pas vous approcher de la clôture grillagée.

— Même quand on voit bien que les animaux ne sont pas là ? demanda Johnny-John.

— On ne sait jamais quand ils sont là et quand ils ne sont pas là, John. C'est ce qui fait leur force dans la nature. Il y a beaucoup de broussailles et d'endroits où se cacher dans leurs enclos. Et si vous passez trop près, crac !

D'un geste rapide qui fit sursauter les trois enfants, il venait d'imiter avec son bras un terrible coup de griffe et avait agrippé l'épaule de la petite Sally.

Le Dr Kurnitz vit dans le regard des enfants un fugace éclair de frayeur et il les fixa de ses petits yeux bleus derrière ses lunettes pendant une seconde.

— Alors, attention ! Pas d'imprudence, leur dit-il en levant l'index en signe d'avertissement. D'accord ?

Les enfants, sous le regard amusé de Milland, étaient encore muets de saisissement.

Pendant ce temps, Valerie Walker avait harponné Chris Doyle qu'elle rencontrait pour la première fois.

— Monsieur Doyle, s'exclama-t-elle en se jetant littéralement sur lui, je suis tellement heureuse de faire votre connaissance ! Je considère vraiment comme un privilège de travailler en votre compagnie pendant une journée !

— C'est très aimable. Je suis sûr que ce sera un plaisir pour moi aussi, répondit Doyle, peu impressionné par l'entregent de son interlocutrice et qui avait l'habitude de crouler sous des montagnes de flatteries chargées d'arrière-pensées intéressées.

— M. Kurnitz ne vous l'a pas précisé, mais je suis l'attachée de presse de M. Milland, ajouta-t-elle.

— Je l'avais deviné, ma poulette, lui dit-il avec une familiarité un peu dédaigneuse.

Il porta l'index à son nez.

— Question de flair professionnel, ajouta-t-il.

Valerie Walker s'efforça de rire de bon cœur. Ce Chris Doyle n'était-il pas tout simplement irrésistible ?

— Si vous avez un instant, je pourrai vous dire comment M. Milland voit cette émission et souhaite intervenir devant la caméra, reprit-elle en essayant d'arborer un air complice de gens du métier.

— Mais avec le plus grand plaisir, Val, s'empressa Chris Doyle. Et puis après, si vous n'y voyez pas d'inconvénient, je vous dirai comment moi je vois mon émission. D'accord ?

Il avait dit cela avec un large sourire mais avec un regard de la plus extrême froideur. Pour qui se prenait-elle ? Il en rencontrait tous les jours de ces minettes arrogantes qui feraient n'importe quoi pour vendre leurs salades à la télévision.

Valerie reçut le message voilé cinq sur cinq mais n'en poursuivit pas moins son idée. Elle savait depuis longtemps que le travail d'attachée de presse consiste essentiellement à flatter à grande eau et à ne pas avoir plus de réaction qu'un paillasson quand on s'essuie les pieds sur vous.

— Mais bien sûr, Chris, rétorqua-t-elle. Je vais juste vous donner quelques directions.

Elle sortit un feuillet dactylographié d'une chemise en carton qu'elle tenait sous le bras.

— Voyez-vous, M. Milland a voulu tenter avec l'aide du Dr Kurnitz une expérience passionnante : l'acclimatation de grands fauves captifs dans un milieu aussi naturel que possible, qui préserve leurs instincts et leur vie privée, si on peut dire.

Elle tendit la feuille à Chris Doyle.

— L'année dernière, continua-t-elle, M. Milland a fait racheter cette propriété par Dos Rios et a loué à l'Etat de Californie plusieurs dizaines d'hectares de terrains voisins qui étaient vacants. Il voulait réaliser un parc zoologique comme on n'en avait jamais vu, en partant de cette idée simple : les activités industrielles de pointe de notre époque ne peuvent s'épanouir que dans un environnement économique laissant libre cours aux instincts les plus combatifs. Observons les fauves dans toute la cruelle beauté de leur mode de vie, et qu'ils deviennent le symbole de la Californie du XXIe siècle !

Elle avait délivré son boniment avec une grande conviction et attendait la réaction de Chris Doyle.

— Très poétique, fit celui-ci en pliant sans la lire la feuille où se trouvaient délayés dans un jargon percutant les considérants de la philosophie fumeuse de Max Milland. On pourrait faire une table ronde littéraire et interviewer un tigre sur le sujet, qu'en pensez-vous ?

Elle prit le parti d'en rire : elle n'avait pas le choix. C'était Chris Doyle la star et elle n'était qu'un larbin dans la cohorte des larbins.

Au même moment, un moteur de voiture se fit entendre et toutes les têtes se tournèrent vers l'entrée du chemin où apparut en cahotant une vieille Volkswagen cabossée. La voiture se gara à côté des autres et un jeune homme blond au visage carré garni d'un collier de barbe en descendit.

— Qui est-ce ? demanda Milland à Valerie.

Celle-ci fit une moue d'ignorance.

L'individu s'approcha du groupe. Il était habillé d'un jean et d'une veste de la même toile d'un bleu délavé. Il transportait en bandoulière un magnétophone dans une sacoche de cuir noir d'où pendaient des câbles de micro. Ce fut Alex Ballard qui le reconnut.

— Russell ! s'exclama-t-il. Quel bon vent ? Je ne savais pas que vous étiez de la partie.

— Bonjour, monsieur Ballard, le salua l'arrivant.

Puis il se tourna vers le Dr Kurnitz avec un sourire franc.

— Bonjour, docteur, fit-il en lui tendant la main. Je sais que je ne suis pas invité, mais on a entendu parler de votre petite sauterie à Berkeley et je n'ai pas pu m'empêcher de venir vous rendre visite.

— Mais ne vous excusez pas, protesta Kurnitz en lui serrant la main.

Il scruta le jeune homme un instant de son regard perçant.

— Vous êtes cette personne qui m'a interviewé il y a deux ans à San Diego sur mes tigres blancs, n'est-ce pas ?

— Pour le *Scientific American*, précisa le nouveau venu tout heureux de se voir reconnu.

Ballard le prit par le bras et le présenta aux autres qui se demandaient d'où il sortait.

— Russell Rand, du département des sciences naturelles de l'université de Berkeley, annonça Ballard. Un jeune homme très brillant qui ignore tout des règles du monde et qui débarque de préférence à l'improviste, poursuivit-il avec un sourire.

— Comment résister au désir de visiter en avant-première une réserve entièrement conçue par le Dr Kurnitz ? fit Russell Rand pour se justifier.

— N'en rajoutez pas, mon vieux, sinon vous allez finir par vous faire remarquer, plaisanta Ballard. Tenez, je vous présente Chris Doyle, de C.B.S.

— Très heureux, monsieur Doyle...

— Monsieur Milland, maire de Dos Rios, et monsieur Cass, je crois, de Dos Rios également...

— Très heureux, répéta Russell Rand en serrant des mains.

En tant qu'universitaire habitué à la décontraction des campus, il était toujours un peu mal à l'aise dans les mondanités et, dès qu'il se trouvait devant une assemblée de gens en costume et cravate, il se sentait un peu perdu. C'est pourquoi, lorsqu'il vit Betty Holton derrière Milland, il éprouva le plaisir de se tenir face à quelqu'un qui aurait pu faire partie des étudiants du labo où il enseignait en tant qu'assistant.

— Bonjour, lui dit-il avec un sourire engageant.

Betty lui tendit sa main sans prononcer une parole, un peu prise de court.

Milland, qui trouvait la tignasse de Russell Rand trop longue et trop en désordre, remarqua la discrète complicité que le jeune homme avait ressentie spontanément devant Betty et en conçut de la mauvaise humeur. Ces intellectuels en chaussures de jogging et en pantalons élimés, qui avaient des opinions sur tout et qui ne comprenaient rien à la société de libre-échange et de libre entreprise qui les faisait vivre, l'horripilaient. Parmi tout ce qu'il méprisait, il les mettait un cran encore au-dessous.

— Bien. Je crois qu'on devrait se mettre à travailler avant que ne débarque un car de touristes japonais, intervint Chris Doyle. Comment voyez-vous les choses, prof ?

Sans se formaliser de la familiarité soudaine de Doyle, le Dr Kurnitz observa lentement le groupe disparate qui se tenait devant lui et se décida à passer à l'action.

— Avant de pénétrer dans l'enceinte de la réserve, je vais vous demander de me suivre dans la cour à côté où j'ai établi le plan du parc.

Comme un guide de musée, il se mit à la tête du groupe et l'entraîna sur quelques mètres jusqu'au garage. Un grand panneau de bois peint était accroché contre la remise. Un tracé méticuleux à la peinture blanche sur un fond vert délimitait les contours du parc et indiquait les chemins sinueux qui le parcouraient.

— Ce parc est assez grand, commença-t-il quand tout le monde se fut rassemblé devant le panneau. Il a une superficie de près de deux cents hectares. Comme vous le voyez, il comprend plusieurs enclos. Chaque enclos fait dix à douze hectares. Les animaux y ont un espace considérable. Il y a plusieurs kilomètres d'allées, et celles-ci conduisent aux différents points culminants du parc. L'enceinte extérieure mesure plus de sept kilomètres et a été doublée pour des raisons de sécurité.

En se hissant légèrement sur la pointe des pieds, il désigna un croisement de chemins avec son index.

— Nous allons nous rendre à cet endroit qui est, je crois, un excellent site pour l'enregistrement de vos images.

— Comment sont répartis les animaux ? demanda Ballard qui tenait à prouver qu'il méritait pleinement le haut salaire que lui valait sa prestation.

— Je vous l'indiquerai en détail quand nous serons dans le parc, répondit le Dr Kurnitz. Mais je peux vous donner des indications sommaires ici si vous y tenez.

Il se tourna à nouveau vers le panneau et pointa du doigt les parcelles découpées sur le plan par le tracé blanc, et numérotées.

— La parcelle numéro quatre, une des plus grandes, abrite une famille de lions assez nombreuse. Les parcelles numéro sept et neuf sont réservées chacune à l'un de mes tigres blancs. La parcelle dix est un enclos de divers bovidés et cervidés. Il y a des panthères dans l'enclos trois et un, plusieurs guépards dans l'enclos deux. Les autres parcelles ne sont pas habitées pour l'instant.

Il s'arrêta et regarda le groupe comme s'il attendait des questions de la part d'un auditoire attentif d'étudiants. Ce fut Milland, qui avait hâte de passer à l'action avec Chris Doyle, qui rompit le silence.

— Merci, Joe. Je crois que le reste peut attendre.

Il se tourna ensuite vers les invités avec le large sourire inaugural d'un politicien prêt à couper un ruban.

— Maintenant, tout le monde dans l'arène ! fit-il avec un ample mouvement des bras.

— Comme vous voulez, dit Kurnitz.

Et celui-ci prit à nouveau la tête du petit groupe. Revenu sur le terre-plein devant la maison, il s'adressa encore une fois à toutes les personnes qui le suivaient.

— Je dois vous dire que je préfère ne pas voir de véhicules dans ce parc. Je propose que seule la voiture de l'équipe télé nous accompagne avec son matériel tandis que nous irons à pied. Tout le monde est d'accord ?

— C'est vous le chef, Joe, dit Milland de bonne grâce. Les enfants, dépêchez-vous de prendre vos affaires dans la voiture !

Le Dr Kurnitz s'absenta un court instant pour aller chercher son chapeau. Puis, sous sa conduite, la petite troupe prit lentement le chemin qui descendait sous les arbres vers la réserve qu'on ne voyait pas depuis la maison, tandis que Betty récupérait les affaires des gosses dans la Chrysler et que Spike faisait démarrer le break Toyota.

4

Ils arrivèrent bientôt devant l'enceinte qui n'était distante de la maison que de quelques centaines de mètres. C'était une double clôture grillagée de quatre mètres de haut dont les sommets étaient rabattus, l'un vers l'intérieur du parc, l'autre vers l'extérieur. Une allée de deux mètres de large à peine séparait chaque enceinte et l'ensemble donnait l'impression de délimiter une zone militaire.

Deux immenses portes à barreaux métalliques, de même hauteur que les enceintes, se faisaient face sur le chemin d'entrée. Un parking d'assez vastes dimensions et une route à flanc de colline étaient en cours d'aménagement.

— Le parc doit ouvrir en août et nous terminons les accès, expliqua Max Milland. Ça fait un peu fouilli, mais il n'y en a plus que pour quelques jours.

Deux bulldozers étaient en effet stationnés pour le week-end au milieu des terrassements, dans un chantier de terre rouge retournée.

— Dites-moi, c'est un pénitencier de haute sécurité, votre réserve, fit remarquer Chris Doyle. Il ne manque plus que les miradors !

— J'ai peur que vous n'ayez une mauvaise vision des choses, lui répondit aussitôt le Dr Kurnitz. Ces dispositions ont pour seul but d'assurer la sécurité des animaux. S'ils s'échappent, ils seront vraisemblablement victimes des humains. En 1964, deux panthères se sont échappées du zoo de Miami. Elles ont finalement été abattues par des héros de la police locale qui se sont crus à la chasse aux fauves en Afrique.

— Je présume que leur point de vue était de protéger les habitants du zoo humain, rétorqua Doyle. Et Miami, quel zoo !

Il éclata d'un petit rire pour se féliciter de ses propres sarcasmes.

— Que ces grands fauves soient un sérieux danger pour l'homme, je ne le conteste pas. Mais l'homme est un pire danger pour eux, monsieur Doyle.

Kurnitz fouilla dans la poche de son veston et en sortit un trousseau de clés. Il s'approcha d'une plaque métallique fixée sur un des piliers en béton soutenant l'énorme porte, y introduisit une clé et tourna celle-ci d'un quart de tour. Les deux lourds battants se mirent à coulisser sur leur rail dans un ronronnement de moteur électrique.

— A l'époque où j'étais au zoo de San Diego, poursuivit le Dr Kurnitz, deux abrutis armés se sont introduits dans les enclos pendant une nuit et se sont amusés à faire des cartons. Ils ont tué plusieurs cerfs, des élans et une lionne.

Tout en parlant, il fit pénétrer le groupe à travers la double enceinte. La Toyota roulant au pas ferma la marche. Quand tout le monde fut passé, il referma les portes grâce à une commande identique installée à l'intérieur du parc.

— Ces enceintes sont là pour éviter aussi ce genre d'incident, conclut-il tandis que les portes finissaient de se fermer avec un choc sourd contre les piliers de béton.

Il rangea le trousseau dans sa poche.

— Vous voilà à pied-d'œuvre dans la réserve du Dr Kurnitz, leur dit-il avec un sourire de bienvenue. C'est autant mon domaine que celui de mes animaux. J'espère que vous y passerez un moment agréable.

Il reprit la marche.

— Allons-y. Mon assistant, M. Brogan, doit nous attendre en ce moment à la plate-forme quatre où vous pourrez vous installer pour travailler.

Il était maintenant midi, et la colonne des visiteurs s'était éparpillée tout au long du chemin principal. Alex Ballard ne s'était pas attendu à faire une telle marche sous le soleil, et il commençait à souffrir de la chaleur sous son veston. Il décida d'ôter celui-ci, défit ses boutons de manchettes et retroussa ses manches.

— C'est l'aventure qui commence, dit-il à Doyle qui marchait à ses côtés.

La chaleur incommodait également ce dernier qui jetait des coups d'œil déçus et un peu agacés autour de lui.

— Il manque les acteurs principaux, remarqua-t-il.

Il se tourna vers Kurnitz qui marchait quelques mètres derrière lui.

— Dites-moi, prof. Non seulement je n'ai pas encore vu une seule de vos bestioles, mais je ne vois même pas les enclos !

— C'est juste, dit Kurnitz. Les enclos ne bordent pas forcément les chemins. J'ai voulu laisser pas mal d'espace pour séparer les différents territoires.

— Ah oui ? Et supposons que les gens qui visitent votre zoo aient justement envie d'y voir des animaux. Qu'est-ce qu'ils font ?

— Ils se promènent un peu dans la nature ou alors ils se donnent rendez-vous sur les plates-formes comme celle où nous allons.

Il arriva à hauteur de Chris Doyle qui soufflait un peu.

— C'est une réserve où le visiteur doit faire un petit effort pour voir les animaux, lui dit-il avec un sourire d'encouragement.

Un peu plus loin, Russell Rand se trouvait en compagnie de Milland et de Norman Cass. Son lourd magnétophone pesait sur son épaule et il rajustait parfois la sangle qui glissait sur sa veste.

— C'est vraiment superbe, s'exclama-t-il à l'intention de Milland. C'est un endroit magnifique ! Isolé, sauvage, pas de nuisances dans l'environnement... idéal pour les animaux.

— Oui, je crois que c'est une belle réussite, dit Milland. Le Dr Kurnitz savait vraiment ce qu'il voulait. Ce qui a d'ailleurs posé quelques petits problèmes. N'est-ce pas, Norman ? demanda-t-il à son voisin en riant.

— Oui, dit Cass. Kurnitz avait des exigences un peu excessives, et il a fallu discuter avec lui. Mais finalement le résultat est là, et je crois qu'il est bon.

Milland se tourna vers Rand.

— Vous savez, le rêve de Kurnitz, c'était de laisser les animaux pratiquement en complète liberté. Avec une population limitée de félins qui ne se marcheraient pas trop sur les pattes.

— Et les visiteurs ? demanda Rand.

— Ce n'était pas vraiment son souci principal, répondit Milland. D'ailleurs, à la première entrevue que nous avons eue avec lui l'an passé, il nous a dit que, dans un zoo, l'idéal serait que les visiteurs se baladent à leurs risques et périls. A son avis, ça serait plus drôle pour tout le monde : plus de suspense pour les courageux visiteurs, et moins humiliant pour les animaux !

Ils rirent tous les trois à cette idée.

— Allez, dépêchez-vous, les enfants ! intervint Milland en se tournant vers les gosses qui lambinaient en compagnie de Betty loin derrière. Et ne vous éloignez pas !

Spike avait devancé tout le monde avec sa voiture et arriva le premier à la plate-forme indiquée par Kurnitz. Il était de toute façon impossible de se tromper, puisqu'il aperçut tout de suite un type qui arrangeait trois parasols au-dessus de tables de jardin dressées pour la circonstance.

Il vit aussi un tracteur avec une petite charrette rangé le long d'un chemin qui partait sur la gauche, et vint garer la Toyota derrière.

— Bonjour, fit Spike à Brogan en avançant vers lui. Je suis Spike North, de l'équipe télé. Les autres arrivent à pied par le chemin.

— Brogan, assistant de M. Kurnitz, se présenta l'autre en guise de réponse.

Non seulement des parasols avaient été installés au-dessus des tables, mais celles-ci étaient déjà surchargées de verres, d'assiettes et de serviettes en papier, de sandwiches sous cellophane et de cartons d'amuse-gueules. Des bouteilles attendaient au frais dans des glacières en plastique.

— Magnifique ! fit Spike à la vue de cet étalage. J'ai justement le gosier à sec. Je peux me verser un verre ?

— Je vous en prie, dit Brogan.

Et tandis que Spike se servait un grand verre de jus de fruits glacé, le reste de la troupe apparut sur le chemin. Les enfants se ruèrent vers les tables.

— Eh là ! doucement les mômes, fit Spike.

Tout en buvant, il monta sur la plate-forme et inspecta les environs. Il pouvait voir distinctement les rubans de grillage qui délimitaient des enclos mais, dans ceux-ci, pas le moindre animal ne se montrait. Le parc avait été aménagé sur le faîte de plusieurs collines et le regard portait très loin. Ils sont peinards les lions, ici, se dit Spike.

Dans le grand silence de la nature, on n'apercevait aucune trace humaine à l'horizon, maison ou route.

— Alors, Spike, tu me prépares le plan du siècle ? lui lança Doyle qui venait d'arriver à la plate-forme avec les autres.

— C'est chouette pour pique-niquer, mais pour la télé il n'y a pas grand-chose à se mettre sous la dent, lui répondit Spike l'air maussade, le verre à la main.

Milland, Cass, l'attachée de presse et Kurnitz attendaient les instructions de Doyle. Celui-ci avait l'air embêté.

— Monsieur Kurnitz, on peut voir des animaux depuis cette plate-forme, c'est ça ? demanda-t-il.

— Avec un peu de chance.

Il se tourna vers son assistant.

— Brogan, vous avez mes jumelles ?

Ce dernier alla les chercher dans un sac sur la charrette accrochée au tracteur et les tendit à Kurnitz.

— Merci, Brogan.

Le docteur se tourna vers Doyle.

— Montons à côté de votre ami, monsieur Doyle. Je vais essayer de vous montrer un de mes pensionnaires.

Ils grimpèrent les marches en rondins et rejoignirent Spike sur le promontoire. Kurnitz ajusta ses jumelles et fouilla pendant quelques secondes l'enclos qui s'étalait en contrebas. A un moment il s'immobilisa et scruta l'endroit de façon plus intense.

— Vous voyez quelque chose ? demanda Doyle.

Pour toute réponse, Kurnitz lui tendit les jumelles.

— Vous voyez le groupe d'arbres, là-bas sur la droite ? Eh bien, prenez les jumelles et constatez par vous-même, lui dit Kurnitz.

Chris Doyle se mit à son tour à fouiller l'horizon. Ainsi affublé des jumelles, les cheveux ondulés par les mises en plis répétées des coiffeurs de la CBS et avec sa fine veste de peau aux coutures délicates, il était à la limite du ridicule.

— Je ne vois rien, dit-il.

— Un peu plus sur la gauche, là où il y a des taillis assez sombres, lui indiqua Kurnitz.

Doyle chercha encore puis s'immobilisa soudain en jurant entre ses dents.

— Bon Dieu ! s'écria-t-il.

Tout le monde regarda dans la même direction sans rien voir. Betty, de son œil vif, aperçut les ondulations fugaces dans les feuilles, au loin dans l'enclos.

Doyle sursauta pour de bon cette fois-ci.

— Bon sang, fit-il, il est énorme !

— Je le vois, dit Betty à Rand qui avait rejoint à son tour les autres sur le promontoire. Là-bas en bas, à gauche dans les arbres !

Elle indiquait du doigt, mais Rand ne voyait rien.

— Il a disparu, fit soudain Doyle.

Et il abaissa les jumelles.

Il avait le visage perplexe de quelqu'un frappé par une vision inhabituelle.

— Je l'ai à peine vu, mais il est extraordinaire ! dit-il à Kurnitz. C'est votre fameux tigre blanc, n'est-ce pas ?

— C'est Wand-da, le mâle. C'est vrai que c'est un magnifique spécimen, monsieur Doyle.

A partir de ce moment, Chris Doyle sentit l'inspiration lui venir.

— Ecoutez, prof. Voilà ce qu'on va faire. On va s'installer d'abord pour discuter ensemble de vos bestioles. On va faire une petite heure de causette. Et puis ensuite, vous nous direz comment on peut se débrouiller pour filmer vos matous. D'accord ?

— Comme vous voulez, monsieur Doyle. Je suis à votre disposition.

Tout le monde redescendit et Spike alla s'affairer à l'arrière de la Toyota pour préparer le matériel de prise de vues.

— J'ai rien vu, moi, papa, se plaignait Jessica à Milland.

— Moi non plus, ma chérie. Mais on ira le voir tout à l'heure avec M. Kurnitz, hein ?

Il lui tapota la joue.

— En attendant, soyez sages et restez par ici, vous allez passer à la télévision.

— Pour mettre les choses au clair, commença le Dr Kurnitz, il y a tout d'abord dans l'ordre des carnivores une famille parmi tant d'autres qui est celle des félidés. Et les félidés comprennent eux-même des sous-familles, dont celle des panthérinés qui vous intéressent aujourd'hui.

— Coupe ! fit Doyle à Spike.

Un plateau de télévision avait été improvisé à l'ombre des parasols, face aux tables où tout le monde venait picorer de temps à autre. Brogan avait installé des fauteuils de toile et Kurnitz y avait pris place, ainsi que Ballard et Milland.

Devant eux, Spike avait monté son Caméscope sur un trépied à quelques mètres et s'occupait de la prise de vues. Doyle se tenait un peu en retrait, assis sur un fauteuil également, et surveillait le discours de Kurnitz qu'il jugea mal parti.

— Pour vous parler franchement, prof, laissez tomber

tout ce bla-bla. Si les types qui regardent mon émission savent faire la différence entre un éléphant et un hippopotame, je considère que c'est du domaine du miracle. Alors les félidés, les panthérinés, et tout le reste, vous imaginez le topo !

Le Dr Kurnitz fit poliment de la tête un signe d'assentiment.

— Non, reprit Doyle. Racontez des trucs que Wilbur Jones, tôlier-carrossier à Woogapooka, Nebraska, pourra comprendre sans plisser les yeux, d'accord ? Et vous, Ballard, essayez de lui poser quelques questions. Pas forcément intelligentes, précisa-t-il. Compréhensibles, ça suffira.

Il fit un geste à Spike.

— Vas-y, reprends, lui dit-il.

— Ça tourne, fit Spike.

Ballard, qui avait remis son veston, prit sa respiration et s'adressa à Kurnitz avec son meilleur sourire.

— Docteur Kurnitz, parlez-nous de vos animaux les uns après les autres. Commençons par vos tigres, par exemple. Ce sont, je crois, des tigres blancs, très rares, que vous avez été le premier à introduire dans un zoo américain il y a quelques années. C'est cela ?

— Tout à fait. L'existence de tigres blancs, c'est-à-dire à robe blanche rayée de noir, et non pas albinos, car les albinos sont entièrement blancs, était attestée depuis longtemps par de nombreux observateurs. J'ai eu la chance, en 1971, de participer à une mission scientifique soviéto-américaine qui dura plusieurs mois, en Sibérie orientale, pour étudier le mode de vie du tigre mandchou, le plus gros des tigres connus. Il se trouve que, pendant ce voyage, un tigre blanc a été capturé non loin de Khabarovsk. Sur place, de longues négociations avec mes collègues soviétiques ont conduit à l'accord suivant : on me laissait le tigre pour essayer de produire une lignée de tigres blancs, et je m'engageais à restituer le géniteur et une partie de sa descendance dans les cinq ans.

— C'est ainsi que vous avez pu exposer au zoo de San Diego le premier tigre blanc de l'Amérique ?

— C'est cela. Dans ce zoo, j'ai favorisé un accouplement entre ce tigre et une tigresse mandchoue à robe tout à fait normale, capturée auparavant dans la même région, et qui mit bas quatre petits normalement colorés eux aussi. Trois ans plus tard, j'ai réussi l'accouplement d'une femelle de cette portée avec son père, et elle mit bas à son tour quatre petits, cette fois-ci de couleur blanche. C'était vraiment une réussite !

— Et les tigres de votre réserve de Dos Rios sont des descendants de cette portée ?

— Oui. La lignée issue de cette portée comprend actuellement onze individus. Six ont été remis à mes collègues soviétiques, ainsi que le grand-père de cette lignée. Il a maintenant dix-sept ans, ce qui est assez âgé pour un tigre, et, aux dernières nouvelles, il a été relâché par mes confrères dans la taïga de Bikine.

— Hormis sa couleur, le tigre blanc a-t-il des particularités qui le distinguent des autres tigres ? poursuivit Ballard avec la même expression de grande affabilité. Peut-on parler par exemple de sur-férocité, comme chez le grand requin blanc qui a dévoré des millions de spectateurs dans les salles de cinéma ?

— Je ne crois pas. Le tigre est un animal naturellement redoutable pour tous les autres mammifères. La couleur du pelage ne semble pas distinguer des individus particulièrement agressifs. Ce qui est certain, c'est que les tigres mandchous sont les plus beaux spécimens qu'on connaisse. Wand-da, que nous tâcherons de filmer tout à l'heure, pèse plus de trois cents kilos et est d'une vigueur exceptionnelle. Une proie engagée avec un tel animal n'a pratiquement aucune chance d'en réchapper.

— Comment appelez-vous votre tigre, docteur Kurnitz ? s'enquit Ballard.

— Wand-da. C'est un mot chinois. Certains tigres ont les raies de la tête et du cou qui sont disposées selon un dessin ressemblant à l'idéogramme *wand-da,* qui signifie « le grand prince ». C'est justement le cas de celui-ci. Ce genre de tigre était vénéré en Chine et a joué un grand rôle dans la mythologie chinoise. A mon avis, il le méritait. Car, croyez-moi, cet animal est vraiment un grand prince ! conclut Kurnitz avec une certaine fierté.

Ballard jeta un coup d'œil rapide sur Doyle.

— C'est bon, Ballard, dit celui-ci. Demandez-lui pour les lions maintenant.

Ballard se retourna vers Kurnitz et afficha à nouveau le sourire qu'il semblait avoir passé des heures à composer dans le seul but de cette émission.

— Docteur Kurnitz, parlons maintenant de vos autres pensionnaires, si vous le voulez bien. Vous avez un enclos abritant une famille de lions.

— Oui. C'est malheureusement beaucoup moins original que les deux tigres blancs, sembla reconnaître à contrecœur le docteur. Il s'agit d'un mâle, de trois femelles et de six lionceaux. Les lionceaux sont déjà assez grands et j'envisage de les donner à certains zoos. J'ai reçu plusieurs demandes à leur sujet.

— Quel mode de vie leur proposez-vous dans votre réserve ? poursuivit Ballard.

— Vous savez, le lion ne pose pas trop de problèmes. C'est un animal sédentaire, qui vit en groupe, les mâles se montrant particulièrement paresseux. J'ai essayé de mettre cette petite famille en condition de vie naturelle. On peut d'ailleurs s'apercevoir que les animaux se sont parfaitement adaptés. Le mâle ne fait pratiquement rien de toutes ses journées. Les femelles rôdent et ramènent la nourriture quand le cas se présente. Les lionceaux sont toujours joueurs mais commencent à se montrer agressifs entre eux. C'est pourquoi il est temps de les séparer.

— Puisque vous y avez fait allusion, docteur, pouvez-vous nous dire de quoi se nourrissent ces animaux ?

A cette question, Kurnitz sembla porter un intérêt

nouveau à la discussion et fixa ses petits yeux froids d'une façon plus vive sur Alex Ballard.

— C'est une bonne question, Ballard. C'est une très bonne question.

Il prit sa respiration comme quelqu'un qui aborde un sujet crucial dans une conversation.

— Dans la nature, reprit-il, le fait de manger nécessite des efforts. La nourriture se montre rare. C'est une nourriture vivante, qui se cache, qui évite les prédateurs, et qui dispose selon les espèces de toutes sortes de ruses pour se dissimuler. Un tigre comme Wand-da consomme environ trois tonnes de viande par an. Il chasse donc perpétuellement, sur des centaines de kilomètres carrés de territoire, en solitaire. Il mange tout ce qui lui tombe sous la dent : des lapins, des renards, des sangliers, des cerfs, des buffles. Il attaque même parfois les ours. En Inde, le tigre royal, par moment de disette, quand le gibier se fait rare, mange des grenouilles, des tortues d'eau, et même des petits crocodiles.

Le Dr Kurnitz marqua une pause pour reprendre sa respiration et observer son auditoire qui l'écoutait attentivement, y compris Doyle.

— Tout cela pour vous dire que je trouve scandaleux et aberrant de priver ces animaux captifs de ce qui est le seul but de leur existence : la chasse sauvage et sanglante, jour après jour, saison après saison.

Certains mots commençaient à accrocher les oreilles de Chris Doyle mais son intérêt était bizarrement captivé par le petit personnage replet et boudiné qui s'exprimait.

— Vous le savez, Alex, je me suis de tout temps opposé aux administrations des zoos à ce sujet.

Nous y voilà, se dit Doyle. Le vieux prof commence à sortir les cadavres du placard.

— Celles-ci, continua-t-il, considèrent avec une pusillanimité déconcertante qu'il y a quelque chose d'immoral dans le fait de mettre les grands félins en situation de chasse et d'affût. Ces administrations évaluent le problème du point de vue de la proie, ce qui est d'un ridicule absolu.

— Je connais bien votre opinion à ce sujet, docteur Kurnitz, puisque nous avons eu le plaisir de nous connaître il y a plusieurs années sur le terrain professionnel. Mais avouez qu'il est difficile, dans un zoo urbain, sous les yeux des familles et des enfants qui le visitent, de livrer purement et simplement aux grands fauves des animaux vivants en guise de déjeuner !

— Du point de vue de la proie et du public, le raisonnement est admissible, fit Kurnitz. C'est évident. Le seul problème, c'est qu'en tant que scientifique, je me suis toujours placé du point de vue des animaux que j'étudie. Et là, votre raisonnement ne tient plus.

— Vous voulez dire, intervint brusquement Doyle, que vous donnez à dévorer des animaux vivants à vos bestioles ?

Il y eut un moment de malaise. Spike jeta un regard à Doyle en pensant que celui-ci allait lui demander de couper. Mais Chris Doyle était trop occupé à observer le professeur pour penser à la caméra.

Les enfants, assis par terre sous le regard de Betty qui leur avait servi des boissons, écoutaient les propos échangés autour d'eux avec la plus grande attention. C'est alors que Milland crut bon d'intervenir.

— C'est une expérience qui méritait d'être tentée, dit-il. J'ai tout de suite trouvé les positions du Dr Kurnitz très justifiées. Que les zoos classiques soient dans l'obligation de tenir compte de certains paramètres extrascientifiques comme la sensibilité du public, c'est tout à fait naturel. Mais il a paru utile à la ville de Dos Rios d'offrir au Dr Kurnitz l'opportunité de réaliser un vieux rêve. De la part de notre municipalité, c'est une façon à la fois de contribuer modestement à l'avancement de la science et de proposer une innovation dans le domaine des réserves sauvages.

Ballard s'en voulait maintenant d'avoir lancé Kurnitz sur le sujet de la nourriture. De sa part, c'était une question idiote. Il aurait dû se douter que Kurnitz n'avait pas quitté son poste de San Diego pour rien, et qu'il n'avait accepté de venir s'enterrer dans ces montagnes perdues que pour mettre en pratique ses vieilles obsessions de lutte pour la vie. Ballard se rappelait les batailles qu'il avait dû livrer en tant que rapporteur pour la fondation qui dirigeait le zoo de San Diego. Comment il s'était opposé pendant des mois à cette barbarie que demandait Kurnitz. Ce dernier avait proposé de livrer des animaux vivants aux fauves pendant les heures de fermeture du zoo, c'est-à-dire durant la nuit et dans la journée du lundi, jour de clôture hebdomadaire. Le conseil s'était farouchement opposé à une telle disposition, mais Kurnitz avait tellement insisté qu'il avait réussi à les culpabiliser tous autant qu'ils étaient en prétendant que leur comportement était antiscientifique. En repensant à cette époque, Ballard en avait un frisson dans le dos. C'était le pire souvenir de sa carrière professionnelle. Et maintenant, avec ce politicard de province, Kurnitz avait enfin trouvé une oreille complaisante pour ses théories, et ils avaient l'air de s'entendre comme larrons en foire.

— On a trop tendance à oublier, reprit Milland très satisfait d'avoir la parole et entendant la garder, que, même dans l'organisation humaine, il faut faire des efforts pour trouver sa nourriture.

Il avait attiré dans un geste protecteur sa fille Jessica qui se tenait maintenant debout, contre son siège.

— Nous fondons des familles mais, pour assurer la survie des êtres que nous aimons, nous devons nous battre chaque jour. Il paraît normal de trouver dans les magasins tous les produits nécessaires à notre alimentation. Mais il faut se rappeler que chacun d'eux est le fruit d'un processus économique impitoyable où ne survivent que les entreprises les plus aptes. Qu'une boîte de haricots soit produite par Untel ou Untel, quelle importance, me direz-vous ? Aucune, bien sûr. Mais l'important, c'est que la boîte de haricots existe et vous nourrisse. Et que le système économique ait engendré, quelque part dans le pays, des forces qui se sont battues pour permettre l'existence de cette boîte sur l'étagère de votre épicier. Nous avons tous naturellement tendance à vouloir ignorer que se manifeste quelque part la lutte pour la vie, qu'il y a des prédateurs, des proies et des victimes. C'est sur ce terrain que nous retrouvons les préoccupations du Dr Kurnitz et l'admirable organisation de la nature qu'il veut mettre en évidence, au contraire de ceux qui la dissimulent. Dos Rios est une ville qui sait ce qu'est la compétition pour la survie. Cette réserve que nous avons fondée est un symbole qui doit être observé et médité. C'est ma profonde conviction.

Milland avait achevé sa tirade avec l'assurance élégante du politicien qui sait frapper les esprits avec les mots les plus vides, quand ce ne sont pas les plus absurdes. Il avait même réussi à glisser un léger sourire à la caméra et à passer avec une tendresse calculée sa main dans les cheveux de sa fille.

— Je n'ajouterai rien aux considérations économiques de M. Milland car c'est un domaine qui m'est tout à fait étranger, reprit lentement et avec une voix douce le Dr Kurnitz. Mais au risque de choquer Wilbur Jones de Woogapooka, Nebraska, et pour répondre à votre question initiale, dit-il avec un coup d'œil à Ballard, je vous confirme que nous alimentons nos félins avec des animaux vivants.

Cette déclaration fut suivie d'un silence.

— Coupe ! fit une nouvelle fois Doyle à Spike, d'une voix fatiguée.

De ses doigts il se frotta les yeux. Il n'était toujours pas remis de sa nuit blanche, et ce type lui compliquait la vie. Jamais il ne pourrait mettre ça dans son émission...

5

— Ça me paraît difficile de poursuivre sur ce sujet, reprit Doyle comme pour lui-même.

Il avait l'air de chercher désespérément une idée qui donne un cours nouveau et plus engageant à la conversation.

— Je suis désolé, dit Kurnitz. Je ne tiens pas particulièrement à choquer qui que ce soit. Mais il y a certaines réalités qui sont propres à la nature et qu'il m'est difficile de ne pas prendre en considération. Mais si vous voulez, nous pouvons aller filmer les animaux. Je suis sûr que des questions surgiront et que nous aurons encore amplement de quoi parler.

Avant que Doyle pût répondre à cette suggestion, Norman Cass intervint avec une idée qu'il supposait brillante.

— Dites-moi, professeur. Nous avons dans cette réserve un tigre et une tigresse. Peut-être pourriez-vous parler à M. Doyle des relations sentimentales des *panthera tigris ?*

Il avait accompagné sa question d'un petit sourire chargé de sous-entendus égrillards qui, selon lui, devait convenir pour un tel sujet.

— Cet animal a une vie sentimentale ? s'exclama Doyle, incrédule et sarcastique.

— Sentimentale n'est peut-être pas vraiment le mot, répondit Kurnitz. Mais j'ai peur que là aussi vous ne soyez déçu, monsieur Doyle. Le tigre est un animal solitaire. Il vit et chasse pour son propre compte. Seule la saison des amours le rapproche de ses congénères femelles. Voulez-vous en savoir plus ? lui demanda-t-il.

Doyle lui fit un geste qui l'invitait à continuer. Mais il omit délibérément de signaler à Spike de mettre la caméra en marche. Ce dernier ne posa aucune question.

— C'est en hiver que les couples se forment, continua Kurnitz à la seule intention de Doyle, car il avait noté qu'on n'enregistrait plus ses commentaires. Les couples ainsi formés durent quelques jours à peine, juste le temps nécessaire à un nombre de copulations statistiquement suffisant pour engendrer une grossesse. Si vous voulez des chiffres, je peux vous dire que j'ai observé chez le tigre jusqu'à vingt-trois copulations par jour. Montre en main, chaque coït dure de une à trois minutes.

Doyle écoutait le docteur, bouche bée. Ce type planait vraiment dans un autre monde ! La situation prenait pour lui une dimension complètement surréelle. Il était près de deux heures de l'après-midi et il était là, assis dans l'air vibrant qui brûlait les montagnes, au milieu de nulle part, à écouter un guignol lui expliquant comment baisaient les tigres !

Quant à Cass, à l'énoncé des chiffres du Dr Kurnitz, il avait lancé un coup d'œil furtif à Valerie Walker et leurs regards s'étaient rapidement croisés.

— Bon, se décida Doyle. Continuez là-dessus, prof, on va filmer. Ce n'est pas la peine d'insister sur les détails, précisa-t-il.

Il se tourna vers Spike.

— Appuie sur le bouton, vieux, s'il te plaît.

— Quand vous voudrez, monsieur Doyle, dit Kurnitz.

— Juste quelques mots, prof. Racontez-moi quelque chose de sympa qui fasse plaisir à tout le monde, d'accord ?

Maintenant, il avait hâte d'en terminer et de se retrouver chez lui à San Francisco, dans la fraîcheur de son appartement à air conditionné.

Kurnitz sembla chercher dans sa mémoire quelque chose qui puisse convenir à Doyle.

— Vous savez, j'ai bien peur de ne pas avoir d'histoires vraiment plaisantes à propos de ces tigres. Ce sont des animaux agressifs et souvent imprévisibles, fit Kurnitz au bout d'un moment.

— Eh bien, racontez ce que vous voulez, lui dit Doyle qui commençait à en avoir par-dessus la tête.

Le Dr Kurnitz réfléchit encore un instant.

— Voyez-vous, dit-il finalement, je crois que le tigre a un instinct de prédateur absolu. Je veux dire par là que, si l'espèce humaine n'existait pas, le tigre régnerait vraisemblablement en maître incontesté sur la planète, pour les parties non immergées de celles-ci, bien sûr.

Il rassembla un instant ses pensées.

— Cet animal vit en solitaire, dédaigneux de toutes les autres espèces animales, conscient de sa force et de sa supériorité. Tout ce qui vit est une proie potentielle, même ses congénères. On a observé de nombreux cas de cannibalisme chez les grands félins, et le tigre n'y fait pas exception. Je me rappelle la toute première fois que j'ai tenté l'accouplement en captivité de deux tigres royaux absolument magnifiques. C'était dans les années cinquante, au zoo de Palm Beach. Le mâle vivait dans un enclos de dimensions assez réduites et ce fut peut-être la cause de l'échec.

Doyle sentit à nouveau venir un récit sinistre, mais apparemment rien de gai n'était à espérer ni du comportement d'un tel animal, ni du Dr Kurnitz.

— Je me souviens parfaitement du moment où j'ai introduit la femelle dans l'enclos du mâle, poursuivit ce dernier. J'ai tout de suite noté quelque chose qui clochait dans son comportement. Elle était entrée à pas comptés, en manifestant une mauvaise volonté évidente. Il avait même fallu la contraindre un peu. Puis elle était allée se tapir dans un angle de l'enclos, contre le grillage, et avait longuement observé le mâle. Celui-ci se tenait à l'autre extrémité et contemplait la femelle avec un dédain et une lueur de férocité dans l'œil tout à fait visibles.

Kurnitz avait à nouveau captivé l'attention de tout le

monde et même Doyle semblait impatient de connaître le fin mot de ce récit.

— Le problème du territoire est très épineux chez ces félins, continua Kurnitz. Et la femelle, bien qu'en chasse, avait manifestement compris, dès son entrée, que le territoire du mâle n'était pas à partager. Elle fixait celui-ci en clignant des yeux et les oreilles rabattues comme un chat inquiet, pour signaler une forme de soumission. C'était en fin d'après-midi, et je suis resté assez longtemps devant l'enclos. Après quoi je suis parti en les laissant ensemble pour la nuit.

Il s'interrompit, et aux souvenirs qui lui revenaient à l'esprit, il secouait un peu la tête.

— Ils ont eu des petits ? demanda subitement Johnny-John qui avait suivi comme tout le monde le Dr Kurnitz.

Celui-ci se tourna légèrement vers le gamin.

— Non, répondit-il, navré et pensif. Non, ils n'ont pas eu de petits. A mon arrivée au zoo, le lendemain matin, tout le personnel était en effervescence. On me conduisit à l'enclos, et vraiment le spectacle était épouvantable.

Il hésita encore une fois, et autour de lui les têtes s'étaient allongées.

— Et alors ? demanda Doyle un peu brusquement.

— Ce qui restait de la femelle, je peux vous assurer que vous ne l'auriez pas montré dans votre émission, monsieur Doyle, lui répondit Kurnitz. Le mâle avait dû l'attaquer le soir ou dans la nuit. Le cadavre de la tigresse avait la gorge complètement broyée et arrachée, et le tigre avait déjà dévoré tout l'arrière-train et une bonne partie de l'abdomen. Bien sûr, tout cela baignait dans une mare de sang séché et noirci... Moi-même, monsieur Doyle, je me souviens d'avoir fait la grimace.

Doyle affichait en effet un rictus à la fois d'horreur et de nausée, et contemplait Kurnitz comme s'il avait été lui-même l'auteur d'un crime affreux.

Ballard, qui connaissait cette histoire depuis longtemps, en avait patiemment attendu la fin avec un air pensif.

— C'est quand même un événement tout à fait exceptionnel, dit-il avec un ton visant à rassurer les hypothétiques spectateurs.

— Exceptionnel, si vous voulez, Alex, reprit Kurnitz. Mais vous connaissez comme moi les nombreux cas de cannibalisme qui ont été signalés dans les zoos, et plus encore dans les ménageries des cirques ambulants où les conditions de captivité augmentent encore l'agressivité des bêtes.

— Mais enfin ! s'écria tout à coup Doyle d'une voix glapissante. C'est tout à fait révoltant ! Vous n'avez rien d'autre à l'esprit que des histoires pareilles ?

— Qu'y a-t-il de si révoltant dans le cannibalisme animal, monsieur Doyle ? Les reptiles s'entre-dévorent sans la moindre hésitation. Dans ce cas, c'est simplement une question de taille et d'aptitude à survivre. D'autre part, les hommes eux-mêmes s'entre-tuent pour des questions de territoire et de prééminence. Les grands fauves ne font que suivre une logique qui a été élaborée par la nature depuis que des cellules organisées ont formé des êtres vivants. On peut être choqué, mais le fait est là. Un de mes étudiants, il y a quelques années, a étudié le cannibalisme chez les grands félins. Il n'y a pratiquement pas d'exception. Il a même rapporté le cas intéressant d'un lion en train de dévorer les petits d'une lionne et surpris par cette dernière. Au grand étonnement des observateurs, la lionne, loin de se formaliser, a fini de dévorer sa propre progéniture en compagnie du mâle. C'est choquant, certes, et c'est une logique difficile à accepter, mais c'est une logique quand même. Une logique à laquelle on ne peut accéder que si on se place du point de vue de l'animal, et non pas de la proie, monsieur Doyle, rappela une nouvelle fois le Dr Kurnitz.

Mais Chris Doyle était maintenant excédé et aucun argument de Kurnitz n'aurait pu le convaincre de considérer, ne serait-ce qu'avec la plus pâle bienveillance, la logique meurtrière de ces bestioles. Elles étaient dangereuses pour tout le monde, c'était un fait. Il convenait donc de s'en préserver, et de les détruire si besoin était. Pour lui, c'était aussi simple que cela.

— Allez, coupe, Spike ! fit-il. On va passer à autre chose.

Il se leva et quitta son fauteuil, l'air maintenant tout à fait maussade. Ce type était décidément en train de lui gâcher sa journée et son émission.

— Docteur Kurnitz, dit-il en se rapprochant du professeur qui était resté assis alors que Spike enlevait déjà la caméra du trépied. Je vais vous demander votre collaboration pour encore quelques images. Et tout ce que je veux, c'est quelques-unes de vos bestioles, quand elles ne sont pas en train d'éventrer des zèbres ou de se bouffer entre elles. Vous voyez ce que je veux dire ? Quand elles dorment par exemple, quand elles se promènent, ou quand elles ne font rien, tout simplement rien. Vous voyez ?

Son ton sarcastique avait tourné à l'ironie froide et Kurnitz commençait lui aussi à trouver le bonhomme pénible.

— Monsieur Doyle, lui dit-il assez sèchement. Ces animaux ne sont pas des animaux en peluche. Ce ne sont pas des chats d'appartement qui servent à stimuler la sensiblerie des concierges en mal d'affection. Ce sont des tueurs redoutables qui se moquent de votre existence.

Kurnitz se leva à son tour et toisa la star de la télévision de ses petits yeux bleus et aiguisés.

— Je vais vous raconter encore une histoire, monsieur Doyle. Savez-vous qu'il n'y a pas plus délicieux et adorable à regarder que des petits lionceaux ? A regarder. Je dis bien : à regarder. Parce qu'un jour, dans ma jeunesse, j'ai cru un instant que c'étaient des chats. Et je me suis amusé avec eux dans leur enclos. Je les ai caressés de mes mains, j'ai joué avec eux.

Il retroussa sa manche et découvrit son avant-bras.

— Voilà le résultat, monsieur Doyle.

Il présenta son bras au regard de Doyle dont le visage

reprenait déjà l'étrange grimace de dégoût qu'il affichait peu auparavant.

Le bras était labouré de grosses cicatrices bosselées qui par endroits étaient encore violacées malgré l'ancienneté de la blessure.

— Ils avaient quelques mois seulement. Ils m'ont fait comprendre qu'ils n'étaient pas des chats, et par la suite je leur ai toujours été reconnaissant de m'en avoir averti de cette façon. Il n'y a plus jamais eu de malentendu entre les félins et moi.

Il rabaissa la manche de sa chemise et son visage s'éclaira à nouveau du sourire affable qu'il avait eu pour tous les visiteurs à leur arrivée.

— Cela dit, sans rancune, lança-t-il à la cantonade. Si vous voulez, nous allons tâcher de nous approcher de Wand-da et faire les images que vous souhaitez. D'accord ?

Chris Doyle acquiesça tout en échangeant avec Spike un regard préoccupé. Si quelque part ce Kurnitz était un peu siphonné, ça ne serait pas surprenant, pensa-t-il.

Il fut décidé que Ballard et Rand accompagneraient Spike, Doyle et Kurnitz à l'enclos numéro sept. Ils étaient cinq et il leur faudrait se tasser dans la Toyota. Tandis que Spike rangeait le matériel de prise de vues à l'arrière du break et que Doyle prenait déjà place à l'avant du véhicule, Kurnitz se dirigea vers Brogan.

— Brogan ! l'interpella-t-il. Je crois que ça ira pour aujourd'hui. Vous pouvez partir si vous le désirez. Je suis déjà navré de vous avoir fait perdre toute une partie de votre samedi.

— C'est sans importance, répliqua l'autre avec un geste de la main.

Brogan était un drôle de type. Taciturne, ne rechignant jamais à la tâche, consciencieux, il convenait parfaitement au tempérament de Kurnitz qui se félicitait d'avoir trouvé en lui la perle rare. Kurnitz n'aimait pas commander. Et il appréciait par-dessus tout les initiatives que Brogan savait prendre, avec un bon sens tout paysan, en toute circonstance.

— Voulez-vous que je remmène le matériel ? demanda-t-il à Kurnitz en indiquant d'un mouvement de la tête l'installation qui avait servi au pique-nique.

— Non, ce n'est pas la peine. Nous en avons encore pour un petit moment et je suis sûr que nous serons heureux de profiter de l'ombre et des boissons d'ici la fin de l'après-midi. Nous mettrons tout ça dans les cartons et vous les ramasserez lundi.

— Comme vous voudrez, professeur.

Brogan fit demi-tour en lançant un au revoir à la cantonade, et alla se jucher sur son tracteur. Il ne discutait jamais les instructions de Kurnitz et gardait ses distances avec celui-ci, ce qui pouvait parfaitement passer pour une forme de respect. En fait, pour Brogan qui, de toute sa vie, n'avait jamais été en relation qu'avec des contremaîtres et des propriétaires de plantations d'orangers, Kurnitz était un individu faisant partie de cette race à part et presque mythique des savants des grandes universités. Et si on lui avait demandé d'y regarder de près, il aurait pu convenir qu'il n'était pas certain d'appartenir à la même espèce animale que son patron.

Il fit démarrer le tracteur dans un nuage noir de fuel brûlé et s'éloigna sur le chemin dans le vacarme du moteur et de la charrette cahotante.

Kurnitz le regarda disparaître, consulta sa montre, puis se dirigea vers la Toyota où tout le monde l'attendait. Il prit place à l'arrière et s'excusa d'avoir quelque peine à caser sa corpulence à côté de Ballard et de Russell Rand qui durent s'écraser l'un contre l'autre. Spike démarra et fit une marche arrière.

— Partez par là, indiqua Kurnitz. Il y a un chemin un peu plus loin à droite. L'entrée de l'enclos est au fond du parc, à un bon kilomètre.

— D'ac, fit Spike, et il lança la voiture sur le chemin indiqué.

Valerie Walker, Cass, Milland, Betty et les enfants se retrouvèrent seuls autour du pique-nique. L'après-midi était bien avancé et le soleil dardait encore avec force ses rayons sur les montagnes. La chaleur était presque suffocante et les vêtements collaient à la peau. Milland déboutonna un peu sa chemise et une toison velue et grisonnante apparut dans l'échancrure.

— Ce Kurnitz, c'est quand même un drôle de loustic, remarqua-t-il en allant s'asseoir près des gosses à l'ombre des parasols.

Il fut immédiatement rejoint par Cass et Valerie qui resservirent à boire à tout le monde.

— Il ne vous a pas fait peur avec toutes ses histoires, hein, les enfants ? fit-il en tendant un verre à Johnny-John.

Celui-ci fit non de la tête. Mais la petite Jessica avait gardé une expression préoccupée.

— Pourquoi sont-elles si méchantes, ces bêtes ? demanda-t-elle.

C'était plus une réflexion à voix haute qu'une véritable question.

— Elles ne sont pas si méchantes que ça, Jess, fit Milland qui avait du mal à trouver une réponse satisfaisante. Dans la nature, ce sont des animaux qui vivent paisiblement la plupart du temps. Et on arrive parfois même à les apprivoiser. Mais de temps en temps il y a l'instinct du combat qui réapparaît et elles peuvent être dangereuses.

Il ne savait pas trop où il allait avec son discours mais il décida d'y introduire quelques notions pédagogiques.

— En fait, tu verras en grandissant, c'est un peu pareil pour les gens. Ils sont plutôt tranquilles, mais ils sont parfois agressifs. Et je dirais même que leur agressivité, comme chez les animaux, leur est souvent utile. Il faut savoir se battre, dit-il en serrant le poing et en simulant un punch.

— Même les filles ? demanda Jessica.

— Même les filles, assura Milland avec un sourire.

— Vous voulez dire que les gens ont raison de se faire du mal, monsieur Milland ? intervint brusquement Sally, le regard froid et inexpressif derrière ses lunettes épaisses.

— Non, Sally, je n'ai pas voulu dire cela.

Cette gamine était une raisonneuse, et ce n'était pas la première fois qu'elle essayait de le prendre en traître.

— Mais il faut se battre pour survivre, continua-t-il. C'est une loi qui est valable pour tous les êtres vivants. Bien sûr, ça ne veut pas dire qu'il faut tuer tout le monde, mais il faut survivre.

— Vous avez déjà dévoré des entreprises, monsieur Milland ? poursuivit imperturbablement Sally.

Bon Dieu, se dit Milland, où est-ce qu'elle allait chercher tout ça ?

Ce fut Norman Cass qui, devant la mine ébahie du maire, partit d'un grand rire et répondit à la gamine.

— On dit « absorber », Sally. Ou « neutraliser », ou « désactiver un concurrent ». C'est la loi du commerce. Si ton entreprise montre des signes de faiblesse, elle finit par se faire absorber par une autre. C'est pourquoi il faut ruser, rester en bonne santé, et s'arranger plutôt pour absorber ses concurrents !

Il rit à nouveau.

— En tout cas, reprit-il en changeant le cours de la conversation, Kurnitz nous pose un problème, Max. Je suis sûr que Doyle n'osera jamais passer l'interview à la télé. Il faudrait lui mettre la main dessus quand ils reviendront tout à l'heure et s'arranger pour qu'il reprenne une interview avec toi et Ballard, sans Kurnitz. Qu'est-ce que vous en pensez, Val ?

Celle-ci, légèrement décoiffée par le souffle de l'air, le visage un peu rougi par le soleil et nimbé d'une fine sueur, essaya de reprendre une attitude professionnelle.

— Nous avons un accord avec CBS, c'est tout ce qui compte, dit-elle. Il faudra bien que Doyle passe quelque chose. Je ne vois pas d'inconvénient pour négocier ça avec lui tout à l'heure. Si vous voulez, Max, je m'en chargerai.

Cette fille a décidément du tempérament, se dit Cass en la fixant sans détour. Si elle conservait ces qualités dans l'intimité, ça promettrait quelques bons moments, pensa-t-il.

— D'accord, Val, on tâchera de régler ça tout à l'heure, fit Milland.

Il avait l'air déterminé mais en fait il ressentait une curieuse impression de malaise. Ce matin encore, en quittant Dos Rios, tout lui paraissait clair et à son avis il ne devait pas y avoir d'anicroche. Et pourtant, les choses tournaient bizarrement, et il lui semblait qu'il perdait le contrôle. Peut-être était-ce la chaleur ?

— Papa ? s'écria Johnny-John. J'en ai assez de rester là. On pourrait aller faire des photos, non ?

Milland fut tiré de ses réflexions.

— Pourquoi pas ? dit-il. Qu'est-ce que vous voulez voir les enfants ? Les lions ?

— Les panthères, fit Sally sur un ton déterminé.

— Et pourquoi les panthères ? s'enquit Milland avec un sourire.

— Parce que je n'en ai jamais vu.

Milland examina les gosses et posa son regard sur Betty qui était assise à côté d'eux. Oui, ce n'était pas une mauvaise idée, pensa-t-il.

— D'accord, John.

Puis il se tourna vers Cass.

— Norman, je crois que je vais aller me balader dans le parc avec les gosses. Elles sont où, déjà, les panthères ?

— Par là, indiqua aussitôt Johnny-John.

— Et comment tu sais ça, toi ? lui demanda son père.

— J'ai demandé à M. Brogan tout à l'heure.

Milland se leva.

— Bon, allez, on y va, fit-il à la petite troupe.

Cass et Valerie se regardèrent et ce fut Cass qui se décida également pour une balade.

— Eh bien, Val et moi on ira du côté des lions, d'accord ?

Cass s'était dit subitement qu'une promenade avec Valerie pourrait être une bonne chose et que l'amour dans la verdure présentait des charmes que n'aurait jamais l'ambiance frelatée de Barney's Farm.

Les deux groupes se séparèrent donc et partirent chacun sur des chemins opposés. Cass et Valerie entendirent pendant quelques secondes les piaillements de Jessica qui s'estompaient dans la nature.

— Vous savez que les lions sont presque pire que les tigres ? dit Cass à Valerie.

— Comment cela ?

— Ils sont capables de copuler toutes les vingt minutes, jour et nuit, sur une période qui peut durer deux semaines, lui dit-il. C'est ce que m'a raconté Kurnitz.

Valerie Walker le fixa droit dans les yeux.

— Je serais curieuse de voir ça, fit-elle pour toute réponse.

La Toyota était arrivée en cahotant sur le chemin inégal à la porte de l'enclos numéro sept. C'était une porte métallique faite de barreaux à section carrée peint en vert. Elle avait près de trois mètres de haut et le grillage la continuait sur une cinquantaine de centimètres encore, comme un porche. De même que l'imposant portail d'entrée de la réserve, elle reposait sur des roues de fer guidées par un rail et coulissait d'une pièce sur la droite.

Les passagers sortirent un à un du véhicule et contemplèrent les environs. Ils avaient descendu une pente continue sur plusieurs centaines de mètres et se trouvaient maintenant en bas de la colline après avoir contourné celle-ci. De cet endroit, il n'était pas possible de voir le sommet où devait se trouver la plate-forme qui avait servi de site d'observation. Mais, en remontant un peu dans l'enclos, on devait pouvoir la distinguer au milieu des arbres. Cette entrée était le point le plus bas de cette partie de la réserve. Il y régnait un calme absolu, à peine dérangé par les chants et les appels des oiseaux.

— On a des chances de voir votre tigre depuis le chemin ? demanda Spike à Kurnitz.

— Ce n'est pas impossible, répondit celui-ci. Je le vois souvent se promener à découvert sur son territoire. Mais en règle générale, quand il fait assez chaud, il préfère l'ombre des arbres. Je pense qu'il doit se prélasser quelque part dans les bosquets qu'on voit là-bas.

Il y avait dans l'enclos une végétation assez variée. Une masse touffue d'arbres et d'arbustes avait poussé en bas de la colline où s'amassait l'humidité des sols, tandis que la pente était de plus en plus pelée en se rapprochant du sommet.

— C'est un des plus grands enclos, précisa Kurnitz. Il s'étend un peu plus loin derrière la colline.

Il fit quelques pas le long de la clôture en scrutant attentivement l'intérieur de l'enclos.

— Je crois que le mieux à faire, c'est encore d'y aller avec la voiture, fit-il. Je ne sais pas s'il se laissera approcher. Mais je doute de toute façon qu'il vienne spontanément se promener par ici.

Spike et Doyle échangèrent un regard peu enthousiaste.

— Il n'y a aucun danger, monsieur Doyle, intervint Ballard qui avait surpris l'hésitation des deux hommes. En restant dans la voiture, on peut visiter tout l'enclos sans problème. Vous pourrez filmer depuis l'intérieur, dit-il à Spike.

— Je suggère également que M. Ballard et M. Rand restent à l'extérieur, dit Kurnitz. Vous serez plus à l'aise pour filmer, si vous restez dans la voiture, continua-t-il en s'adressant à Spike.

— Pas de problème, acquiesça Rand. On vous attend.

Kurnitz sortit alors une nouvelle fois son trousseau de clés de sa poche.

— Prenez place, fit-il à Spike et Doyle. Je vais ouvrir et vous accompagner.

Doyle prit le volant et Spike monta à l'arrière pour préparer la caméra. Pendant ce temps, le Dr Kurnitz inspecta attentivement l'intérieur de l'enclos et, jugeant qu'il n'y avait pas de danger, s'apprêta à ouvrir le portail.

Il retira une goupille qui calait la porte et l'empêchait de coulisser accidentellement.

— Une sécurité, expliqua-t-il à Rand qui le regardait faire.

Puis il introduisit une clé dans une plaque métallique sur le pilier de béton qui tenait la porte et répéta les gestes qu'il avait faits quelques heures auparavant à l'entrée du parc. Le moteur électrique fixé au sommet du pilier se mit à ronfler et actionna deux crémaillères qui firent rouler lentement la porte sur le rail.

Quand l'espace fut suffisant, Kurnitz fit signe à la voiture d'entrer. Il passa à son tour dans l'enclos, ses petits yeux sur le qui-vive, et referma la porte. Cela fait, il alla prendre place dans la Toyota, à côté de Doyle qui conduisait.

Rand et Ballard regardèrent la voiture qui tanguait dans les herbes en s'éloignant.

6

Chris Doyle était nerveux et tenait ses mains crispées sur le volant. Il roulait très lentement, en évitant autant que possible les aspérités du terrain qui surgissaient devant la voiture. Il ne manquerait plus que de tomber en panne au milieu de l'enclos, pensa-t-il. Et rentrer à pied sous le nez du tigre en lui disant : excusez-nous, mais on fait que passer !

— Restez en terrain découvert et avancez jusque là-haut, indiqua Kurnitz en pointant une partie de l'enclos qui surplombait la zone basse des arbres.

Doyle suivit scrupuleusement les consignes sans un mot.

— Arrêtez-vous, lui dit soudain Kurnitz. Coupez le moteur, on va attendre un peu.

La voiture était immobilisée et visible pratiquement de chaque endroit de l'enclos. Mais celui-ci paraissait absolument désert.

Le Dr Kurnitz laissa s'écouler quelques minutes et Doyle commença à s'impatienter.

— S'il roupille, votre fauve, on va en avoir jusqu'à ce soir, dit-il avec mauvaise humeur. On pourrait klaxonner, non ?

Il allait faire le geste, mais Kurnitz, avec une réaction d'une étonnante vivacité, lui retint la main.

— Il nous observe depuis la seconde où nous sommes arrivés devant la porte de son enclos, dit-il d'une voix sourde. Ne l'agacez pas, ça ne servirait à rien.

Leur attente se poursuivit dans le silence. Spike soupira d'impatience.

— On pourrait se rapprocher des arbres avec la voiture, suggéra-t-il.

— C'est inutile, dit Kurnitz. Il va sortir, et vous pourrez le filmer beaucoup mieux que dans les arbres.

— Qu'est-ce qu'il attend, alors ? fit Doyle.

— En ce moment, il est inquiet et fâché, reprit Kurnitz de sa voix sourde. Fâché parce qu'on s'est introduit chez lui. Et inquiet parce que votre voiture est un animal non identifiable.

Il parlait comme s'il lisait dans les pensées du tigre. Doyle n'aimait pas ça et lui jeta un regard à la dérobée.

— Mais chaque seconde qui passe lui donne de l'assurance, poursuivit Kurnitz. Il va sortir nous rendre visite, n'ayez crainte.

Kurnitz avait à peine achevé sa phrase que leur regard à tous les trois fut attiré par un mouvement dans le champ d'alerte de leur vision. Ils tournèrent instantanément la tête, dans un synchronisme parfait, comme les danseurs d'un ballet.

Le tigre était sorti des broussailles et se tenait, immobile, à une cinquantaine de mètres à l'arrière de la voiture. Il avait surgi à l'endroit où les trois hommes l'attendaient le moins. C'était absolument parfait, songea Kurnitz, rempli d'un sentiment étrange qui ressemblait à une immense fierté. Il savait que l'animal avait attendu, observé, décelé la présence des passagers dans le véhicule et avait adopté une tactique d'approche en fonction du champ visuel de ces trois animaux qui regardaient toujours dans la même direction. Kurnitz savait que, s'ils n'avaient pas été dans la voiture, à cette seconde même l'un d'eux serait cloué au sol sous les griffes, les crocs et le poids de l'animal.

A l'apparition du tigre, Doyle sentit très nettement les poils de ses avant-bras se hérisser. Il se surprit même à avoir un mouvement de recul quand il vit l'animal commencer à marcher vers la voiture en la contournant à pas gracieux avec la plus grande précaution.

Le tigre continua d'avancer jusqu'à une dizaine de mètres à peine de la Toyota. Doyle avait maintenant la bouche sèche et en oublia de donner ordre à Spike de filmer le fauve.

Celui-ci était d'une taille extraordinaire et son pelage d'un blanc grisâtre à reflets bleutés, strié de noir, était absolument magnifique. Chaque pas qu'il faisait déclenchait une ondulation des muscles de ses pattes antérieures et des épaules, comme une houle puissante et parfaitement contrôlée. La collerette abondante qui lui cerclait la tête était d'une blancheur soyeuse et ses oreilles semblaient d'un velours épais.

Les réflexes professionnels de Spike lui avaient fait saisir au plus vite sa caméra et il avait filmé la bête sans attendre l'ordre que Doyle ne semblait pas vouloir donner. En fait, ce dernier était comme hypnotisé par l'animal, et le fixait la bouche ouverte et les yeux écarquillés. Le tigre avait réveillé chez lui les terreurs animales primitives que les ancêtres des hommes avaient dû ressentir pendant des siècles, quand leur existence sur la planète était menacée par de tels prédateurs.

Spike était gêné par la partie supérieure de la vitre qui était teintée. Tout en gardant l'œil collé au viseur de la caméra, il avança sa main droite et commença d'actionner la manivelle de la vitre pour abaisser celle-ci.

— Ne faites pas ça ! intervint aussitôt Kurnitz qui avait surpris le geste. Vous n'avez pas idée des ravages que pourrait causer le coup de patte d'un tel animal sur votre visage.

Le tigre s'était en effet encore rapproché de la voiture et rôdait à deux mètres à peine. Il passait, majestueux comme à la parade, l'échine à hauteur des portières, en lançant des œillades de travers aux passagers qui suivaient ses mouvements. Il s'immobilisa soudain, tourna lentement son énorme tête vers la vitre de Doyle et ouvrit une gueule immense en soufflant brièvement, de colère et de mépris, les vibrisses tirées vers l'arrière et les oreilles couchées.

J'aurais voulu qu'il prenne la pose pour moi, songea Spike, qu'il n'aurait pas fait mieux.

Le tigre souffla encore une fois. C'était une sorte de râle sourd et menaçant, venant du fond de la gorge, accompagné d'un fin sifflement. Puis il referma la gueule et ses redoutables crocs jaunes disparurent sous ses babines. Il fixa encore une fois de son œil vert et immobile les passagers de la voiture, puis fit brusquement volte-face, et s'éloigna vers les fourrés d'où il était sorti, d'un pas à la fois nonchalant et puissant.

Spike le filma jusqu'à ce qu'il eût complètement disparu dans les arbres, puis ôta la caméra de son épaule et la posa sur le siège à côté de lui en soufflant bruyamment.

— On est mieux dans la voiture que dehors, pas vrai ? fit-il pour rompre le silence.

Il ôta même sa casquette afin de se passer la main dans les cheveux.

— Pour moi c'est bon, Chris, reprit-il. Si tu veux, on peut se tirer.

Chris Doyle était encore comme dans un état de choc. Il tourna lentement la tête vers les deux autres, abandonnant le paysage où avait disparu le tigre qu'il n'avait cessé de fixer. Finalement, il arriva à parler.

— O.K., Spike.

Il s'adressa à Kurnitz.

— Je crois que ça ira, hein, doc ?

Kurnitz hocha la tête.

— C'est comme vous voulez, monsieur Doyle. C'est vous le chef.

Il y eut encore un petit silence.

— De toute façon, reprit Kurnitz, je doute qu'il ressorte une seconde fois. Il est venu nous faire savoir qu'on était chez lui à nos risques et périls. Maintenant il a dû retourner s'étendre quelque part à l'ombre.

Doyle mit une main sur le volant et de l'autre il tourna la clé de contact.

— Allez, on rentre ! fit-il.

La voiture démarra. Il fit un large demi-tour et reprit le chemin du portail.

Quelque part dans les broussailles, allongé sur le ventre comme un gros chat, les pattes en avant, Wand-da surveillait avec une certaine indifférence la sortie des intrus. Il vit au fond de l'enclos la porte s'ouvrir, la Toyota passer sur le chemin, et la porte se refermer. L'esprit tranquille, il entreprit de se lécher le bout des pattes à larges coups de langue.

Doyle était encore blême et Ballard s'en aperçut. Finalement, ce type doit avoir l'âme sensible, se dit-il sans y croire vraiment.

Tout le monde se tenait debout autour de la voiture et personne ne semblait décidé à planifier la suite de l'excursion.

— Souhaitez-vous visiter le groupe des lions, monsieur Doyle ? demanda finalement Kurnitz. Ils sont dans la parcelle quatre, c'est de l'autre côté.

Doyle leva la tête et consulta les autres du regard. Il se sentait aussi défait que lorsqu'il forçait un peu sur les cocktails et que montait de son estomac une légère nausée tandis qu'il attendait un plat de résistance.

— Qu'est-ce que tu en penses, Spike ? Ça suffit, non ?

Spike haussa les épaules. Il voyait bien que le chef n'était pas à son aise.

— Ça devrait aller, concéda-t-il. On doit pouvoir en monter une minute, une minute trente. J'ai quelques gros plans assez chouettes sur les crocs. Ça plaira, Chris.

C'est donc avec une feinte fermeté que Doyle prit sa décision.

— Bon, eh bien c'est terminé, fit-il. On rentre.

Et il se dirigea vers la portière de la voiture.

— Comme vous voulez, monsieur Doyle, dit Kurnitz. En ce qui me concerne, je vais rentrer à pied. Je propose qu'on se retrouve à la plate-forme. D'accord ?

— C'est bon, fit Spike.

Et celui-ci s'installa au volant de la Toyota. Ballard grimpa derrière, mais Russell Rand hésita un instant.

— Ça vous ennuie si je rentre avec vous, docteur ? fit-il en se tournant vers Kurnitz.

Kurnitz le dévisagea de son regard froid une petite seconde de trop et Rand crut y lire que la proposition le contrariait.

— Mais pas le moins du monde, monsieur Rand. Venez avec moi, je vous en prie.

Et tous deux se mirent donc à gravir en sens inverse le sentier qui les avait conduits jusqu'à l'enclos. Ils entendirent bientôt derrière eux démarrer la Toyota qui les doubla lentement. Du siège arrière, Ballard leur fit un geste amical de la main et la voiture s'éloigna.

Ils marchèrent en silence pendant quelques mètres sur le chemin désert puis Rand se décida à engager la conversation.

— Vous savez, docteur, je conteste un peu votre point de vue sur l'alimentation de vos fauves.

Kurnitz tourna la tête vers lui.

— Ah oui ? Et pourquoi donc ?

Rand avait sorti un micro de la sacoche de cuir du magnétophone qu'il portait toujours en bandoulière.

— Ça vous gêne si j'enregistre ? Vos propos m'intéressent et je pense que je pourrai en glisser quelques extraits dans les brèves du *Scientific.*

— Du tout, du tout, protesta Kurnitz. Ne vous gênez pas.

En tenant le micro entre eux deux, et après avoir vérifié le niveau de l'enregistrement, Rand poursuivit son idée.

— Je veux dire, reprit-il, que malgré les immenses espaces que vous mettez à leur disposition, vos félins connaissent chaque centimètre carré de leur enclos. Leur territoire ne peut en aucune façon présenter le facteur aléatoire qu'offre la diversité de la nature quand ils chassent sur plusieurs milliers de kilomètres carrés. Et d'une certaine manière, les proies qui leur sont offertes ici ne sont jamais que de la viande vivante mise en pâture et non pas ces aubaines fournies par le hasard ou traquées infatigablement des heures durant.

Le Dr Kurnitz réfléchit un instant.

— Votre remarque est intéressante, monsieur Rand, mais vous comparez ce qui n'est pas comparable, dit-il enfin. Nous sommes ici dans le cas de figure d'une réserve. Ce serait idiot de vouloir recréer les exactes conditions de la vie en pleine liberté de ces fauves. Ou alors, autant les laisser chez eux, en Sibérie, en Afrique, ou dans les jungles d'Indonésie.

Il secoua la tête.

— Non, reprit-il. J'essaie de trouver le compromis le plus acceptable entre les zoos-prisons et l'environnement des animaux. Leur fournir des proies vivantes est vraiment la meilleure des choses. Vous avez déjà étudié les animaux en captivité dans des fauveries, n'est-ce pas ?

Rand fit oui de la tête.

— C'est lamentable, dit Kurnitz avec dégoût. Avez-vous remarqué à quel point ces bêtes étaient empâtées de mauvaise graisse ? A quel point elles végètent dans l'apathie la plus servile quand en plus elles ne sont pas pelées de s'être vautrées toujours au même endroit ? C'est inadmissible, conclut-il.

Ils firent quelques pas en silence.

— Ici, continua Kurnitz avant que Rand ne lui pose une nouvelle question, ici mes animaux ont un corps. Leurs muscles sont déliés. Ils sentent leur estomac. Ils sont nourris irrégulièrement, tant en quantité qu'en durée. Je me substitue à mère nature, si je puis me permettre. Je suis le hasard de la vie. Un jour, ils voient un cerf entrer dans leur enclos, et durant deux semaines ils ne voient rien. Parfois, je mets deux cerfs pour Wand-da, ou pour Bira, la femelle. Et ils sont très astucieux. Ils en tuent un seul, le dévorent et attendent d'eux-mêmes cinq ou six jours pour abattre le second. C'est très intéressant d'observer cette régulation qu'ils s'imposent, car ils savent qu'après cette aubaine, rien ne leur sera peut-être livré de vingt ou vingt-cinq jours. Dans cette réserve, le facteur aléatoire de la nature, monsieur Rand, c'est moi.

Russell Rand réfléchit à son tour sur ces propos.

— Je ne suis pas tout à fait d'accord sur cette obsession du corps, remarqua-t-il. On voit dans la nature des félins en mauvaise condition, qui se sont brisé une patte, qui souffrent d'obésité pathologique ou d'une infection quelconque. La condition générale n'est pas forcément cette bonne santé idéale que vous semblez défendre à tout prix.

Le Dr Kurnitz tourna la tête et sonda du regard plus intensément encore le visage de Rand.

— Ce n'est pas seulement une question de corps, monsieur Rand.

Il marqua une pause.

— C'est une question d'âme, fit-il en appuyant sur les mots.

Russell Rand se montra surpris. Depuis quand l'âme était-elle devenue un argument scientifique ? Il était ennuyé par le tour que prenait la discussion. Il avait peur de découvrir chez le Dr Kurnitz des traces de sénilité intellectuelle qui lui feraient mélanger un peu tout dans son cerveau. Certes, cet homme était au crépuscule de sa vie, comme pourrait dire Doyle dans une de ses émissions, mais il laissait déjà derrière lui une immense réputation de sérieux et de valeur dans tous ses domaines de recherche. Rand n'avait pas envie d'être le premier à découvrir que le vieux professeur déclinait sérieusement. Mais avant qu'il ait pu détourner le cours de la conversation, Kurnitz reprit la parole.

— On a dû vous le dire, quand vous étiez plus jeune, n'est-ce pas ? dit-il avec un sourire qui semblait souligner une bonne plaisanterie. Le corps ne vaut pas grand-chose : seule l'âme compte !

Il eut un petit rire sec comme une toux.

— Eh bien, l'âme des animaux, c'est leur instinct ! C'est cela que je veux préserver. Cet instinct redoutable, que sert leur corps puissant à tout moment de leur vie. Il ne s'agit pas de bonne santé, bien sûr, monsieur Rand. Ce serait ridicule. Qu'est-ce que la bonne santé ? Rien du tout s'il n'y a pas l'âme ! S'il n'y a pas cet instinct vif, fier, aiguisé, qui pousse à tout surmonter, à régner en maître absolu dans les forêts du Bengale, la taïga de l'Oussouri, les savanes du Botswana !

Kurnitz fixait Rand de ses petits yeux pétillants et rieurs où luisait une certaine exaltation. A ce même moment, parvint à leurs oreilles un rugissement un peu éraillé, long et modulé, d'une force impressionnante, qui sembla emplir toutes les collines.

Avec un sourire d'immense satisfaction, Kurnitz regarda à nouveau Rand.

— C'est Timan, le mâle, dit-il. Vous avez déjà entendu un lion rugir ainsi dans un zoo ?

— Non, dut admettre Rand.

— Vous le savez, dans la savane les lions rugissent le soir venu. C'est un cri étrange. Ce n'est pas un appel, ni un cri de colère. C'est une voix qui peut porter à sept ou huit kilomètres, une manifestation de règne sans partage sur la terre, qui rappelle à tous les autres animaux que leur vie est à la merci du seul maître des lieux.

Il soupira.

— Comment voulez-vous qu'un tel animal exprime une chose pareille dans un zoo ? A la rigueur, vous pourrez l'entendre grogner quand il mâchonne un os, guère plus.

Le regard de Kurnitz s'abaissa sur le micro que Rand tenait toujours à la main.

— Ce n'est pas moi qu'il faut interroger, jeune homme. Allez plutôt enregistrer Timan. Il va rugir encore quelques fois. Il adore ça le soir. Et je suis sûr que de votre vie vous n'avez jamais entendu le vrai rugissement d'un lion. N'est-ce pas ?

— Vous avez raison.

— Eh bien, ici, dans la réserve du Dr Kurnitz, vous voyez que c'est possible. Et vous savez que c'est exceptionnel. Ces animaux sont chez eux. Voilà ce que vous pouvez écrire dans le *Scientific American,* conclut le professeur.

C'était en effet la fin de l'après-midi, et le soleil allait bientôt buter sur la crête des montagnes. Il continuerait ensuite sa course derrière celles-ci pour plonger dans le Pacifique, tandis que l'ombre couvrirait peu à peu le domaine de Kurnitz.

Rand et le docteur étaient arrivés à une séparation du chemin. Kurnitz indiqua d'un geste celui qui partait sur la droite.

— Allez-y, monsieur Rand. C'est par là, à peine à quelques minutes. Vous nous retrouverez tout à l'heure à la plate-forme.

Rand hésita un instant, et puis la curiosité l'emporta.

— Oui, docteur, vous avez raison. Je crois que c'est une bonne idée.

Il rajusta la sangle de son magnétophone sur son épaule et se lança sur le chemin indiqué.

— A tout à l'heure, fit-il à Kurnitz avec un signe de la main.

Kurnitz s'éloigna à son tour sur l'autre chemin, de sa démarche à la fois lourde et agile.

Les collines s'emplirent à nouveau d'un rugissement de Timan et Rand se surprit à s'arrêter instinctivement à ce signal. Et en prêtant attentivement l'oreille, il crut discerner dans ce cri quelque chose d'autre que les ébats d'un lion saluant la fin du jour. Il y avait dans ces rugissements une rage, une impatience, une mauvaise humeur évidentes. J'ai bien l'impression qu'il a faim, se dit Rand. Kurnitz doit les faire jeûner depuis quelques jours. Il attendit quelques secondes, puis reprit sa marche.

Le chemin que Milland, Betty et les enfants avaient pris montait légèrement sur une autre colline et ils étaient arrivés à une nouvelle plate-forme d'observation. Depuis celle-ci, ils avaient alors aperçu un tout autre paysage. La vallée de Dos Rios, parsemée des taches de verdure que faisaient les vergers, s'étendait plus bas dans le lointain. Le chemin qu'ils avaient suivi continuait en pente douce sur un nouveau versant, et ils s'y étaient tous engagés après avoir profité de la vue.

Le soleil allait passer dans un moment derrière les montagnes mais la chaleur était encore étouffante. Johnny-John, qui marchait en avant-garde avec sa sœur et Sally, ôta d'un geste rapide son tee-shirt et se trouva torse nu.

— Si vous voulez en faire autant, ne vous gênez pas pour moi, dit Milland à Betty avec un sourire qui en disait long sur ses pensées.

Il marchait aux côtés de la jeune femme depuis leur départ et avait échangé avec elle bon nombre de banalités. Il la dépassait d'une bonne tête et, quand il l'observait de trois quarts arrière, il la trouvait d'une grâce à couper le souffle. Ses petits seins dansaient au rythme de la marche, collés par la sueur au tee-shirt qui la moulait comme une seconde peau.

Betty jugea préférable d'ignorer les paroles de Milland. Elle avait toujours su tenir à distance celui-ci et ne tolérait jamais plus qu'il ne fallait ses mains baladeuses.

— Vous savez, Betty, je ne comprends toujours pas pourquoi vous refusez de regarder votre avenir en face. Une fille mignonne comme vous mérite mieux que les petits boulots que vous faites.

— Mais ces petits boulots ne me déplaisent pas du tout, monsieur Milland, rétorqua Betty en feignant d'ignorer où le maire voulait en venir. J'ai toute la liberté qui me convient. Et ça ne me gêne pas de surveiller vos enfants pendant tout l'été. D'ailleurs ils sont tout à fait tranquilles.

— Un emploi stable ne vous a jamais paru préférable ? insista Milland. Vous savez, ce que je vous ai proposé il y a plusieurs mois tient toujours. Je suis sûr que l'hôtel de ville serait flatté de recevoir parmi son personnel une jeune femme aussi charmante que vous.

Au début, cette proposition avait été un dilemme pour la jeune femme. Elle en avait parlé à ses parents qui l'avaient pressée d'accepter. Mais quelque chose l'avertissait qu'il ne fallait pas qu'elle devienne l'obligée de Milland. Et puis, un soir, elle avait eu par hasard une discussion avec Sandy Marsh, une ancienne amie de lycée qui faisait maintenant partie du service d'information de la mairie avec Valerie Walker.

— J'étais dans son bureau, à l'hôtel de ville, à me faire mousser à propos de mes huit mois de secrétariat chez Leutz, lui avait-elle raconté. Tu imagines ! Il m'a écouté déballer mon curriculum sans m'interrompre une seule fois. Quand j'ai eu fini, il m'a regardée silencieusement pendant quelques secondes et je te jure que je me suis sentie dans mes petits souliers.

A coup sûr, Sandy n'aimait pas trop se rappeler ce moment-là. Mais elle éprouvait une sorte de supériorité un peu perverse en se confiant ainsi à Betty. Elle avait l'impression d'être une grande sœur dévoilant à sa cadette les secrets honteux de la vie.

— Il m'a fixée droit dans les yeux et il m'a dit quelque chose de tellement dingue que j'ai cru que je n'avais pas compris. Il m'a dit : « Sandy, je veux te lécher. »

Betty se rappelait même son propre étonnement.

— Te lécher ?

Sandy ne s'était pas étendue sur les détails. Mais, depuis, elle gagnait bien sa vie aux frais de la ville.

— Tu sais, avait-elle conclu avec une verdeur assez cynique qu'elle ne lui avait jamais connue, j'ai appris que tôt ou tard, que ce soit avec son mari ou avec son patron, une femme devait écarter les jambes dans son propre intérêt. Prends-en de la graine, Betty. C'est ta vieille copine qui te le dit !

Ils longeaient un nouvel enclos et les enfants s'étaient aventurés dans les herbes pour se rapprocher de celui-ci. Betty les surveillait du coin de l'œil.

— Qu'est-ce que vous en pensez ? reprit Milland.

Le mutisme de la jeune femme l'agaçait.

— Ça vous ennuie d'accepter ou mettez-vous en doute mes introductions à la mairie ? fit-il en plaisantant.

— Je vous remercie beaucoup, monsieur Milland, se décida à répondre Betty avec un sourire qu'elle n'essaya pas une seconde de rendre sincère. Mais en fait il est possible que j'aille à San Francisco d'ici la fin de l'année. Mon père a de la famille là-bas.

Il n'avait jamais été question qu'elle s'installe à San Francisco, mais il fallait bien dire quelque chose.

— La grande ville ! fit Milland. Le rêve de toutes les jeunes filles...

Plus cette petite gardait ses distances, plus il la désirait. Classique, se dit-il. Ça n'en sera que meilleur. Et il se voyait déjà n'en faire qu'une bouchée.

Un feulement sourd et bref se fit soudainement entendre à proximité. Milland et Betty sursautèrent. Au même moment leur parvint un gloussement de peur de Jessica. Mais c'était une peur de plaisir comme lorsqu'elle était débusquée dans un jeu de cache-cache.

— Ne vous approchez pas ! cria aussitôt Betty.

Elle s'élança vers les fourrés où avaient disparu les gosses, suivie par Milland moins rapide à la détente.

Elle trouva les trois enfants sous l'ombre de petits arbres, à un mètre du grillage, fascinés par l'animal qui rôdait de l'autre côté de l'enclos. C'était une panthère noire à l'œil agressif et aux mouvements nerveux. Elle allait et venait sur dix mètres de terrain le long du grillage, sans se décider à quitter les lieux. Sally, une branche morte à la main, donna un coup sur le grillage au moment où passait l'animal.

Celui-ci fit un écart, agacé, et feula de nouveau, ramassé sur lui-même.

— Sally ! intervint Betty. Cesse d'exciter cette bête !

La fillette tourna vers Betty son gros visage inexpressif et laissa tomber le bâton qu'elle tenait.

— Reculez, les enfants, fit-elle en s'approchant d'eux et en agrippant Jessica par un bras. Ne restez pas si près.

La panthère, un mâle robuste à l'air hargneux, continuait son va-et-vient d'un pas rapide, souple et menaçant.

— Elle n'a pas l'air commode ! fit Milland en arrivant à son tour.

Et il se mit à nouveau à côté de Betty. Ils regardaient tous en direction de l'animal qui, de son côté, ne perdait de vue aucun d'eux malgré ses déplacements.

— Elle ferait presque peur, reprit-il avec un sourire serein.

Il en profita pour passer son bras sur les épaules de Betty. Celle-ci tressaillit sous le contact. C'était une main sûre d'elle, lourde et chaude, qui s'étalait sur le rond de son épaule. Un frisson la parcourut et elle fut étonnée de ne pas pouvoir en discerner la cause. Etait-ce le dégoût ou une manifestation inopportune de sensualité ? Elle se raidit néanmoins. La situation faisait monter en elle une crainte sourde. Dans l'ombre des petits arbres, et malgré le grillage qui la séparait du fauve, elle se sentait environnée de dangers.

— On dirait qu'elle veut nous dévorer, n'est-ce pas ? fit Milland d'une voix douce, presque tendre, aussi chaude que sa main.

L'animal continuait ses allées et venues selon un rythme infatigable, comme s'il craignait qu'en s'éloignant des bipèdes rassemblés devant lui sa colère ne s'estompe.

Milland serra Betty un peu plus contre lui et se pencha à son oreille.

— Moi aussi, je pourrais vous dévorer, lui dit-il dans un souffle.

Au moment où elle entendit ces paroles, la panthère la fixait de sa pupille étroite et Betty ressentit à nouveau une bouffée de panique incontrôlée. Elle fit un mouvement pour échapper à l'étreinte de Milland. Mais celui-ci la serra plus fort. Il savait qu'il y avait un moment, dans la résistance féminine, où tout se jouait. Ce moment-là, il ne fallait pas le rater, sinon la proie s'envolait et on ne la rattrapait jamais plus.

Il l'attira contre lui un peu plus fermement malgré sa résistance et sentit bientôt un petit sein s'écraser contre sa poitrine. Mais soudain, dans un mouvement violent qui le surprit, Betty tenta de le repousser de ses deux mains.

— Ça suffit ! s'écria-t-elle d'une voix sourde et furieuse.

Elle était rouge de peur et peut-être d'excitation, pleine de mépris pour lui et fâchée contre elle-même. Il tenta de la retenir encore une fraction de seconde, puis, constatant que l'oiseau s'envolerait quoi qu'il fasse, il la libéra finalement.

Les enfants, captivés par la panthère, n'avaient pas porté grande attention à l'événement. Mais quelqu'un d'autre avait suivi la stratégie amoureuse de Max Milland avec tout l'intérêt du zoologiste habitué de longue date à observer les innombrables curiosités du monde animal.

C'est en relâchant Betty que Milland aperçut le Dr Kurnitz à quelques mètres derrière eux, sur le chemin. Le docteur était immobile, et Milland n'aurait pu dire depuis combien de temps il les fixait de ses yeux froids.

— Il est en rut, dit Kurnitz sans s'adresser à quelqu'un en particulier.

Les autres se retournèrent et découvrirent à leur tour sa présence.

Il se paie ma tête, ou quoi ? se demanda Milland.

— Et de plus il a faim, poursuivit le docteur. Ils n'ont rien mangé depuis plusieurs jours.

Il s'approcha du groupe.

— Vous ne devriez pas rester là. Vous l'excitez inutilement.

— Mais Johnny-John veut faire des photos ! protesta la grosse Sally avec son air pincé de petite pimbêche.

— Eh bien, allez-y, jeune homme, faites vos photos. Mais ensuite ne restez pas à l'énerver.

Milland reprit rapidement contenance. Il avait depuis longtemps ce don propre au carriériste politique de retomber sur ses pieds comme un chat en toute circonstance.

— Où sont les autres ? demanda-t-il à Kurnitz avec une certaine autorité.

— J'ai laissé les journalistes rentrer à la plate-forme pour faire mon petit tour des enclos, répondit-il.

Kurnitz se tourna vers Betty.

— Vous savez, mademoiselle, vous devriez emmener les enfants un peu plus bas vers l'enclos des cerfs. Ils sont justement près de la porte. Je suis sûr qu'ils plairont aux enfants.

Betty jeta un regard à Milland, puis à Kurnitz.

— Monsieur Milland, voulez-vous faire un bout de chemin avec moi ? continua Kurnitz. Je rentre vers la plate-forme.

Après tout, pourquoi pas ? pensa Milland. C'était une façon assez correcte de laisser tomber pour l'instant ses grandes manœuvres amoureuses sur Betty.

— Excellente idée, docteur. Je voulais justement examiner plusieurs choses avec vous.

Il abandonna l'endroit pour revenir sur ses pas. Betty et Kurnitz échangèrent à nouveau un regard. Celui de Betty était chargé de remerciements. Mais elle aurait bien été incapable de lire ce qu'il y avait dans celui de Kurnitz.

Elle récupéra les gosses, les ramena sur le chemin, et s'éloigna sur la pente avec eux.

Kurnitz et Milland s'en allèrent à l'opposé.

— Ne traînez pas trop longtemps ! leur cria Milland. On vous attend.

La petite Sally jeta un coup d'œil torve à Betty. Elle a tout compris, cette petite chipie ! se dit la jeune femme. Elle soupira et de ses mains ramena en arrière les cheveux que la sueur collait sur son cou.

7

Les enfants l'avaient encore une fois devancée et elle marchait à leur suite d'un pas tranquille, préoccupée par ce qui s'était passé avec Milland. Deux semaines auparavant, le même problème s'était posé. Cela avait eu lieu dans la résidence des Milland, un après-midi calme où elle profitait de la piscine. Nancy Milland avait emmené avec elle Johnny-John et Jessica faire un tour en ville. Elle avait donc la maison pour elle seule et avait décidé de se chauffer au soleil. Elle avait ôté le haut de son maillot de bain et s'était étendue sur les dalles chaudes qui bordaient la piscine. Elle n'avait pas entendu Milland qui était rentré en coup de vent pour changer de chemise. Quand il faisait si chaud, il en changeait deux ou trois fois par jour.

Du premier étage de la chambre à coucher, Milland avait vu la jeune femme se prélasser sous sa fenêtre comme un lézard. Tout en boutonnant sa chemise propre, il n'avait cessé de fixer la beauté juvénile de Betty offerte au soleil et à son regard. Qu'il avait envie d'elle, bon Dieu, qu'il avait envie d'elle !

Il était descendu sur la véranda, avait observé la jeune femme pendant encore un instant, puis s'était approché sans bruit. Elle somnolait et ne l'avait pas entendu.

Betty se rappelait avoir senti cet effleurement de mouche sur sa poitrine, puis elle s'était complètement éveillée. Elle avait vu Milland penché sur elle et senti sa main qui s'était refermée sur son sein. Elle avait crié et s'était jetée en arrière. Milland était parti d'un éclat de rire.

— N'ayez pas peur, voyons, Betty ! Ce n'est que moi.

Il avait avancé le bras pour la saisir à nouveau, mais elle avait encore reculé en récupérant le haut de son maillot de bain qu'elle s'était mise à enfiler sur-le-champ. Milland s'était redressé et l'avait contemplée d'un air amusé. Elle ne lui avait pas dit un mot, et finalement s'était jetée dans l'eau tiède de la piscine.

— Dommage qu'on m'attende à l'hôtel de ville, avait-il lancé avec un large sourire. Sinon je vous aurais bien rejointe !

Après quoi il était parti.

— Betty, viens voir ! cria Jessica.

Ils avaient longé sur quatre à cinq cents mètres un enclos situé cette fois-ci à gauche du chemin. Les enfants étaient arrivés à la porte que leur avait indiquée Kurnitz et contemplaient une horde de cerfs avachis à l'ombre des arbres ou paissant tranquillement dans les herbes. Les animaux adressèrent aux enfants des regards indifférents en roulant leurs gros yeux paisibles, sans cesser de ruminer. Des faons gambadaient près de leurs mères et Jessica et Sally les appelèrent en passant leurs bras à travers les forts barreaux de la porte.

Betty resta derrière les enfants à regarder sans les voir les ruminants silencieux. Elle avait l'esprit ailleurs. Elle laissa les gosses et fit quelques pas seule sur le chemin qui descendait toujours.

Elle en avait marre des Milland. Mais, d'un autre côté, elle n'était pas trop enchantée à l'idée de retourner servir au Sambo's de l'autoroute sous les plaisanteries grasses des routiers. Elle soupira et s'assit sur le bord du chemin. Les paroles de Sandy Marsh lui revenaient encore une fois à l'esprit. Ecarter les jambes... Ils n'avaient que ça dans la tête, tous ! Ce n'était pas la première fois qu'elle en arrivait à la conclusion que la vie n'était qu'une morne et perpétuelle bagarre pour trouver du boulot et repousser à tout instant les assauts sexuels des hommes.

Son attention fut attirée par des bruits infimes provenant

de l'enclos des panthères, de l'autre côté du chemin. Elle fouilla la nature des yeux et décela entre les arbustes le pelage noir de la panthère qui se mouvait derrière son grillage. Elle nous a suivis jusqu'ici, se dit Betty.

Son regard se perdit le long de la clôture qui descendait encore plus bas, jusqu'au fond du chemin se terminant en boucle, où apparaissait la double enceinte de la réserve. Apparemment, ce n'était pas possible d'aller plus loin. Elle se dit qu'il était temps de faire demi-tour et d'aller retrouver les autres là-haut. Elle avait promis à ses parents de rester avec eux ce soir pour regarder la télé. Dans une heure, une heure et demie au plus tard, ils devraient tous être rentrés à Dos Rios.

C'est quand elle se leva que son attention s'arrêta sur un détail qu'elle n'avait pas relevé plus tôt. Elle sentit son cœur se glacer. C'était impossible !

Elle fixait l'extrémité du chemin, à moins d'une centaine de mètres de là. Elle voyait la porte de l'enclos de droite qui était très nettement ouverte. Pas mal refermée. Franchement ouverte. Le grillage qu'ils avaient longé s'arrêtait là-bas, sur un vide. Impossible. Elle se déplaça de quelques pas pour mieux voir.

A son mouvement, répondit le mouvement dans les feuilles, non loin d'elle. Elle tâcha de se raisonner. Si cette porte est ouverte, ça ne peut pas être celle de l'enclos des panthères. C'est invraisemblable.

Et pourtant, il n'y avait pas d'autre explication. Elle traversa le chemin rapidement et en passant en face dans les broussailles elle surprit la panthère, à une dizaine de mètres d'elle, derrière le grillage. L'animal feula doucement, menaçant. Elle s'approcha encore un peu et regarda attentivement le long de la clôture. Aucun doute possible. La porte ouverte un peu plus bas donnait sur le terrain de la bête.

Alors le cœur lui manqua une seconde fois. Combien de temps faudrait-il à l'animal pour s'en apercevoir à son tour ?

La conscience du péril ne lui obscurcit pas pour autant les idées. Au contraire. Vite. Il fallait faire vite. Sa première pensée fut de descendre jusqu'à la porte et de repousser celle-ci. Mais que se passerait-il si la bête la suivait comme elle avait fait jusqu'à maintenant ? Ou si elle ne pouvait pas refermer l'énorme portail ? Elle pesa ces questions mais c'est l'instinct qui lui dicta de préférer la fuite.

Elle quitta les broussailles, retraversa le chemin et courut jusqu'aux enfants. Ne pas les effrayer, pensa-t-elle. Elle ralentit le pas, s'approcha d'eux, et tâcha de se composer un visage habituel.

— Allez, les enfants. On rentre. C'est fini.

Jessica tendait une poignée d'herbes à un faon qui s'était avancé à quelques mètres de la porte.

— Attends, Betty, lui dit-elle. Je crois qu'il va venir les manger.

Betty l'agrippa sans ménagement. La gamine fut surprise par la fermeté du geste et se fâcha.

— Attends, je te dis, Betty !

Obstinée, elle revint à la porte, repassa le bras à travers les barreaux et appela à nouveau le faon. Betty en profita pour se retourner et jeter un coup d'œil en bas du chemin, sur la porte ouverte. Le vide qui se découpait dans la clôture la stimula d'une nouvelle ardeur. Elle attrapa Jessica avec autorité.

— On s'en va, j'ai dit. Allez, venez. On reviendra une autre fois.

Elle entraîna la gamine qui rechignait et les deux autres gosses suivirent. Au même moment, les collines s'emplirent une nouvelle fois de l'ample rugissement du lion qu'ils avaient déjà entendu tout à l'heure. Betty fit presser le pas aux enfants. Avec un peu de chance, la panthère remonterait dans son enclos en les suivant.

En réfléchissant rapidement, elle estima le lieu du pique-nique à moins d'un kilomètre et demi. Dix ou quinze minutes de marche, se dit-elle. Mais le terrain montait. Cela ferait traîner les gosses qui se demandaient déjà pourquoi elle les faisait avancer d'un pas si rapide.

Betty s'aperçut que son cœur battait à un rythme

inhabituel. Elle fit une courte halte durant laquelle elle porta la main à sa poitrine et tendit l'oreille.

— Taisez-vous, dit-elle aux enfants qui s'arrêtèrent à leur tour et la regardèrent avec étonnement.

Elle écouta le silence agité de la nature pendant quelques secondes. Mais il n'y avait pas le moindre bruit dans l'enclos de la panthère. Où était-elle passée, celle-là ?

Elle jeta un coup d'œil au fond du chemin qui était encore visible. Elle ne distingua rien non plus. Un signal non raisonné au fond d'elle-même la convainquit cependant que le calme de la nature n'était jamais une garantie de sécurité. Les vieilles règles occultes et dissimulées que dictait l'instinct de survie à tout le règne animal refaisaient surface dans le cerveau civilisé de la jeune femme et l'avertissaient de s'éloigner au plus vite. Courir.

En poussant d'une main ferme Johnny-John au creux des épaules, elle fit repartir la petite troupe.

— Allez, on court ! dit-elle en les poussant devant elle comme une poule ses poussins.

— Pourquoi ? rechigna Sally d'une voix traînante.

— Pour s'amuser. Allez !

Et elle les contraignit à courir d'une petite foulée. Les enfants se demandaient quelle lubie avait pris Betty tout à coup, mais ils voyaient aussi à sa tête qu'il ne fallait pas poser de questions.

La panthère, avec une pointe de frustration, avait vu Betty et les enfants s'éloigner. Elle les avait suivis silencieusement pendant quelques mètres dans son enclos puis s'était arrêtée. Elle connaissait les moindres recoins de son territoire et savait qu'il était illusoire d'espérer trouver une issue le long de ce grillage. Elle se dressait souvent contre celui-ci, en prenant appui sur ses pattes de devant, comme pour en mesurer l'exaspérante réalité. Mais elle ne prit même pas cette peine cette fois-ci.

Elle hésita, puis s'éloigna comme à regret vers l'intérieur

de son enclos d'un pas traînant, sa longue queue recourbée fouettant l'air de dépit.

La journée s'achevait, et montait dans l'animal le sourd instinct de la chasse nocturne. C'était d'ailleurs à ces heures-ci que Kurnitz avait pour principe de lui lâcher un cerf, généralement un petit. Cela donnait lieu habituellement à une course crépusculaire et furieuse dans l'enclos, et Kurnitz surveillait la scène à chaque fois avec une immense satisfaction. Le fauve s'en donnait à cœur joie également et finissait par abattre sa victime d'un coup de dents sûr et impitoyable.

La panthère fouilla l'enclos du regard. Peut-être s'y trouvait-il une de ces proies qui apparaissaient de temps à autre comme miraculeusement ? C'est alors que son regard aigu s'arrêta sur la porte ouverte. C'était un fait anormal, incontestablement. Et le fauve prit le temps de bien observer ce phénomène afin d'en mesurer toutes les conséquences. Puis il décida de se rapprocher pour en avoir une meilleure compréhension.

En quelques pas, il arriva devant l'ouverture. Anormal. Parfaitement anormal. Il huma l'air qui ne lui fournit aucune indication particulière. Il abaissa sa tête fine de félin vers le sol, comme un chat se penchant pour laper dans une assiette, afin de flairer quelque indice. Il y avait là un festival de traces olfactives. Celles laissées par Kurnitz, d'autres par les cerfs qui passaient le seuil fatal, celles enfin laissées par Brogan et son tracteur.

La panthère releva la tête. Aucun doute possible, c'était une ouverture qui donnait accès à un monde nouveau, une opportunité d'étendre son territoire à des limites jusque-là insoupçonnées. Elle passa la porte avec méfiance et indécision et se tint dans le chemin.

Après avoir inspecté les lieux, elle se coula silencieusement dans les broussailles et partit en exploration. Elle arriva rapidement à hauteur de la porte de l'enclos des cerfs. Tapie dans les feuilles, elle observa cette horde de chair vivante sans en croire ses yeux. Mais il y avait autre chose.

En s'avançant, son flair décela bientôt d'autres traces, celles de ces animaux verticaux qui se tenaient derrière son grillage tout à l'heure. C'était un mélange comprenant les odeurs infimes laissées par les corps, de la sueur des enfants au parfum léger de la chevelure de Betty.

Mais il y avait une autre odeur encore. Celle si particulière que laisse derrière elle la fuite. Cette petite transe qui emplit l'air et s'accroche aux feuillages. La panthère releva la tête et ses yeux reflétèrent soudain une extraordinaire certitude. Il y avait devant elle des animaux qui fuyaient. Des animaux qui avaient peur. C'était plus qu'il n'en fallait pour déclencher la procédure immémoriale qui fait soudain d'un animal paisible un ennemi implacable pour les autres espèces.

L'animal sortit des taillis et vint devant la porte des cerfs où s'étaient accumulées toutes les traces qui excitaient son instinct. Un des cerfs vit le fauve et, dans un mouvement de panique absolue, donna un signal de fuite qui mit en branle tout le troupeau. Dans un galop faisant monter du sol une résonance sourde, la horde entière s'enfuit de façon désordonnée vers l'intérieur de l'enclos.

La panthère jeta à peine un regard à ce remue-ménage. Son cerveau était déjà rempli d'une autre préoccupation qui nécessitait la mobilisation de toutes ses facultés. Elle plongea dans la végétation qui bordait l'enclos et, d'une foulée sûre, commença de remonter la pente de la colline en gardant un œil sur le chemin. Ses sens en alerte captaient et analysaient seconde après seconde tous les indices lui permettant de se rapprocher des proies qui la devançaient. L'ombre du soir allait devenir propice. C'était un moment parfait pour la chasse.

Russell Rand avait rapidement gravi le chemin qui menait à l'enclos des lions. L'air était encore chaud mais une légère brise annonçant le soir se levait et faisait bruire la nature. Il s'arrêta pour apprécier pleinement un instant aussi délicieux.

Aussi loin qu'il pouvait se souvenir, il avait toujours fait partie de ces amoureux de la nature. Adolescent, il s'était intéressé au monde extraordinaire des oiseaux et il aurait bien été incapable de dire le nombre d'heures qu'il avait passées à surveiller les variétés de faucons de la région de Big Sur et même les aigles de la grande sierra mexicaine. A l'université de Berkeley, il s'était tout simplement orienté vers les sciences naturelles et, dans ce département où il était désormais enseignant, il pouvait assouvir sa soif de connaissance du monde animal et la faire partager à ses étudiants.

Bien que préoccupé par ses recherches, Russell était un homme simple. Les questions qu'il se posait trouvaient toujours leurs réponses dans le modèle parfait de la nature qui était sa référence de tous les instants. L'organisation humaine était certes à ses yeux également digne d'intérêt, mais tellement sujette aux pires aberrations qu'il ne s'y fiait jamais. Ainsi, plutôt que se marier, il avait adopté avec une grande sérénité d'esprit l'exemple tout à fait acceptable du compagnonnage amoureux occasionnel que prônait principalement la nature.

Comme beaucoup de chercheurs, il s'était peu à peu façonné une éthique personnelle qui tâchait de prendre en compte le plus honnêtement possible toutes les connaissances qu'il avait acquises sur la vie. C'est pourquoi il respectait beaucoup le Dr Kurnitz et ses points de vue un peu farfelus. Il comprenait bien que le vieux professeur s'était forgé au fil des ans et de ses contacts permanents avec les animaux une morale originale et quelque part respectable, même si elle pouvait paraître étrange de prime abord.

Encore une fois il remonta la sangle de son magnétophone. Quel poids ! C'était vraiment le seul inconvénient de cet appareil, un de ces Kudelski fabriqués en Suisse, qui par ailleurs étaient les meilleurs enregistreurs portables au monde. Après quoi il reprit sa marche.

Il arriva, à peine une centaine de mètres plus loin, à un emplacement qui dominait un vaste enclos assez plat et à la végétation clairsemée. Il aperçut immédiatement le groupe des lions qui s'étaient rassemblés à peu près au beau milieu de l'espace leur étant réservé. Tous se prélassaient dans l'herbe jaune et sèche en affichant leur expression caractéristique de supériorité absolue. Les femelles étaient couchées sur le ventre, la tête altière, et les jeunes, de taille déjà imposante, étaient étendus sur leurs flancs. Seul Timan, le grand mâle, était debout à quelques pas des autres, fixant l'horizon sans rien regarder de particulier, goûtant les dernières lueurs dorées du soleil qui avait basculé derrière les montagnes. Peut-être la lumière mourante de cette fin de journée réveillait-elle chez le fauve royal la nostalgie des grandes savanes d'Afrique, car il partit à nouveau d'un rugissement à la fois fier, impatient et plaintif.

Avec des gestes précis, Russell Rand sortit de la sacoche les écouteurs de l'appareil et les plaça sur ses oreilles. Il tendit ensuite le micro à bout de bras vers l'espace s'étalant devant lui et tourna le bouton du magnéto sur la position « pause-enregistrement ». Le lion s'était tu, mais le micro faisait parvenir à ses oreilles avec une netteté et une précision qui l'étonnaient toujours les plus infimes bruits de la nature.

Tout en gardant un œil sur l'animal, Russell se déplaça, l'appareil bien calé contre sa hanche. Il marcha dans les fourrés jusqu'à la clôture grillagée. Vraiment, ces animaux étalés au milieu de ce paysage étaient splendides et, pour peu que les futurs visiteurs viennent les observer de cet endroit avec des jumelles, ils offriraient un tableau magnifique et peut-être unique en Amérique.

Il vit le lion tourner sa tête majestueuse vers les montagnes et aussitôt il relâcha la pause. Il s'assura d'un regard que la bande magnétique défilait normalement dans l'appareil. Puis il surveilla à nouveau l'animal. Comme il s'y attendait, celui-ci rugit encore une fois avec une puissance à faire trembler quiconque se trouvait dans les environs. Le silence se referma ensuite sur le grondement sourd et ample mais Russell laissa tourner la bande.

D'un pas silencieux il reprit sa marche le long de la

clôture, le micro toujours tendu au bout de son bras. Au milieu des bruits furtifs qu'il captait dans le silence trompeur de la nature, Russell avait perçu quelque chose comme un souffle, une sorte d'exclamation animale étouffée et à peine perceptible. Le micro à la main, il regarda autour de lui dans les broussailles et les fourrés. Il ne décela rien de particulier et poursuivit sa marche.

Le son se manifesta à nouveau, plus clair. Il arrêta le magnéto, ôta d'un geste les écouteurs, et épia le silence. Le bruit revint encore une fois. C'était une sorte d'essoufflement bref et répétitif porté par l'air mais dont l'origine devait se trouver un peu plus loin.

Vaguement sur ses gardes, comme tout individu face à une manifestation non identifiée pouvant constituer un danger potentiel, il continua de marcher avec précaution vers la source du bruit.

Au détour de petits arbres, il découvrit à une vingtaine de mètres de lui une plate-forme de rondins, en tout point identique à celle où ils avaient pique-niqué l'après-midi durant. Elle avait apparemment été édifiée là aussi pour permettre d'observer l'enclos des lions tout à loisir.

Le bruit se fit encore entendre, mais là il n'y avait plus de doute possible. C'était un son humain. Tout à fait intrigué, Russell se rapprocha de la plate-forme. C'est à l'ombre des arbres qui bordaient celle-ci qu'il découvrit tout à coup Norman Cass et Valerie Walker.

A demi cachés par les arbustes, ceux-ci étaient serrés l'un contre l'autre, la jeune femme tournant le dos à Cass. Non seulement Rand se montra surpris mais il écarquilla franchement les yeux quand il comprit soudain la signification de l'étrange posture presque accroupie où ils se tenaient. Tous deux étaient clairement en train d'accomplir cet acte qui assurait la perpétuation des espèces depuis la nuit des temps.

Un sourire se dessina sur le visage de Rand et il secoua la tête pensivement. Vraiment, il ne s'était pas attendu à cela ! Qu'est-ce qui leur avait pris, à ces deux-là ? C'était la proximité des fauves, l'air des montagnes, ou quoi ? Il observa la scène quelques instants avec intérêt.

C'était la première fois de sa vie qu'il était témoin d'une telle situation et il trouvait cela riche d'enseignements. Il lui apparut que la copulation de deux humains, en dehors du cadre civilisé et organisé qui était le leur, avait quelque chose de tout à fait incongru et déplacé. Comme si l'homme prouvait par là qu'il avait échappé définitivement au milieu naturel qui avait dû être le sien il y a bien longtemps. Toute l'imagerie sexuelle moderne qui existait, se dit Rand, que ce soit celle des films, des revues ou des peep-shows, se présentait dans le cadre familier d'un univers façonné par l'homme. La copulation à l'air libre était un usage qui semblait avoir totalement disparu.

Valerie Walker émit à nouveau un de ces sons étouffés qui ressemblaient à une suffocation. Le plus étrange, songea encore Rand, c'est que la femelle de l'homme présentait un des rarissimes cas dans le monde animal d'attraction sexuelle quasi permanente, la plupart des femelles de mammifères n'offrant pour leur part d'attirance sexuelle que selon des cycles bien précis, entrecoupés d'une tranquillité mise à profit pour se consacrer uniquement à la lutte pour la vie. Non seulement l'homme et la femme s'accouplaient à tout moment, mais le but initial de la procréation était devenu tout à fait accessoire, sinon superflu. Il y avait là le détournement manifeste d'une fonction naturelle, conclut Rand provisoirement.

La jupe de cow-girl largement retroussée de Valerie Walker laissait entrevoir par moments des éclats de chair blanche dans la verdure des buissons et Rand commença à sentir, face à cette vision, qu'il perdait peu à peu de son impassibilité scientifique. Il sourit encore une fois et, avant de se retrouver définitivement dans le rôle du voyeur de parcs publics, il fit demi-tour et quitta l'endroit.

Il avait fait provision d'un splendide rugissement de lion en captivité et d'images inattendues qu'il pourrait se remémorer si besoin était, en vue d'utiles réflexions zoologiques ou philosophiques. Il repartit d'un pas vif vers la plate-forme où les autres devaient l'attendre, en laissant derrière lui Norman Cass en train de saillir l'attachée de presse avec une persévérance énergique.

8

Au martèlement sourd des sabots des cerfs, Betty avait tourné la tête brusquement et aperçu la horde fuyant en désordre vers les profondeurs de son enclos. La course des bêtes exprimait un effroi indicible et sauvage qui affola un peu plus la jeune femme.

Celle-ci se tenait entourée des enfants sur la plate-forme qu'ils avaient trouvée sur leur chemin en descendant. Les gosses reprenaient leur souffle après la marche forcée qu'elle leur avait imposée. Tous trois étaient franchement soucieux à leur tour, car ils ne comprenaient pas l'étrange attitude de la jeune femme. Que se passait-il ?

— Tu as vu, Betty ? Ils font la course, s'exclama Jessica.

Betty ne prit pas la peine de répondre quoi que ce soit. Elle était en train de juger la situation et pensait que celle-ci tournait mal.

— On dirait qu'ils ont peur, remarqua Johnny-John.

Et il sonda du regard le visage de la jeune femme dans l'attente d'une réaction.

Celle-ci savait déjà que Johnny-John avait tout à fait raison. Les cerfs avaient peur. Ils avaient peur de quelque chose qu'ils avaient vu ; qui les avait effrayés au-delà de toute mesure. Elle est sortie ! songea Betty.

Elle se sentit devenir livide et ferma les yeux un instant, comme pour contraindre ses pensées à échapper à la panique qui l'envahissait. Son cerveau fonctionnait trop vite. Des réflexions utiles se mélangeaient avec des phantasmes diffus de terreur stimulés par son imagination. Il fallait mettre un peu d'ordre.

Des bribes de souvenirs non sollicités lui apparurent soudainement. *Panthera pardus, appelée panthère ou léopard. Animal rusé et silencieux. Vit en solitaire. Se nourrit d'antilopes, babouins, animaux domestiques et petit bétail.* Elle revit la photo en couleurs d'un superbe animal sur une page de l'encyclopédie. *Peut devenir mangeur d'hommes.*

Un pincement violent lui serra les entrailles. Il fallait faire comme les cerfs : s'enfuir à toutes jambes. Le plus loin possible, hors d'atteinte. L'immobilité, c'était la mort.

D'un bond elle dévala les marches en rondins du promontoire et d'un geste affolé fit signe aux enfants de descendre à leur tour.

— Vite ! leur cria-t-elle. Il faut courir avec moi. Le plus vite possible !

Elle agrippa Jessica et l'entraîna avec elle dans le chemin en courant.

— Qu'est-ce qu'il y a, Betty ? voulut savoir Johnny-John, en se mettant à courir lui aussi, accompagné de Sally.

Il n'attendait pas vraiment de réponse à sa question, le comportement de Betty étant suffisamment éloquent. Il sentait bien maintenant qu'elle voulait qu'ils échappent à un danger terrible, le plus grave qu'on puisse imaginer, mais il n'arrivait pas à trouver ce que c'était.

Sally traînait derrière et Betty dut s'arrêter.

— Sally ! cria-t-elle avec colère. Vite, je t'ai dit !

La gamine, affolée, les rejoignit à son tour.

C'est à ce moment que Betty ressentit la claire certitude que le danger était tout proche, imminent. Elle fouilla des yeux la nature autour d'eux. Bien sûr, elle ne vit rien. Mais elle savait. Des pulsions instinctives inconnues d'elle la mettaient dans un état de clairvoyance tel que sa raison ne lui servait plus à rien. Un autre sens l'avertissait de ce que ses yeux ne voyaient pas.

Courir ne suffirait plus pour se prémunir. Il fallait

s'échapper à tout prix. Survivre. Elle trouva des forces dans ces réflexions.

— John ! cria-t-elle d'une voix blanche et sèche. Grimpe sur cet arbre. Vite !

Elle avait avisé, à une cinquantaine de mètres, un arbre accessible un peu plus grand que les autres dans la végétation plutôt malingre de l'endroit.

John s'élança aussitôt, suivi de Betty et des deux fillettes. Avec une surprenante souplesse, il s'éleva dans l'arbre en prenant appui sur un nœud du tronc et se jucha sur les premières branches.

D'une poigne ferme, Betty agrippa Sally sous les aisselles, la leva à bout de bras et la tendit au gamin.

— Attrape-la, John, vite !

John saisit les poignets de la grosse gamine et la hissa péniblement.

C'est à cet instant que Betty décela le pelage noir de la panthère dans un bruissement des buissons derrière elle, à quelques mètres à peine. Elle hurla en attirant Jessica contre elle, mais c'était trop tard.

Le fauve surgit brusquement et s'élança vers elles d'un trot menaçant et décidé mais qui n'était pas une attaque foudroyante. Le but de la manœuvre était d'éloigner le grand animal du petit pour assaillir aussitôt ce dernier. Car la panthère observait depuis plusieurs minutes le manège des proies qu'elle chassait et avait déjà choisi sa victime. Mais elle fut prise au dépourvu.

Bizarrement, le grand animal serra le petit contre lui et sembla faire face. C'était plus simple avec les bêtes à quatre pattes. Elles s'enfuyaient à sa vue et il n'y avait plus qu'à bondir sur la moins habile.

Moins sûre d'elle-même, la panthère crocheta néanmoins à la jambe le petit animal qu'elle avait visé et donna un furieux coup de tête pour l'arracher à l'autre qui le protégeait.

Jessica hurla de douleur et tomba sur le sol en échappant aux mains de Betty. La panthère en profita aussitôt pour la traîner sur un mètre.

— Betty ! hurla Jessica.

Terrorisée, Betty vit la gamine essayer de se rattraper aux herbes. Quand elle comprit que la panthère l'emportait, elle se jeta sans réfléchir sur la fillette et l'attrapa à son tour par un bras.

La panthère, surprise une seconde fois par le comportement étrange des animaux verticaux qu'elle avait attaqués, s'immobilisa, arc-boutée sur ses puissantes pattes, sans relâcher l'étreinte de ses mâchoires.

Il y eut un moment d'hésitation durant lequel le fauve et Betty se mesurèrent du regard. Pour tester la détermination du concurrent qui lui disputait sa proie, la panthère donna un nouveau coup de tête. Jessica poussa un autre hurlement de douleur et, les yeux effarés, implora Betty du regard.

Celle-ci était dans un état d'hébétude absolue, mais des bribes de lucidité lui venant par impulsions la poussaient à tenir bon. Ne pas lâcher.

Mais c'était affreux. Plusieurs secondes s'écoulèrent. La gamine était étendue, écartelée entre le fauve et Betty, et cette dernière eut le temps de contempler la blessure qui s'élargissait sur la jambe de la petite. Son mollet était broyé et déchiré en une sorte de pulpe d'un rouge vif où surnageaient des lambeaux blanchâtres de peau. La soquette et la chaussure de tennis, qui apparaissaient sous les babines noires de l'animal, étaient presque entièrement maculées de sang.

C'est alors que Betty fut brusquement frappée par l'idée qu'elle avait peut-être une chance de gagner sur la panthère.

D'une traction violente, elle attira la gamine qu'elle tenait maintenant des deux bras. La bête fut contrainte de céder un pas et grogna de fureur. Betty tira à nouveau. Jessica, en état de choc, avait cessé de hurler.

— John ! appela Betty, sans abandonner le fauve du regard.

Derrière elle, dans l'arbre, John et Sally étaient terrifiés, rendus muets par l'horreur soudaine qui avait fondu sur eux. Sally faisait une grimace en essayant de distinguer clairement ce qui se passait à travers ses épaisses lunettes.

— John ! reprit Betty. Tiens-toi prêt. Je vais essayer de te passer Jess.

Et, aussitôt, elle se rendit aussi menaçante que le fauve. Elle se mit à envoyer des coups de pied vers celui-ci, tout en grognant comme un animal, et en attirant encore plus à elle la gamine. La panthère lui jeta subitement un coup de patte mais les griffes ne firent que lacérer ses chaussures.

— Va-t'en ! hurlait Betty à la panthère d'une voix de gorge rauque, déformée par la peur et la lutte. Va-t'en !

Elle continuait à envoyer des coups de pied dont certains atteignirent la bête sur le museau. Dépitée, la panthère relâcha son étreinte soudainement pour souffler et cracher vers Betty, comme un énorme chat en colère.

Avec un geste d'une force qu'elle ne s'était jamais soupçonnée, Betty arracha aussitôt la fillette au fauve et la releva. La panthère voulut s'approcher, mais Betty rua à nouveau. L'animal, ramassé sur lui-même, répondit par un coup de patte hésitant, en soufflant toutes babines retroussées, et en jetant des éclairs de son regard jaune.

Sans hésiter, Betty fit brusquement volte-face et leva à bout de bras Jessica qu'elle tendit à John. Elle sentit immédiatement que la gamine lui échappait et était hissée dans l'arbre.

Au moment où elle se retourna, elle vit la panthère en train de bondir sur elle. Dans un réflexe, elle pivota et donna un coup de bras à la gueule de l'animal, déviant les mâchoires meurtrières qui avaient visé son cou. Mais elle sentit une douleur fulgurante à l'épaule qui la fit tituber. S'échapper, mon Dieu, s'échapper.

L'animal se prépara à bondir à nouveau. Alors elle saisit une branche et se hissa de toutes ses forces. Elle sentit John l'agripper sous un bras et la tirer vers lui. La panthère se détendit comme un ressort mais Betty était déjà sur la première fourche de l'arbre. De ses ruades désordonnées elle atteignit une nouvelle fois l'animal, sans le faire exprès.

Celui-ci feula et, tassé sur lui-même, la queue agitée en tous sens, les oreilles couchées de fureur et de frustration, observa sa deuxième proie lui échapper. Il bondit à nouveau, contre le tronc, plantant ses griffes nacrées dans l'écorce.

Grimpe aux arbres avec une extrême agilité, se souvint Betty.

— Plus haut, John ! Aide-moi. Tiens Jess !

Péniblement, les quatre humains gravirent quelques branches supplémentaires. Johnny-John hissa sa sœur pratiquement inerte. En bas, la panthère avait abandonné le tronc de l'arbre. Rassemblant ses forces sur ses pattes repliées comme pour une nouvelle attaque, elle restait à les regarder, une lueur méchante et dépitée dans l'œil.

Bientôt, Betty put prendre le temps de respirer profondément. Puis la douleur dans son dos, brûlante et acide, enfla, intolérable, comme si elle s'éveillait d'une courte anesthésie. C'est alors qu'elle s'aperçut qu'elle ruisselait de sang. Une partie de son tee-shirt semblait avoir été lacérée au rasoir et pendait sur sa hanche. Ce n'était plus qu'un torchon imbibé de sang et visqueux comme une éponge. Elle vit que la flaque rouge s'étalait aussi sur son short. Elle passa la main derrière son épaule et ce geste lui arracha un gémissement. La chair labourée était à vif. Elle contempla sa main poissée de sang et sentit qu'elle allait pleurer.

Affalé sur un des fauteuils de toile, Chris Doyle alluma sa troisième Camel.

— Qu'est-ce qu'ils foutent, tous ? ronchonna-t-il.

D'un mouvement sec du poignet il consulta sa montre.

— Il est huit heures passées, bon sang. Ça fait des heures qu'on traîne ici !

— Ils profitent de la sortie, Chris, fit Spike avec l'expression blasée de quelqu'un qui sait s'accommoder de toutes les situations.

Il était assis sur le plateau arrière de la Toyota où il avait rangé ses appareils.

— On va arriver à Frisco à une heure impossible, râla à

nouveau Doyle. Et Kurnitz, il est où, celui-là ? demanda-t-il en se tournant vers Ballard et Milland, tous deux assis un peu plus loin à l'une des tables.

Milland était rentré seul au pique-nique un bon moment auparavant. Il avait annoncé aux autres que Kurnitz l'avait laissé à l'embranchement d'un chemin, derrière le promontoire d'où il avait contemplé le paysage, pour poursuivre l'inspection de sa réserve.

Il finit d'avaler les miettes d'un biscuit salé qu'il avait récupérées au fond d'une boîte bien éventrée.

— Il ne va pas tarder, je pense, dit-il sans trop se préoccuper des récriminations de Doyle.

Il arriverait bien assez tard à la sauterie des Ramden où Nancy devait l'attendre. Ces soirées mondaines où il devait continuer à jouer son rôle de maire en dehors des heures de bureau lui pesaient de temps en temps. Il se voyait déjà en train d'afficher cette indispensable bonne humeur électorale pendant des heures. Parfois, il lui arrivait d'en avoir mal aux muscles de la face à force de sourire.

— Tiens, voilà M. Rand, s'exclama soudain Alex Ballard. On se demandait où vous étiez passé, mon vieux ! lui cria-t-il.

Débouchant d'un des chemins, Rand s'approchait en effet d'un pas un peu fatigué. Il déposa le lourd magnétophone sur une des tables.

— Le poids de cet appareil est incroyable, fit-il en soufflant et en se massant l'épaule meurtrie par la courroie. Les autres ne sont pas là ?

— Kurnitz se promène dans la nature, dit Doyle. Les gosses sont allés faire des risettes aux panthères et la commune de Dos Rios n'est plus représentée ici que par son maire.

Il tira sur sa cigarette.

— Vous n'auriez pas rencontré par hasard les collaborateurs de M. Milland ?

— Si, si, je les ai aperçus tout à l'heure, répondit Rand en réprimant un sourire. Ils sont du côté de l'enclos des lions.

— Et qu'est-ce qu'ils y foutent depuis plus de deux heures ? Ils les apprivoisent ?

— Je crois qu'ils s'intéressent comme nous tous aux merveilles de la nature, répliqua Russell Rand. Je n'ai pas voulu les déranger. Il y a à boire ? Je meurs de soif.

Ballard lui indiqua une glacière portable sous une table.

— Servez-vous, mais il ne reste plus grand-chose.

La glacière était à demi remplie d'eau car les glaçons avaient fondu depuis longtemps. Russell y trouva un fond de limonade dans deux bouteilles en plastique. Il en attrapa une et but au goulot. Puis il reposa la bouteille cette fois-ci tout à fait vide sur la table.

— Spike, on devrait peut-être monter la tente et sortir les sacs de couchage, fit Doyle, toujours sarcastique. Qu'est-ce que tu en penses ?

A l'est, le bleu du ciel avait tourné à l'indigo et fonçait de minute en minute, annonçant l'arrivée de la nuit. A l'ouest, au-dessus de la crête des collines, l'air était toujours embrasé des dernières lueurs pourpres et violacées du jour.

— Bon, se décida Rand. Il faudrait ramener les autres. Je vais chercher les gosses, si vous voulez.

Il se tourna vers Milland.

— Vous venez avec moi ?

Milland ne répondit pas tout de suite et Rand comprit que ça ne l'enchantait pas trop. En fait, Milland n'avait pas envie de voir Betty. Il avait réussi — ce qui lui arrivait rarement — à se sentir ridicule devant Kurnitz et, sans se l'avouer, son amour-propre était à vif. Il en avait assez de cette sainte-nitouche.

— Allez-y seul, monsieur Rand. Je vous accompagnerais bien mais les promenades au crépuscule ne sont plus de mon âge. Je suis sûr que Betty et les enfants seront ravis de rentrer en votre compagnie.

Russell fut surpris par le ton légèrement acerbe mais n'insista pas.

— C'est comme vous voulez. Ils sont partis par là ?

demanda-t-il en désignant l'autre chemin où était garée la Toyota.

— Exact, répondit Milland. L'enclos est à un bon kilomètre.

— Très bien. J'y vais.

Il fit quelques pas puis, en passant devant Spike, il eut une idée.

— Je crois que vous devriez prendre la voiture et aller voir en vitesse à l'entrée de la réserve. Peut-être que Kurnitz nous y attend.

Spike lança un coup d'œil à son chef.

— Pas stupide du tout, dit Doyle. C'est un vrai plaisir d'être entouré de gens diplômés.

— O.K., Chris, fit Spike. On y va.

Il se leva et referma la portière arrière du break.

— Rendez-vous ici dans vingt minutes, dit Rand. Je n'en aurai pas pour longtemps.

Spike prit place dans la voiture et démarra.

Stimulé par ce remue-ménage, Ballard quitta à son tour son fauteuil.

— Parfait, fit-il. Moi, je vais chercher vos collaborateurs, monsieur Milland. A tout à l'heure.

Plus vite il les ramènerait, plus vite ils partiraient d'ici, songeait-il.

Rand et lui s'éloignèrent, chacun sur un chemin différent, et la Toyota commença à descendre la route terreuse par où ils étaient tous arrivés.

— Et nous, qu'est-ce qu'on fait ? lança Doyle qui se retrouvait seul avec Milland. Une partie de cartes ?

Milland ne lui répondit pas. Il avait hâte d'en avoir fini avec ce type.

Alex Ballard, marchant d'un pas énergique, parvint rapidement à l'embranchement d'où partait le chemin menant à l'enclos des lions. Il hésita un instant et essaya de se faire mentalement une topographie des lieux. Le chemin principal qui descendait était celui qu'ils avaient pris dans l'après-midi pour aller voir le tigre. Donc, celui-ci devait conduire aux lions. C'est un vrai labyrinthe, songea-t-il.

Il s'élança sur la gauche en suivant les ornières marquées par les passages répétés du tracteur de Brogan. C'était une piste d'herbes sèches et tassées où affleuraient par endroits des rochers ou des plaques de terre pelée.

Quelle journée infecte ! se dit-il. Ces types de la télé se croient vraiment tout permis. Pour un peu, il aurait plaint le docteur Kurnitz d'être tombé entre les pattes d'un individu comme Doyle. Et ce Kurnitz ! Il n'avait pas beaucoup changé. Toujours complètement obsédé par ses félins.

A son âge, ce n'est plus une passion scientifique, songea Ballard. C'est une monomanie. Il était certain que les repas vivants que le docteur jetait dans les enclos de sa réserve devaient lui procurer autant de plaisir qu'à ses redoutables carnivores.

A l'évocation de cette obsession aux relents malsains, Ballard se sentit intérieurement grimacer de dégoût et un frisson le parcourut. Il ne s'était jamais entendu avec ce type. Il n'avait jamais pu le virer non plus. Kurnitz avait trop bonne réputation dans le monde étrange et fermé des zoologistes et des chercheurs de tout poil. C'était lui qui avait finalement quitté ses fonctions à San Diego, tout heureux de venir s'installer à Palo Alto et de laisser le docteur à d'autres responsables que lui.

Et cet après-midi, il aurait franchement préféré le passer ailleurs que dans le domaine du vieux prof. Le domaine ! C'était plutôt un royaume. Ballard se dit que Milland se trompait s'il croyait être le vrai propriétaire de la réserve. Le seul maître après Dieu, dans ce zoo conçu uniquement pour les animaux et où, de toute évidence, les humains y étaient déplacés, c'était Kurnitz.

Il n'y avait qu'à voir avec quel amour il avait agencé l'ensemble, comment il en connaissait chaque recoin, comment il était capable de se mouvoir dans cette végétation et d'y disparaître aussi facilement que les fauves qui y étaient enfermés. Quelque part, Kurnitz était fêlé.

La mauvaise humeur de Ballard se montra cependant tempérée à la pensée du chèque de six cents dollars qu'il recevrait dans quelques jours. L'idée ne l'effleura pas un seul instant que cet argent avait été gagné un peu vite. Pour le temps qu'il avait perdu ici en compagnie d'individus aussi détestables que Doyle et Kurnitz, il trouvait même que six cents dollars ça faisait peu.

Il arriva à la plate-forme qui surplombait l'enclos des lions. Il s'arrêta quelques secondes pour examiner l'endroit. Celui-ci était désert. Sans savoir vraiment pourquoi, il se dirigea vers la plate-forme et en escalada les marches. C'est curieux comme on a toujours systématiquement tendance à vouloir grimper sur les lieux surélevés dominant un peu la nature, pensa Ballard. Certainement une survivance des procédures élémentaires de sécurité de l'époque primitive et quasi bestiale de l'homme.

Juché sur le promontoire, il inspecta le paysage autour de lui et ne découvrit rien de particulier. Ni Cass ni l'attachée de presse n'étaient visibles. Et l'enclos des lions lui-même paraissait vide et abandonné. C'est étrange, se dit-il. Ils sont pourtant toute une meute, là-dedans, d'après Kurnitz.

Il décida de poursuivre ses recherches et descendit de la plate-forme. Le chemin s'enfonçait dans une végétation plus drue et partait contourner la colline. Ballard le suivit durant trois ou quatre minutes. Puis, pour une raison qu'il n'avait pas vraiment formulée, il se surprit à ralentir le pas et à épier les bruits de la nature.

Il lui revenait en mémoire combien le plus infime changement de l'environnement pouvait modifier le comportement de l'être vivant. Dans le crépuscule, les arbres et les buissons s'enveloppaient d'ombres et le paysage devenait lentement impénétrable. La végétation, haute et calme, semblait se refermer sur lui et il se sentit perdre de son assurance. Depuis combien de temps n'avait-il pas eu cette impression ? Depuis son enfance, où son imagination peuplait la nuit et ses espaces obscurs de dangers indéfinis mais effrayants ?

Sans aucun doute, la vie citadine faisait oublier à l'homme les règles élémentaires de l'existence en milieu naturel. Combien d'humains seraient capables de nos jours de s'adapter, ou mieux, de survivre, à un retour forcé à la nature ? songea-t-il.

L'air alourdi par les odeurs du soir s'agita paresseusement et une bouffée de fraîcheur fit frissonner les branches et les herbes. Il ne devait pas faire chaud, la nuit, à cette altitude, pensa Ballard. Il resserra les pans de son veston et les boutonna. Jusqu'où je vais aller comme ça ? se demanda-t-il avec une pointe d'agacement.

Il s'arrêta au beau milieu du sentier et appela.

— Monsieur Cass !

Il avait crié plus fort qu'il n'avait voulu et en fut tout surpris. Il laissa s'écouler quelques secondes, dans l'espoir d'une réponse. Mais il n'y en eut pas et l'indifférence de la nature se referma sur son appel.

— Mademoiselle Walker ! cria-t-il à nouveau.

Comme il n'y eut pas plus de réponse, il reprit sa marche, d'un pas plus hésitant et les sens complètement en éveil. Le chemin se mit à redescendre et il sortit peu à peu du petit bois qu'il avait traversé. Il retrouva les herbes jaunes et, à quelques dizaines de mètres sur sa droite, le grillage de l'enclos qu'il avait perdu de vue pendant sa marche dans les arbres. L'espace lui redonna confiance et il dévala le chemin d'un bon pas.

Il arriva à un terre-plein caillouteux qui gardait les traces multiples des activités de Brogan. Il y avait même, étendues dans les herbes, des planches de coffrage maculées d'une croûte de ciment séché. Le reste d'un chargement de sable s'était répandu alentour et donnait à l'endroit l'allure d'un vieux chantier. Il y avait surtout, à côté de ces vestiges, un énorme portail en tous points identique à celui que Ballard avait vu dans l'après-midi à l'enclos du tigre. Et ce portail était ouvert.

Tiens ! se dit Ballard, en éprouvant à nouveau ce léger malaise qu'il avait ressenti dans le bois. Comment se fait-il ?

Il s'approcha d'un des piliers et inspecta l'installation. En saisissant les barreaux, il essaya de faire coulisser l'énorme grille, mais celle-ci ne roula que sur une dizaine de centimètres et se bloqua.

Ballard aperçut tout de suite la goupille de sécurité qui servait à éviter toute ouverture accidentelle. Mais elle était placée cette fois-ci en travers des barreaux, de façon à empêcher toute fermeture.

Qu'est-ce que c'est que cette histoire ? se dit Ballard. Il aurait juré, d'après son parcours et l'idée qu'il s'était faite des lieux, que cette porte était celle de l'enclos des lions. Enfin, si elle était ouverte, ça ne pouvait pas être le cas. Mais alors, elle était où, cette porte des lions ? Certainement pas le long du chemin qu'il avait suivi. Elle n'était pas non plus sur le chemin qui bordait l'enclos du tigre, sinon il l'aurait vue en y passant cet après-midi avec les autres. Plus loin, en bas, il ne pouvait y avoir que l'enceinte de la réserve. Franchement, ce n'était pas clair, et il n'arrivait pas à résoudre le problème.

C'est alors qu'il aperçut sur le sol une empreinte qui attira son attention. Il s'accroupit pour l'examiner en détail. Sur une flaque de sable, il y avait la trace menue d'un soulier féminin. Il distingua parfaitement la semelle plate et le trou plus profond laissé par le talon. Ça pourrait être l'attachée de presse, se dit-il aussitôt. Il avait jeté quelques coups d'œil distraits sur les jambes de celle-ci pendant l'enregistrement de l'émission et avait noté qu'elle portait de légères bottines en cuir.

La pointe de la semelle était orientée vers l'intérieur de l'enclos. Pas de doute, conclut Ballard. Ils ont dû aller se balader là-dedans. Il fouilla du regard l'enclos qui semblait désert et décida d'y entrer.

A pas prudents, il fut bientôt à plus de trois cents mètres de la porte. L'immense champ s'étendait presque à perte de vue autour de lui et semblait toujours aussi désert. Il s'était fixé pour objectif la courbe souple où culminait le terrain un peu plus loin devant lui, d'où il pourrait avoir une vue complète et découvrir vraisemblablement l'enclos des lions qu'il supposait assez proche.

La sourde inquiétude qu'il éprouvait depuis le début de son expédition ne l'avait pas quitté. Quelque chose clochait, il en était certain, et plus ses pas le rapprochaient du sommet du terrain, plus une voix intérieure lui intimait de rebrousser chemin.

Soudain, alors que ses yeux balayaient les alentours avec la plus grande attention, son regard s'accrocha à un objet couché dans les herbes jaunes, à une vingtaine de mètres de lui. Il s'en approcha et distingua bientôt ce qui pouvait être un soulier. Il lui fallut ramasser l'objet et le retourner plusieurs fois dans ses mains pour reconnaître une des bottines de Valerie Walker. Une bottine dans un état lamentable au cuir lacéré et même déchiqueté par endroits, quelque chose de piteux et d'informe qui semblait être passé dans les mâchoires d'un concasseur.

Un lent frisson parcourut l'échine de Ballard et remonta jusqu'à sa nuque pour s'irradier en infimes picotements électriques sur la largeur de ses épaules. Une bouffée de terreur l'envahit subitement et, les yeux agrandis, il fouilla du regard une nouvelle fois le champ immense et toujours vide de toute présence qui l'entourait. Il s'était pourtant passé ici quelque chose d'horrible ! Il n'y avait pas d'autres traces et bien sûr les touffes d'herbes restaient muettes. Mais le paysage n'en parlait pas moins à son imagination. Quelque chose d'horrible ! se répéta-t-il intérieurement.

Plongé dans l'ombre de la déclivité du terrain, ses yeux se portèrent longtemps sur la mince ligne de crête qui courait un peu plus haut devant lui, dans la lumière frisante des ultimes lueurs du jour. L'explication se trouvait là-haut, il en était sûr. Et au lieu de le reconduire au plus vite vers le portail d'où il était venu, il sentit ses pas le porter vers cet espace dissimulé où s'éclairciraient tous les mystères.

Il marcha pendant deux bonnes minutes pour parvenir en haut du terrain. Et ce fut presque sans surprise qu'il découvrit la horde des félins regroupés loin en contrebas, dans une tache de lumière que le jour semblait avoir oubliée là par mégarde. Il n'y avait pas de grillage ni quoi que ce fût qui le séparait des bêtes, et curieusement il n'en fut pas surpris.

Un spasme instinctif lui noua les intestins, mais il se reprit sans peine. Il connaissait bien les mœurs de ces animaux. Il se savait assez éloigné d'eux pour ne pas risquer d'être attaqué. Une lionne se donnait rarement la peine de s'élancer à la poursuite d'une proie à plus de deux cents mètres d'elle.

Le grand mâle, ses femelles et les six lionceaux étaient rassemblés et il ne comprit pas tout de suite pourquoi les fauves semblaient affairés au point de ne pas s'apercevoir de sa présence. Ce fut lorsqu'une des femelles leva la tête vers lui avec une sorte de lente indifférence qu'il se sentit pâlir d'horreur.

Aux pieds des bêtes il venait d'apercevoir un paquet de viande sanguinolente secoué par les coups méthodiques et mécaniques de leurs mâchoires. L'objet de cette boucherie collective, le tas de chairs rougeoyantes que dépeçaient les fauves avec un acharnement paisible, n'était autre que Cass. Ballard avait reconnu d'un seul coup d'œil sur les jambes bizarrement écartelées du cadavre humain, tout englué de sang et de ligaments déchirés, ce qui avait été l'impeccable pantalon blanc de Norman Cass. Il crut un instant qu'il allait vomir.

Surmontant son dégoût, il s'efforça d'examiner la scène en détail quelques secondes encore. Mais seule la carcasse du secrétaire de Milland était visible. Valerie Walker avait peut-être échappé au carnage par quelque miracle. Un feulement menaçant tira soudain Ballard de ses réflexions.

La femelle qui l'avait repéré venait de signaler sa présence aux autres, et maintenant plusieurs paires d'yeux étaient braquées sur lui. Il était plus que temps de filer.

Il allait se mettre à partir à reculons quand un détail l'arrêta. Il avait gardé lui aussi les yeux fixés sur les bêtes et quelque chose l'affola. Il avait compté un mâle, deux lionnes et six lionceaux. Mais Kurnitz avait bel et bien parlé de trois femelles. Il en manquait une !

Dans un mouvement de panique irréfléchie il fit alors brusquement demi-tour et s'éloigna en courant vers la sortie. Ce fut pour s'arrêter net quelques mètres plus loin à peine. Il venait d'apercevoir la troisième lionne lui coupant sa retraite, plantée au milieu de la trajectoire qui le menait au portail, l'observant avec la tranquille assurance d'un tueur sachant sa victime à sa merci.

L'homme et la bête se mesurèrent du regard quelques brèves secondes, puis le fauve se mit à avancer à pas lents vers Ballard pour tester ses réactions.

Celui-ci se sentit immergé par une sueur froide et il perdit pendant un instant toutes ses facultés. Hypnotisé par le fauve qui s'approchait, il lui fallut faire un effort considérable pour sortir de cette léthargie et il implora son cerveau de lui trouver une solution. Et subitement le mécanisme de survie se déclencha avec une foudroyante efficacité.

Les arbres. Les rochers. Là-bas sur la droite, au fond de l'enclos. Il ne fallut qu'une fraction de seconde à Ballard pour analyser tout cela et aussitôt le cerveau ordonna la fuite.

Bien que n'étant plus tout jeune, Ballard avait conservé une certaine forme physique et il se mit à courir à une vitesse qui le surprit lui-même. Sa course était aidée par la déclivité du terrain qu'il dévala en diagonale sans perdre des yeux le mur rocheux planté d'arbres qu'il visait.

Il ne jeta qu'un seul coup d'œil derrière lui pour mesurer la progression de la bête. Celle-ci, surprise par le réflexe du bipède pourtant d'apparence si malhabile, était passée du trot nonchalant à la course. Sur la courte distance qui la séparait de l'animal en fuite, elle savait qu'elle avait toutes ses chances.

En l'apercevant lancée à pleine vitesse à ses trousses, Ballard sentit une nouvelle vague de sueur le baigner abondamment. Cinq à huit secondes, pas plus, se dit-il.

C'était l'avance qu'il se donnait sur le fauve. Les arbres, bon Dieu !

Il sauta comme un chevreuil sur les premiers rochers qu'il atteignit et poursuivit sa course en bondissant vers les sapins. Mais son cerveau l'avertit brutalement qu'il n'y arriverait pas. Trop loin, trop d'obstacles, pas assez vite. En débouchant sur un amoncellement de rocailles chaotiques, il découvrit soudain une anfractuosité à fleur de sol. Sa course était une pleine panique, mais une panique parfaitement gérée. Une décision fut prise presque instantanément, malgré l'incroyable quantité d'informations et de probabilités que traitait son cerveau simultanément.

Il se jeta à plat ventre, bascula sur lui-même, et dans une série de reptations frénétiques, s'enfonça dans l'étroit boyau, les pieds d'abord, la tête vers l'extérieur. Dans la rapidité de ses mouvements, son corps se heurta aux arêtes aiguës des pierres et il sentit ses vêtements et sa peau se déchirer par endroits.

Au moment où il fut entièrement protégé par le refuge, il vit surgir la lionne qui s'élançait en rugissant vers l'ouverture du boyau.

La faille était profonde et Ballard s'y insinua aussi loin qu'il put. A un mètre devant lui, il vit le mufle rugissant de la bête se couler dans l'anfractuosité. Complètement coincé, il pouvait à peine bouger. Il arriva cependant à saisir un rocher et l'envoya maladroitement, mais de toutes ses forces, sur la tête du fauve.

Celui-ci rugit de douleur et de rage, et Ballard sentit parvenir l'haleine lourde et chaude de l'animal sur son visage.

Excédée de colère, la lionne se jeta plus en avant, grattant le sol de ses deux puissantes pattes antérieures et essayant de crocheter la proie, recroquevillée comme un bernard-l'hermite.

Le visage couvert de terre, les yeux piqués par la poussière, Ballard arma sa main droite d'une nouvelle pierre et tenta de frapper les pattes meurtrières qui s'approchaient.

A sa troisième tentative, au moment où les griffes de la bête lacérèrent la manche de son veston, il atteignit son but et la patte endolorie se retira prestement tandis que la lionne faisait entendre de nouveaux rugissements.

Ces mesures défensives eurent pour effet de modérer le fauve dans ses attaques. Celles-ci s'espacèrent, et Ballard sentit que la lionne mollissait dans ses intentions meurtrières. A tâtons il amassa quelques cailloux, mais il savait ses munitions comptées et il n'envoya des projectiles à l'animal que lorsque celui-ci fit à nouveau mine de se faufiler trop en avant dans le boyau.

Le jeu dura plusieurs minutes qui parurent des heures à Ballard. Puis la lionne cessa de se jeter dans la faille et finalement se coucha devant l'ouverture, tel un guerrier en faction. Elle prit le parti de lécher ses pattes meurtries par les coups de Ballard, et de grogner de temps à autre avec de sales regards dans sa direction.

Alors, la proie palpitante enfouie à quelques mètres de là commença à songer que sa vie était peut-être sauve. Mais tout ne serait gagné que lorsque la bête aurait levé le camp. Ballard, exténué, ne prit même pas la peine de se demander combien de temps cela demanderait. Il laissa sa tête reposer dans la poussière terreuse de l'anfractuosité sans prêter plus d'attention à la bête, et il eut bientôt la curieuse sensation de sombrer doucement dans le sommeil. Il lutta contre cette étrange torpeur qui l'envahissait par contrecoup de la lutte qu'il avait menée. Et soudain, à sa grande stupéfaction, il sentit sa vessie se relâcher et un filet d'urine chaude couler entre ses jambes. Il ne fit rien pour se retenir et resta affalé, inerte, à épier le silence de la mort qui rôdait au-dehors.

9

Tout en marchant dans l'ombre du chemin, Russell songeait à Betty. Il avait tout de suite trouvé du charme à cette jeune femme réservée dont le regard profond semblait dissimuler des trésors qui n'avaient été encore découverts par personne. Il sentait qu'il y avait en elle quelque chose qui la différenciait des gamines superficielles et faussement sûres d'elles-mêmes qui peuplaient l'université et le provoquaient parfois d'œillades sans ambiguïté pendant ses cours.

Il n'avait pas une expérience démesurée des femmes et, comme il l'avait dit un jour à un ami, se contentait d'une activité sexuelle et sentimentale qu'on pouvait qualifier d'honnête. Par honnête, le scientifique qu'il était ne visait aucun état moral mais une valeur statistique qui, pensait-il, le faisait figurer dans une moyenne acceptable par rapport au comportement connu ou supposé de ses congénères. Il n'était donc pas fâché d'aller chercher seul Betty et les gosses de Milland, car il espérait avoir ainsi l'occasion de faire meilleure connaissance avec la jeune femme. Peut-être se montrerait-elle plus loquace et aurait-elle plaisir à lui parler un peu ?

Ses yeux étaient fixés sur la plate-forme qu'il venait de découvrir plus loin devant lui au bout du chemin lorsqu'il entendit Betty.

— Monsieur Rand !

C'était l'appel d'une voix contenue qui semblait vouloir passer inaperçue.

— Betty ? demanda Russell, surpris, qui ne la voyait pas et n'avait pas situé l'endroit d'où venait la voix.

— Ici, reprit Betty.

Cette fois-ci, il s'aperçut qu'elle venait d'en haut et il fit quelques pas en fouillant des yeux la végétation.

— Dans l'arbre, dit-elle.

Russell la distingua en effet, dissimulée en partie par le feuillage abondant d'un chêne. Il était stupéfait.

— Que faites-vous là-haut, Betty ?

Et il entra dans les broussailles pour s'approcher de l'arbre.

— Attention ! lui cria-t-elle subitement.

Il y avait une telle peur et une telle urgence dans sa voix que Russell s'arrêta instantanément.

— Qu'est-ce qu'il y a ? demanda-t-il, inquiet.

— Je ne la vois plus, mais elle doit être par là, reprit Betty d'une voix fatiguée et tendue.

— Quoi donc ? fit Russell en explorant la nature autour de lui d'un regard circulaire.

Betty hésita une seconde avant de répondre, comme si elle avait peur de prononcer une énormité.

— La panthère, monsieur Rand.

Cette réponse laissa Russell bouche bée, et il douta d'avoir compris Betty.

— La panthère ? répéta-t-il un peu stupidement.

— Elle est par là, fit Betty cette fois-ci dans un sanglot nerveux. Elle nous a attaqués. Faites attention !

Russell n'arrivait pas à en croire ses oreilles. Pourtant, elle n'avait pas l'air de raconter des blagues. Il scruta une nouvelle fois les buissons autour de lui.

— Je ne vois rien, Betty. Vous êtes sûre de ce que vous dites ?

Qu'aurait-elle pu voir qui l'effraye à ce point et qu'elle ait pu prendre pour une panthère ? Tout de même pas un raton laveur. Un chien peut-être ? Mais qu'est-ce qu'un chien ferait dans cette réserve ?

— Je vous dis que c'est une panthère, s'exclama la jeune femme avec une pointe d'exaspération. Jessica est blessée.

Il hésita encore une seconde puis s'approcha de l'arbre. Il vit alors distinctement Betty et les trois gosses accrochés dans les branches. Leur posture avait quelque chose de ridicule qui finit par le faire sourire.

— Votre panthère a dû rentrer chez elle, dit-il avec un air amusé. Je ne sais pas ce que vous avez vu, mais je crois que vous pouvez descendre maintenant.

— J'ai peur, fit-elle d'une voix qui ne contenait ni honte ni confusion.

— Mais je vous dis qu'il n'y a rien, la rassura Russell avec un large sourire.

A cet instant précis, il y eut un craquement sec dans les buissons suivi d'un bruissement prolongé des feuilles. A ce bruit, Betty cria avec un tel accent de terreur que Russell sursauta et fit volte-face vers les broussailles. Mais il ne vit rien. Son cœur cognait fort et vite. En une fraction de seconde, Betty lui avait communiqué sa peur. Il attendit encore un peu en fouillant attentivement la végétation du regard puis se tourna à nouveau vers l'arbre.

— C'est un mulot ou un lézard, voyons ! fit-il un peu agacé. Descendez, vous n'allez pas rester là-haut toute la nuit !

Il avança au pied de l'arbre pour l'aider et c'est alors qu'il aperçut la blessure. Il écarquilla les yeux de stupeur.

— Grands dieux, Betty, votre dos !

Betty ne répondit rien. Elle descendit sur la première fourche de l'arbre et se tourna vers John.

— Passe-moi Jessica, John, on va la descendre. Fais doucement et tiens-la bien, s'il te plaît.

Elle avait retrouvé l'autorité et le sang-froid dont elle avait fait preuve, à son propre étonnement, durant l'attaque du fauve.

John, qui avait tenu sa sœur serrée contre lui depuis qu'ils s'étaient tous réfugiés dans l'arbre, se mit à quitter son perchoir avec des mouvements précis en tenant toujours

Jessica. Russell découvrit alors la jambe horriblement déchiquetée de la gamine qui avait conservé sur son visage un masque d'épouvante et de douleur.

— Mais c'est affreux ! fit-il dans un souffle.

Betty lui tendit Jessica et il la saisit par les aisselles avec précaution. La gamine était pesante et sans plus de réaction qu'un sac de sable. Il la déposa au pied de l'arbre. Au contact du sol, elle sembla soudain s'éveiller et ses yeux se mirent à inspecter les environs en exprimant une terreur redoublée.

— N'aie pas peur. Il n'y a rien, petite, lui dit Russell avec la voix la plus convaincante qu'il put trouver au milieu de sa propre inquiétude.

Il toucha la jambe meurtrie pour examiner la blessure, mais Jess cria et il se ravisa.

— Seigneur, qu'est-ce qui a fait ça ? dit-il comme pour lui-même.

Betty voulut faire descendre Sally à son tour mais celle-ci se rebiffa.

— Elle doit attendre qu'on soit tous redescendus pour nous sauter dessus, dit-elle de sa petite voix froide et sans émotion.

— Mais non, Sally. Elle est partie. Sinon on l'aurait entendue, depuis le temps.

Mais la grosse gamine s'obstina.

— Je ne descendrai que si on amène la voiture, fit-elle avec détermination.

Betty l'observa, encore une fois surprise par la logique paisible de ses raisonnements. Elle avait dû penser à ça pendant tout le temps qu'elle était dans l'arbre, se dit-elle. Et elle dut admettre que ce n'était pas stupide. Mais il n'y avait pas de voiture, et elle décida de passer outre la réflexion.

— Ecoute, Sally. Si tu ne descends pas, on te laisse là. Regarde, ajouta-t-elle, il y a monsieur Rand pour nous défendre.

Sally tourna la tête vers Russell, en plissant ses petits yeux derrière ses lunettes. La grimace qu'elle fit accentua notoirement le doute qu'elle semblait exprimer quant aux capacités de Rand à les défendre.

— Moi, je descends. Pousse-toi, Sally, fit brusquement Johnny-John.

Et en la bousculant un peu il sauta sur le sol.

— Allez, viens, intima Betty à Sally.

En la tenant par les bras, elle la passa à Russell. Puis elle-même s'agrippa à la plus basse branche et se laissa couler sur le sol où Russell la reçut. Il la tint d'une poigne un peu trop ferme et elle grimaça.

— Vous me faites mal, dit-elle en portant une main à son épaule.

Russell la lâcha et se retrouva un peu stupide, ne sachant que faire face à cette situation.

— Dites-moi donc ce qui s'est passé, Betty. C'est invraisemblable !

Elle ne lui répondit pas et il s'aperçut qu'elle épiait la nature de tous ses sens.

— Elle n'est plus là, fit-elle avec une étrange certitude.

Les enfants la regardèrent, pas très rassurés. Elle resta silencieuse encore un instant puis ajouta, comme pour elle-même :

— Je ne l'avais pas vue, mais je savais qu'elle était là. J'avais senti sa présence. Quelque chose m'a avertie. Et elle a attaqué.

A ce souvenir sa respiration sembla lui manquer puis elle se tourna finalement vers Russell.

— Vous pouvez prendre Jessica, s'il vous plaît ?

Quand ils arrivèrent au pique-nique, Milland aperçut tout de suite Jessica dans les bras de Russell et il s'élança vers eux.

— Jess !

Arrivé à hauteur de Russell, il découvrit la blessure de la petite et ses yeux s'agrandirent.

— Que lui est-il arrivé, bon sang ! s'écria-t-il en lançant un regard furieux à Betty.

— Ils ont été attaqués par une panthère, répondit Russell.

C'est alors que Milland aperçut les vêtements souillés de sang de Betty. Il ne lui vint pas tout de suite à l'idée qu'elle était blessée elle aussi, et il sentit à nouveau une bouffée de fureur monter en lui.

— Mais enfin, Betty, on vous avait dit de ne pas vous approcher des clôtures !

— Ils ne se sont pas approchés des clôtures, monsieur Milland, répondit Russell à la place de Betty. C'est la porte de l'enclos qui était ouverte. Apparemment, une des panthères est sortie.

Milland en garda le souffle coupé.

— Sortie ?

Ils arrivèrent à la plate-forme où se tenait Doyle, debout, qui fixait bouche bée la jambe ensanglantée de la gamine. Russell écarta d'une main les assiettes en carton qui jonchaient une des tables et déposa Jessica sur celle-ci.

— Vous voulez dire qu'il y a une bestiole de Kurnitz qui se balade en liberté dans la réserve ? demanda Doyle qui s'était approché d'eux.

— Non seulement une, mais peut-être deux, répondit Russell. Si je me souviens bien, Kurnitz nous a dit qu'il avait deux panthères noires dans cet enclos. Et si la porte est ouverte, il n'y a pas de raison pour que l'autre ne sorte pas non plus.

— Mais c'est impossible, cette histoire de porte, voyons ! s'exclama Milland. Elles ont toutes les sécurités possibles et m'ont d'ailleurs pour cela coûté une fortune !

Russell ne l'écoutait pas. Il s'était penché sur la jambe de Jessica et examinait la blessure. C'est moche, pensa-t-il.

— Tu as mal ?

Jessica fit oui de la tête.

— Il faut que je touche un peu pour voir, lui expliqua-t-il. Je vais essayer de faire doucement.

Avec des gestes prudents il rabattit la socquette qui était devenue toute craquelante de sang séché. Jessica gémit car des chairs étaient collées au tissu. Rand observa une seconde et n'insista pas. Ce qu'il avait vu lui suffisait. L'os ne semblait pas brisé mais les muscles n'étaient plus qu'un hachis. Il avait reconnu les ravages que peut faire la dentition si particulière de fauves comme ces panthères. Leurs molaires n'étant pas en opposition directe agissaient pratiquement comme des sécateurs.

— Il faut l'emmener au plus vite, dit-il aux autres. Où est la voiture ?

— Avec Spike, lui rappela Doyle. Il n'est pas rentré.

Rand réfléchit un instant.

— Je crois que vous devriez aller le chercher en vitesse, dit-il.

— Avec cette bestiole qui court dans la nature ?

— Je ne crois pas qu'elle soit sur le chemin principal, répondit Rand après une hésitation. Elle a dû poursuivre par l'embranchement à côté de la plate-forme où ils ont été attaqués.

Cette affirmation ne sembla pas rassurer Doyle pour autant.

— Allez-y avec M. Milland, suggéra Russell.

Il faisait maintenant à peine jour, et Milland s'aperçut pour la première fois que la situation était tout à fait sinistre. Il n'était pas chaud pour partir avec Doyle. Russell le comprit. Il s'approcha de lui et lui parla à voix basse.

— Il faut des soins à Jessica, monsieur Milland. D'ici quelques heures la blessure sera complètement infectée. Votre fille risque de perdre la jambe.

Il y eut un silence.

— Je resterai ici avec les enfants, continua-t-il. Je voudrais voir aussi la blessure de Betty.

Doyle et Milland se consultèrent du regard.

— Vous venez, Doyle ? se décida finalement Milland.

L'autre hocha la tête sans conviction.

— Bon, bon, on y va. Il ne doit pas être loin de toute façon.

Il avait dit cela pour se rassurer, mais il n'en savait rien.

Les deux hommes s'éloignèrent aussitôt et Russell se tourna vers Betty.

— Comment va votre dos ?

— Ça me brûle, répondit-elle.

Elle était assise près de la table et tenait la main de Jessica. Il s'approcha d'elle et lui effleura l'épaule.

— Tournez-vous un peu, lui dit-il. Je voudrais voir ça.

Elle se déplaça comme il le lui demandait et il écarta les lambeaux du tee-shirt.

— Il faudrait nettoyer, dit-il.

— Il y a des mouchoirs en papier dans le sac, là.

Au milieu des affaires des gosses, il trouva en effet les mouchoirs et même des serviettes de bain. Il choisit celle qui lui parut la plus propre, ouvrit un des paquets de Kleenex, puis alla chercher la glacière remplie d'eau où flottaient les derniers glaçons. De retour près de Betty, il souleva son tee-shirt.

— Vous devriez l'enlever, lui dit-il.

Elle essaya, mais son mouvement lui arracha une grimace de douleur. Il l'aida alors avec précaution et fut surpris, lorsque le vêtement fut ôté, de la voir par pudeur croiser ses bras sur sa poitrine. En s'efforçant à des gestes doux, il entreprit de laver le dos couvert de sang coagulé.

— Ce n'est pas catastrophique, lui dit-il au bout d'un moment. Mais elle vous a bien arrangée quand même.

Quatre incisions nettes qui avaient tranché les chairs par endroits, et dont la plus longue pouvait avoir une douzaine de centimètres, se dessinaient sur le dos bronzé de la jeune femme.

— Il faudrait un antiseptique, reprit-il, quand les plaies furent parfaitement nettoyées.

— Je crois que ça pourra aller jusqu'à Dos Rios, répondit Betty.

Elle se tourna vers Jessica et lui serra la main un peu plus fort.

— Ça sera bientôt fini, lui dit-elle avec un sourire. Ils vont arriver avec la voiture et on pourra partir.

Mais la gamine restait comme insensible à ces bonnes paroles. Elle avait sur le visage cette expression à la fois pitoyable et figée des grands blessés qui ont perdu l'insouciance de la vie pour avoir frôlé la mort de trop près.

Johnny-John et Sally, assis à l'autre table, la regardaient gravement et s'inquiétaient du mutisme trop tranquille de la petite.

Russell avait placé sur la blessure de Betty une serviette pliée en guise de compresse. Il se leva et ôta sa veste en jean, déboutonna sa chemisette de coton et enleva celle-ci également.

— Tenez, mettez ça, fit-il à Betty en la lui tendant.

Il l'aida à enfiler une des manches par-dessus la compresse improvisée.

— Boutonnez-la bien et passez-la dans votre short. Ça maintiendra la serviette.

Quand elle eut fini, elle jeta un regard de côté à Russell.

— Merci, lui dit-elle.

D'un signe, il lui fit comprendre qu'il n'y avait pas de quoi.

— Qu'est-ce qu'on peut faire pour Jessica ? lui demanda-t-elle au bout d'un moment.

Russell secoua la tête.

— Pas grand-chose. Il faudrait arriver à l'hôpital assez vite.

Il y eut un silence.

— Vous l'avez ramenée vivante, continua-t-il. C'est déjà à peine croyable.

La jeune femme restait toujours muette. Son visage neutre et pâle lui donnait l'expression lointaine de ces dormeurs réveillés en catastrophe qui ne sont pas encore sûrs d'être sortis de leur cauchemar.

— Personne n'y a pensé, mais moi je voudrais vous remercier de ce que vous avez fait, Betty.

Elle se tourna vers lui.

— Je me suis battue avec cette bête, dit-elle d'une voix

incertaine, comme si elle avait peine à croire ses propres paroles.

— Il fallait beaucoup de courage, conclut Russell, franchement admiratif.

Ils avaient parlé bas pour ne pas effrayer la petite, mais celle-ci n'écoutait rien. Allongée sur la table, son regard fixe se perdait dans les premières étoiles qui apparaissaient entre deux parasols.

Sur le large chemin qui menait à la sortie, Doyle et Milland marchaient silencieusement dans l'air plus frais du soir. La montée de la nuit avait agi comme un signal et toute la nature s'était mise à bruire peu à peu de la soudaine activité des insectes et des animaux nocturnes. Des bruits d'une surprenante variété, des plus infimes aux plus mystérieux, semblaient se répondre à des rythmes irréguliers et témoignaient ainsi de l'incessante agitation de la nature.

Comment distinguer l'approche d'une panthère dans un tel raffut ? se demandait Doyle en lançant à tout moment des regards inquiets autour de lui.

— Encore une chance que ce ne soit pas un de vos tigres blancs qui se soit échappé, dit-il avec une hargne qui cherchait à rendre Milland coupable de cet accident. Sinon ça aurait été un vrai massacre. Il les aurait tous bouffés, non ?

Milland ne répondit rien. Il n'arrivait pas à croire qu'une telle chose se fût produite. Et si Betty était responsable d'avoir laissé les enfants trop près du grillage et avait inventé cette histoire de bout en bout ? Mais c'était stupide. Johnny-John lui-même, avait dit comment la panthère les avait attaqués. Et puis elle était blessée elle aussi, et Rand les avait trouvés dans cet arbre. C'était incroyable !

Un bruit sec plus fort que les autres les fit sursauter tous les deux.

— Vous avez entendu ? fit Doyle alarmé.

— Oui.

Ils s'arrêtèrent un instant pour inspecter les arbres et les hautes broussailles d'où était parti le bruit.

— On n'entend plus rien, constata Doyle après quelques secondes.

Ils attendirent, immobiles, encore un peu.

— Cessez de vous affoler comme ça, fit Milland à Doyle, avec une certaine impatience. Même si c'est la panthère, il y a peu de chance qu'elle nous attaque. Elle sait bien que nous sommes des proies un peu grosses pour elle. Ce n'est pas pour rien qu'elle a attaqué ma fille et non Betty.

— Vous croyez ?

Doyle n'était qu'à demi rassuré, mais ils reprirent finalement leur marche sur la pente douce du chemin.

— C'est quand même bizarre que nous n'ayons pas croisé votre chauffeur, observa Milland un peu plus loin. Il ne lui fallait pas cinq minutes pour faire l'aller et retour avec la voiture.

C'était bizarre pour Doyle aussi, et il n'y avait rien à répondre. Ils aperçurent bientôt au loin devant eux l'énorme portail de la sortie par où ils étaient tous passés en fin de matinée. De toute évidence l'endroit était désert.

— Je ne vois personne, remarqua Doyle inutilement.

Ils décidèrent néanmoins de parcourir la portion de chemin qui les séparait encore de l'enceinte afin d'aviser sur place.

Ils furent bientôt au pied de l'imposante porte. Celle-ci était fermée et Milland agrippa machinalement un des barreaux.

— Et le Dr Kurnitz ? fit-il. Où diable est-il passé ?

— Peut-être que Spike l'a rencontré et qu'ils sont revenus à la plate-forme en empruntant un autre chemin ? hasarda Doyle. Il y en avait un qui partait sur la gauche, tout à l'heure.

Mais alors, songea Milland, pourquoi auraient-ils traîné ainsi ? Pour aller chercher aussi Ballard, Cass et Valerie ? Dans ce cas ils seraient sûrement passés par le pique-nique pour les avertir. Il ne trouvait pas de réponse satisfaisante.

— Il nous faut cette voiture, bon sang, et sortir d'ici, finit-il par dire quand il fut arrivé au bout de ses pensées.

Avec une mauvaise humeur évidente, il regarda de l'autre côté de l'enceinte dans l'espoir de déceler un indice, ou peut-être même une lumière provenant de la résidence de Kurnitz. Mais il n'y avait rien que les masses sombres des bulldozers stationnés sur le chantier qui se découpaient dans la lueur grise de la nuit.

Peut-être Kurnitz était-il sorti et n'avait-il pas fermé les serrures à leur intention ? Saisissant brusquement deux barreaux, il tenta de faire rouler la porte sur son rail. Mais celle-ci ne trembla même pas.

— Je n'y comprends rien ! s'exclama-t-il, excédé.

Et il se tourna vivement vers l'intérieur de la réserve.

— Il y a quelque chose qui ne va pas. Il n'y a aucune raison pour que Spike et Kurnitz soient introuvables. Ils doivent bien être là-dedans !

Ou alors Spike était sorti avec Kurnitz ? Mais pourquoi sans eux ? En désespoir de cause, il décida d'appeler.

— Monsieur Kurnitz ! hurla-t-il.

Doyle le regarda avec un air de doute quant à la méthode employée, mais l'imita néanmoins pour ne pas être en reste.

— Spike !

Leurs cris durent faire courir un émoi passager parmi les petites bestioles nocturnes car ils furent suivis d'un silence impressionnant pendant quelques secondes. Puis les bruits reprirent à nouveau, lancinants et indifférents.

— Ça ne sert à rien, dit Milland. Le mieux est de retourner là-haut. Peut-être que vous avez raison et que Spike y est arrivé par un autre chemin.

Il repartit en sens inverse et Doyle le suivit en abandonnant à regret le portail qui, même fermé, les rapprochait quand même de la sortie.

Un mince croissant de lune entouré d'un halo était apparu au-dessus des collines et baignait la réserve d'une infime lueur pâle. Doyle et Milland pressèrent le pas sans prêter cette fois-ci la moindre attention aux rumeurs soudaines qui naissaient ou s'évanouissaient sur leur passage.

10

— Mais que fait Max ? Il n'est pas encore arrivé ?

Astrid Ramden, tourbillonnante, arborant un peu trop magnifiquement ses blondeurs, venait d'apparaître devant Nancy, un verre dans chaque main. Beaucoup de monde se bousculait déjà dans la villa où vagissait une musique disco des plus rebattues.

D'un geste à l'élégance excessive, Nancy Milland saisit le cocktail que lui tendait son hôtesse.

— Non, je ne l'ai pas vu, répondit-elle. Il m'a dit que l'après-midi lui suffirait, mais tu sais comment ça se passe avec ces gens de la télé. On ne peut plus s'en dépêtrer.

C'était son troisième daiquiri, et comme pour les deux autres elle trouva qu'Astrid avait lésiné sur le rhum.

— J'espère qu'il ne sera pas contraint de nous faire faux bond, reprit Mme Ramden avec un sourire protocolaire qui masquait mal une certaine inquiétude.

Elle est malade à l'idée qu'il ne se montre pas, pensa Nancy en posant un regard froid sur la maîtresse de maison.

Qu'Astrid Ramden fît partie de l'imposant tableau de chasse de Max Milland sur Dos Rios, Nancy n'en était pas certaine. Mais elle savait que, sur son territoire, toute proie féminine était bonne pour son mari et que, curieusement, les Ramden avaient bénéficié de privilèges considérables pour l'agrandissement de leur entreprise sur les terrains communaux. Elle n'avait pas encore pu déterminer si Max Milland en avait retiré des avantages financiers personnels, ou des avantages en nature concédés de bonne grâce par madame, ou les deux à la fois.

— Il m'a promis d'être là, Astrid. Je suis sûre qu'il va arriver d'un moment à l'autre. Il ne voulait manquer cette soirée pour rien au monde, assura-t-elle en accompagnant ses paroles d'un petit geste de la main sur le poignet de son interlocutrice.

Puis elle laissa là les charmes scandinaves un peu plantureux de Mme Ramden et se dirigea droit sur le bar. Elle avisa un serveur mexicain en veste blanche et à la chevelure ruisselante de gomina, et lui tendit son verre auquel elle avait à peine touché.

— Auriez-vous l'amabilité d'y rajouter deux doigts de rhum blanc ? lui demanda-t-elle d'un ton qui avait plus les accents d'un ordre que d'une requête polie.

Le serveur s'exécuta comme un automate, sans le moindre sourire, et elle s'éloigna vers la véranda. Dehors, elle se tint face à la piscine, à la limite de l'ombre et de la lumière, et but quelques gorgées du cocktail sans le trouver meilleur qu'auparavant. Elle surprit le regard d'un invité qu'elle ne connaissait pas, qui était affalé non loin dans un fauteuil en osier, lui aussi un verre à la main. Elle comprit en souriant intérieurement que le type était en train de la déshabiller des yeux et elle pivota légèrement pour être sûre de montrer le meilleur d'elle-même.

Elle avait revêtu pour cette soirée quelque chose qu'elle qualifiait de sauvage dans le but de ne pas laisser s'échapper Cass. Il s'agissait d'une robe un peu large mais redoutablement courte, qui tombait agréablement sur ses formes, faite d'un crochet stratégiquement ajouré révélant presque tout et qu'il convenait, bien sûr, de porter pratiquement nue. Elle laissa le type se rincer l'œil pendant quelques instants puis alla s'asseoir sur un canapé de jardin chargé de coussins, à un endroit où le tapage de la musique était supportable.

Sans être inquiète, elle prit quand même la peine de se montrer préoccupée. Pas pour son mari, bien entendu. De lui elle n'avait jamais attendu la conduite irréprochable d'un époux tenant ses engagements, et elle savait bien que, malgré les quelques avantages relationnels d'une telle soirée, celle-ci devait lui paraître essentiellement une corvée. C'était plutôt des enfants qu'elle se souciait. Elle doutait que Betty eût pensé à emporter quoi que ce fût pour rester sans inconfort jusqu'à une heure si tardive dans les montagnes. Mais peut-être le Dr Kurnitz les avait-il tout bonnement retenus à dîner ? La vision de ses enfants à l'abri dans la résidence montagnarde qu'elle connaissait bien pour y être allée plusieurs fois modéra son souci.

Restait Cass. Elle était consciente, depuis le début de leur relation, que rien ne lui permettait de compter sur lui non plus. Les petits collages épisodiques qui les réunissaient avaient pour seule raison une certaine exultation sexuelle, et même cette unique raison s'estompait depuis quelque temps. Norman Cass chassait sur d'autres terrains, elle s'en doutait bien, et si leur liaison éphémère avait déjà du plomb dans l'aile, c'était peut-être parce que ce qu'elle offrait ne souffrait plus la comparaison avec le gibier qu'il trouvait ailleurs.

Bien qu'affichant la plupart du temps une certaine indifférence émotionnelle, elle se sentit piquée dans sa fierté à cette idée. Ma vieille, dans peu de temps tu seras vraiment sur la pente descendante, se dit-elle rapidement. Et pour te mettre un Norman Cass sous la dent, il faudra te lever tôt ! Elle divagua froidement quelques secondes sur ce thème et soudain une pensée la frappa de plein fouet. Valerie Walker ! C'était évident. Comment cela avait-il pu lui échapper ce matin ?

En une fraction de seconde, elle fut convaincue qu'elle ne verrait pas Cass ce soir. Ils ont dû tous rentrer, et Norman est certainement parti finir la nuit avec cette petite allumeuse. Et ça ne serait pas surprenant que Max les ait accompagnés prendre un verre. D'ailleurs, il n'y a qu'à vérifier : les enfants doivent être à la maison.

Elle quitta brusquement le canapé pour rentrer dans la villa.

— Astrid ! Y a-t-il un endroit calme où je pourrais utiliser ton téléphone, s'il te plaît ?

— Bien sûr, ma chérie. Va dans ma chambre, tu seras tranquille.

Dans la chambre à coucher, elle se fraya un passage au milieu des chaises encombrées des sacs à main des dames et des vestons des messieurs, et trouva le téléphone sur la table de nuit.

Elle composa son propre numéro et laissa sonner longtemps. Betty est peut-être occupée à les coucher ? Mais personne ne répondit et elle raccrocha, songeuse. Elle réfléchit un instant puis alla fouiller dans son sac qu'elle avait déposé sur une commode au design italien comme le laissaient supposer les montants métalliques chromés. Qu'est-ce que c'est moche ! se dit-elle au passage, tout en consultant son carnet d'adresses. Kurnitz, Dr Joseph Kurnitz. Voilà.

Elle composa un nouveau numéro et laissa à nouveau sonner plusieurs fois. La maison du domaine était grande et elle imaginait le vieux bonhomme rondouillard se hâtant lentement dans les pièces, un peu essoufflé, vers le poste téléphonique. Mais il n'y eut pas de réponse non plus et elle dut se résoudre à raccrocher encore une fois. Elle resta hésitante un instant, puis finalement éteignit et quitta la chambre.

Mme Ramden l'intercepta dès qu'elle la vit réapparaître dans l'immense salon.

— Tout va comme tu veux, ma chérie ?

Elle avait remarqué l'air soucieux de Nancy. Celle-ci se recomposa le visage immédiatement.

— Ils ne sont pas encore rentrés, fit-elle presque radieuse, mais je pense qu'ils sont en route. Je rappellerai tout à l'heure.

Et pour ne pas rester plus longtemps sous le regard

interrogateur d'Astrid Ramden, elle s'éloigna sans se départir de son sourire.

Elle se retrouva à nouveau sur le seuil de la véranda, pensive, et s'aperçut que le type dans le fauteuil en osier était toujours là, les yeux posés sur elle sans la moindre gêne. Cette fois-ci, il accompagnait même son regard d'un sourire engageant. Si Cass met les voiles, en voilà un au moins qui est complètement à l'affût ! songea-t-elle vaguement flattée.

Avec une grâce ondulante du meilleur effet, elle rentra dans le salon au milieu des convives, sachant d'avance que l'homme allait se lever, la suivre à la trace et la débusquer comme par hasard, au bar par exemple, où il se présenterait. Même si Norman ne se montre pas, se dit-elle, la fête va continuer. Elle se promit de rappeler chez elle dans une demi-heure.

Russell Rand, d'un naturel pourtant placide, sentit monter en lui une certaine mauvaise humeur. Doyle et Milland se tenaient devant lui, un peu inquiets et avec l'air embarrassé des gens bredouilles.

— Mais enfin, il faut la transporter ! s'exclama-t-il en pensant à la gamine toujours étendue sur la table et qu'on avait couverte de l'autre serviette de bain qu'avait emportée Betty.

— Je n'y comprends rien, fit Milland avec l'air de s'excuser. Il n'y avait ni la voiture ni Kurnitz. Je ne vois pas où ils ont pu passer.

— Ils sont pourtant bien dans la réserve, reprit Russell. Il faut les trouver absolument. La blessure de la petite ne peut plus attendre. Sans parler de celle de Betty qui n'est pas de la rigolade non plus.

Doyle et Milland se regardèrent, mal à l'aise, et comme à bout d'arguments. En désespoir de cause, Milland se tourna vers Rand, d'un air interrogateur.

— Vous avez quelque chose à suggérer, monsieur Rand ?

Il avait posé cette question poliment, et l'animosité qu'il

avait éprouvée d'emblée contre l'universitaire quand ils avaient été présentés avait totalement disparu. Tout simplement parce qu'il se sentait perdre les pédales et que seul le jeune homme montrait un certain sang-froid.

Russell ne prit même pas la peine de réfléchir pour répondre :

— Je crois que le mieux est de retourner à la sortie. De deux choses l'une : ou on y retrouve les autres, ou on essaye de sortir par nos propres moyens. Il n'y a pas une minute à perdre.

Il se tourna vers Betty, toujours assise à côté de Jessica.

— Qu'en pensez-vous, Betty ? Je n'y comprends rien moi non plus mais il faut sortir d'ici, c'est tout.

Betty ne répondit pas immédiatement. Elle était inquiète et sentait confusément que la situation leur échappait.

— Il faudrait essayer d'arriver à la maison de M. Kurnitz pour téléphoner à Dos Rios, hasarda-t-elle.

Cette remarque accentua le malaise qui pesait sur tout le monde. Betty semblait reconnaître implicitement qu'on ne retrouverait ni Kurnitz ni Spike, et qu'ils ne pouvaient déjà plus compter que sur eux-mêmes. Cela les rendit tous silencieux quelques secondes.

Sous la lueur blafarde de la nuit, la scène donnait l'impression d'une étrange et lugubre cérémonie, avec Jessica étendue comme sous un suaire, et les autres à proximité qui semblaient la veiller. Russell prit alors sur lui de diriger les opérations.

— Bon, on va tous quitter cet endroit. John, tu prendras le sac de Betty, d'accord ?

— Et les autres ? intervint Doyle. Ballard, la cow-girl et le tennisman ?

— On ne peut pas les attendre et on ne peut pas non plus aller les chercher, monsieur Doyle. L'urgence, c'est la petite.

Il se tourna vers Milland.

— Il faut transporter votre fille avec nous, monsieur

Milland. Voulez-vous la prendre ? Je vous relaierai en chemin.

— Bien sûr, s'empressa d'acquiescer celui-ci.

Jessica fut saisie avec beaucoup de précautions, et Doyle essaya de ne pas poser le regard sur la blessure. Ça le rendait malade. Russell laissa un mot sur la table, maintenu par une pierre en guise de presse-papier, à l'intention des manquants au cas où ceux-ci réapparaîtraient après leur départ. Il ne voyait pas d'autre solution que d'abandonner momentanément tout le monde pour essayer d'éviter la gangrène à la petite.

Ils se mirent en route aussitôt, Johnny-John et Sally portant tous deux le sac de Betty, chacun par une sangle. Milland tenait sa fille dans ses bras et celle-ci se laissait faire sans dire un mot.

En quelques minutes ils arrivèrent au portail que Doyle et Milland avaient quitté peu auparavant. L'endroit était toujours désert et, bien qu'il se soit fait peu d'illusions, Russell fut désappointé.

— C'est invraisemblable, ragea-t-il. Ils sont pourtant bien quelque part là-dedans avec nous !

Il essaya à son tour de faire coulisser la lourde porte, sans plus de succès que Milland la première fois.

— Vous pensez que vous pourriez escalader cette clôture, monsieur Rand ? demanda Milland.

Russell était en effet en train d'examiner la hauteur impressionnante de la clôture grillagée et l'obstacle de la partie rabattue au sommet.

— Peut-être, mais pas avec la petite.

— Vous pourriez toujours essayer d'aller chercher du secours chez Kurnitz ?

Le nom du docteur, prononcé par Milland, fit prendre une nouvelle direction aux pensées de Russell. Kurnitz ! Qu'est-ce qui lui avait pris de disparaître ainsi ? Et comment un tel accident avec la panthère avait-il pu se produire ? Réfléchissant en silence, Russell s'aperçut bientôt qu'il évitait de se poser la question sous un angle qui excluait le hasard. De toute façon, le moment n'était pas à la spéculation. Il fallait agir.

Il s'approcha de la clôture. Les mailles du grillage étaient tissées d'un fil de fer de section assez épaisse délimitant des carrés de cinq à six centimètres de côté, ce qui devait lui permettre de prendre appui sans trop de problème.

— Monsieur Milland, demanda Russell, est-ce que vous pouvez venir me donner un coup de main ? Je vais grimper mais je voudrais me tenir debout sur vos épaules pour passer le haut de la clôture.

— Certainement, fit Milland.

Et il s'approcha à son tour.

Russell s'élança alors sur la clôture et agrippa dans un bond le grillage de ses deux mains. Au contact du métal, il reçut subitement une violente secousse qui lui piqua les doigts, noua les muscles de ses bras et lui fit pousser un cri. Il lâcha prise et s'effondra lourdement sans avoir eu le réflexe de se recevoir pour atténuer le choc. Il tomba de côté sur le sol caillouteux et ressentit une cinglante douleur à la hanche.

Milland s'était aussitôt précipité sur lui pour lui porter assistance.

— Vous avez glissé ? lui demanda-t-il en le soutenant par les épaules pour l'aider à se relever.

L'air un peu hébété sous l'effet de la surprise et de la douleur, Russell parvint avec une grimace à se mettre debout, tout en gardant une main sur sa hanche meurtrie.

— Il y a du jus, dit-il dans un souffle.

— Pardon ? fit Milland qui n'avait pas compris.

— Du jus, répéta Russell plus fort. Cette clôture est électrifiée !

Il se massait la hanche avec mauvaise humeur. Il était fâché de voir ses initiatives spectaculaires se terminer de si piteuse façon.

— J'aurais dû vous prévenir, fit Milland. Mais je ne savais pas que l'installation était en état de marche.

— Vous saviez que c'était une clôture électrique ?

— Oui, mais je ne savais pas que les branchements avaient été faits. Il y a quinze jours, quand nous avons visité le chantier, l'installation n'était toujours pas opérationnelle.

— Et où se trouve l'armoire électrique qui commande tout ça ? s'enquit Russell.

— Dans le bureau de Kurnitz.

Cette déclaration fut suivie d'un silence. Russell en oublia presque sa douleur. Il était bien obligé maintenant de considérer le problème sous l'angle qu'il avait soigneusement évité depuis le début. Mais c'était trop invraisemblable. Pour quelle raison ?

— Donc, Kurnitz n'est plus dans la réserve, observa-t-il froidement, en hésitant à s'aventurer trop vite vers les sombres conclusions qu'il sentait s'amonceler derrière ses réflexions. Il est chez lui, et il a mis le courant dans la clôture...

Il poursuivait son raisonnement à voix haute en mesurant ses paroles.

— Vous voulez dire qu'il sait pertinemment que nous sommes restés à l'intérieur ? intervint brutalement Doyle qui n'appréciait pas du tout la tournure des événements.

— C'est absurde ! fit aussitôt Milland. Il n'y a aucune raison. Il s'agit d'un malentendu. Votre chauffeur a dû le ramener à la résidence et le docteur a pris immédiatement les mesures prévues de protection de la réserve. Il va revenir nous chercher.

— C'est lui qui a demandé une clôture électrifiée ? demanda Russell.

— Bien sûr. Nous avons établi le cahier des charges avec lui dès le début. Cette mesure de protection a toujours figuré sur la liste des équipements. Et j'ajoute que nous étions tout à fait d'accord avec ses exigences. Il était hors de question d'envisager la possibilité d'entrée par effraction dans ce lieu par des personnes étrangères.

— Malheureusement, ça empêche aussi d'en sortir, fit Doyle.

— J'avoue que nous n'avons jamais abordé le problème

dans ce sens-là, reconnut Milland. Mais à part les animaux, qui voudrait s'échapper par effraction de cette réserve ? C'est stupide.

— Nous, fit tomber Russell.

Il fallait se rendre à l'évidence. L'infime probabilité qu'il n'avait jusqu'alors pas osé approfondir pour expliquer la succession d'événements qui s'étaient produits prenait consistance et ne pouvait plus être ignorée. L'hypothèse de base était la suivante : les circonstances qui avaient prévalu à leur situation n'étaient pas fortuites. Mais aucun fait tangible, aucune preuve ne venait étayer ce raisonnement, hormis l'absence suspecte et incompréhensible du docteur. C'est donc par l'absurde qu'il va falloir traiter ce problème, se dit Russell.

Il attira en retrait Milland et Doyle, pour éviter de faire entendre leurs paroles aux enfants.

— Admettons un instant que Kurnitz ait quitté la réserve en sachant parfaitement que nous étions à l'intérieur, commença Russell.

— C'est ridicule, je vous l'ai déjà dit, l'interrompit Milland.

— Ça paraît ridicule, rétorqua Russell, mais admettons que ça ne le soit pas. Pourquoi aurait-il fait cela ? On peut très bien imaginer qu'un original comme lui ait décidé subitement de nous coller une peur bleue et de venir nous libérer au bout d'un moment...

— Excusez-moi, jeune homme, mais ça ne sert à rien de tourner autour du pot, intervint Doyle aussitôt. De deux choses l'une : ou alors il a disparu par hasard, et je n'y comprends rien ; ou alors il l'a fait exprès et tout est clair. C'est lui qui a ouvert l'enclos des panthères. Il a dû se dire que nous ferions d'excellents repas sur pattes pour ses bestioles. Elles adorent ça, n'est-ce pas ?

Russell aperçut dans l'ombre de la nuit le visage inquiet de Betty tourné vers eux.

— Ne parlez pas si fort, s'il vous plaît, demanda Russell.

Il prit le temps de réfléchir avant de répondre à Doyle. Ce

dernier pouvait avoir raison. C'était plausible, mais ça restait invraisemblable. Il devait y avoir une explication plus rationnelle quelque part entre ces possibilités.

— Ecoutez, Doyle. Quelles que soient les raisons de cette situation, notre seul vrai problème c'est de sortir d'ici. D'accord ?

— Tout à fait d'accord, fit Doyle. Vous êtes un esprit très brillant, ajouta-t-il d'un ton égal.

— Merci, fit Russell sèchement. Le seul qui puisse nous aider et éventuellement nous renseigner, c'est Spike.

— Comment cela ? demanda Milland.

— Avec la voiture, fit Russell. On doit pouvoir détériorer suffisamment la clôture pour passer. Il faut le retrouver.

— Vous pensez qu'il est toujours à l'intérieur, comme nous ?

— C'est encore une hypothèse. Il a disparu et vous ne l'avez pas croisé en chemin. Donc, s'il n'est pas sorti, il a forcément dû emprunter le chemin qui part sur la gauche, bien avant d'arriver au pique-nique. Il faudrait aller voir.

— Et les enfants ? fit Milland.

— On va faire deux équipes. Monsieur Doyle, vous avez un briquet, je crois ?

— Oui, pourquoi ?

— Bon. Tout d'abord nous allons faire un feu. Il y a une, peut-être deux bêtes sauvages qui rôdent dans la réserve. Le feu peut les attirer, mais il les tiendra aussi suffisamment en respect. Vous resterez avec les enfants et Betty, et M. Milland et moi nous essaierons de mettre la main sur Spike et la voiture.

— Vous voulez qu'on fasse un feu ici, comme des cromagnons ? s'exclama Doyle.

— Non, pas ici. Il est préférable de le faire au pique-nique qui est en haut d'une colline. Avec un peu de chance il peut attirer l'attention de l'extérieur.

— L'attention de qui ? demanda Milland.

Russell commença à se montrer excédé.

— De n'importe qui, monsieur Milland. L'important, c'est de prendre des décisions et de faire vite. Il faut trouver cette voiture et sortir. Il faut prendre l'initiative, sinon ce sont les bêtes qui la prendront à notre place. Si nous faisons un feu ici, c'est stupide. C'est dans un creux où personne ne peut nous voir, et en plus nous sommes acculés à une clôture. Autant dire que nous sommes faits comme des lapins si des fauves attaquent. Là-haut, on peut contrôler le terrain. Ça vous suffit comme explications ?

Il y eut un silence prolongé que Doyle et Milland semblèrent mettre à profit pour bien s'imprégner du fait qu'ils étaient dorénavant en situation de survie dans un territoire hostile et qu'ils devaient avant tout compter sur eux-mêmes et rien d'autre.

— Allez, on retourne là-haut, fit Russell d'un ton déterminé. Si vous voulez, je vais prendre Jessica. Commencez à ramasser du bois en cours de route. Et demandez aux enfants de vous aider.

Avec une sorte de soulagement, tout le monde passa à l'action sous les ordres de Russell. Seul ce dernier restait préoccupé par de nombreuses questions qu'il préférait ne pas évoquer de vive voix. Il y avait tout d'abord le problème de Spike. Est-ce qu'ils pourraient vraiment mettre la main sur lui et surtout sur la voiture ? Il était loin d'en être convaincu. Mais ce qui le tracassait profondément était d'un autre ordre.

Si l'hypothèse qu'il n'avait osé formuler et que Doyle avait énoncée froidement à sa place se révélait exacte, alors la situation était très, très grave. Car faire face à deux panthères dans une réserve d'une telle superficie, c'était jouable. Il s'agissait d'animaux qu'on pouvait relativement tenir en respect.

Mais si leur enclos avait bel et bien été ouvert délibérément, la situation était peut-être déjà désespérée. Car on pouvait alors admettre que tous les enclos avaient été ouverts. Et il était impossible de lutter à mains nues contre des carnassiers de la taille de Wand-da ou des lions. Il fallait trouver Spike et la voiture. De toute urgence. Où avait-il pu passer ?

Russell fit presser le pas à tout le monde.

11

Lorsque Spike avait quitté les autres, il lui avait fallu moins d'une minute pour arriver avec la voiture à la porte d'entrée de la réserve. Il avait constaté que l'endroit était désert et la porte toujours fermée. Il était descendu du véhicule pour examiner l'immense portail, au cas où Kurnitz serait sorti sans les attendre et aurait simplement rabattu la grille sans la verrouiller.

Ce n'était malheureusement pas le cas, et il se sentit pris au dépourvu. Il aurait aimé pouvoir revenir avec le docteur chercher les autres et rentrer au plus vite à San Francisco. En ce qui les concernait, Doyle et lui n'avaient plus rien à faire ici. Il était trop tard pour finir quoi que ce soit, et de toute façon il n'y avait pratiquement plus de lumière pour d'éventuelles prises de vues complémentaires. Dos au grillage, les mains sur les hanches et le regard fouillant le terrain autour de lui, Spike finit par soupirer.

Ce n'était pas un soupir d'abattement, mais d'exaspération. C'était comme ça depuis un an qu'ils avaient réduit les équipes de reportage. Il fallait tout faire soi-même. Conduire la voiture, faire les prises de vues, nurser les types terrorisés par la caméra et border Doyle le soir en rentrant. Et aujourd'hui il jouait en plus à cache-cache avec un vieux débris complètement halluciné par la loi de la jungle ! Mais Spike n'était pas du genre à rentrer de mission les mains dans les poches sans avoir obtenu ce qu'il cherchait.

Sous l'effet d'une décision subite, il retourna à la voiture, s'installa à nouveau au volant et démarra. Même s'il devait parcourir la réserve chemin par chemin dans tous les sens, il finirait par le trouver, le Kurnitz !

Il repartit en seconde, toujours à allure réduite pour ne pas malmener le matériel rangé à l'arrière, en soulevant un léger nuage de poussière sur son passage. Il avait repéré en descendant un chemin qui partait sur sa droite et il le retrouva bientôt. Autant commencer les explorations par là, se dit-il. Et il s'était engagé sur le sentier plus étroit qu'il avait découvert, en conduisant avec précaution.

C'était le versant est de la colline qu'ils avaient contournée ce matin pour arriver au pique-nique. La végétation y était nettement plus dense et plus haute que de l'autre côté. Et à cause de cela, la nuit semblait plus avancée ici qu'à l'entrée de la réserve.

Le chemin, parsemé d'herbes, était en assez bon état et Spike roula pendant près d'un kilomètre, en se demandant où il allait arriver. Comme le chemin suivait une courbe constamment orientée sur la droite, il jugea qu'il finirait par aboutir à un embranchement lui permettant de regagner les autres sans avoir à revenir sur ses pas.

Il longeait à nouveau le grillage d'un enclos à sa gauche quand il parvint à la porte de celui-ci. Il s'arrêta net, piqué par la curiosité. La porte était grande ouverte et aucun signe de vie ne semblait se manifester. Spike passa en première et s'aventura quelques mètres à l'intérieur.

Le vieux prof avait mentionné des enclos qui n'avaient pas encore de locataires, songea-t-il aussitôt. Ça devait être l'un d'eux et il n'était pas impossible que Kurnitz y soit allé faire un tour. Il enclencha à nouveau une vitesse et fit avancer la Toyota plus à l'intérieur.

Le terrain était assez égal et Spike se mit à rouler en toute confiance. Il en profita pour jeter de brefs coups d'œil par les portières. Des fois que le vieux serait par là en train de ramasser des fraises ! se dit-il de mauvaise humeur. Soudain, la voiture s'enfonça dans un creux et il y eut un choc sourd et violent sous le plancher.

— Bon sang ! on n'y voit rien, jura Spike entre ses dents.

Le véhicule s'était immobilisé et avait dû heurter une rocaille. Il fit brutalement marche arrière et dégagea la Toyota sans difficulté. Après quoi il jura une nouvelle fois, passa en première et testa le moteur. La voiture avança sans se faire prier et il ne décela aucune anomalie. Il continua plus lentement, après avoir ôté les lunettes fumées qu'il avait gardées sur le nez tout l'après-midi.

Il s'arrêta finalement trois ou quatre cents mètres plus loin, moteur au ralenti, estimant sa position suffisamment stratégique pour voir ce qui était éventuellement à voir. Tout autour de lui, l'enclos s'étendait comme un pré immense dont les pourtours étaient envahis par une importante végétation. A cause de la nuit proche, il avait du mal à distinguer quoi que ce fût à la lisière des broussailles et des arbres, au fond du pré. Il scruta le paysage avec la plus grande attention. A tout hasard, il fit des appels de phares, et l'ombre fut percée à plusieurs reprises d'un faisceau de lumière blanche qui ne révéla rien.

L'endroit était manifestement complètement vide. Il allait se décider à faire demi-tour quand l'odeur frappa ses narines. L'essence. Ça sentait l'essence !

Quelque part au milieu des arbres et des rochers, sur la partie la plus élevée de l'enclos, deux yeux avaient suivi avec une curiosité mêlée d'un soupçon d'inquiétude et d'agacement l'évolution de la grosse forme malhabile et bruyante au milieu du terrain. Les appels de phares avaient même déclenché un bref grognement de colère, à peine perceptible, que Spike n'aurait pu entendre même s'il s'était trouvé hors de la voiture.

Contourner l'intrus et attendre.

Les yeux s'étaient déplacés et avaient rapidement gagné un nouveau poste d'observation, mieux situé, offrant autant d'avantages pour l'attaque que pour la défense. Car la défensive, stratégie rarement usitée, était cependant recommandée en cette occasion, à cause de l'étrange morphologie de l'intrus. Les choses se compliquèrent même un peu plus pour l'intelligence limitée qui était en train de déterminer quelle conduite serait la plus appropriée face à cet événement imprévu et déconcertant.

En effet, le gros animal lourd et cahotant qui s'était immobilisé au milieu de l'enclos venait de laisser s'échapper par un orifice latéral un de ces êtres verticaux si aisément identifiables. Là, pas de malentendu possible. Il s'agissait d'un de ces animaux industrieux et organisés du monde extérieur, mais qui par nature étaient d'une extrême vulnérabilité. Cette présence était totalement incongrue et les yeux considérèrent le phénomène avec le détachement désabusé qu'on peut avoir face à un comportement non seulement inconscient mais complètement idiot.

Le seul paramètre qui restait maintenant à évaluer avant d'agir concernait les réactions que pourrait manifester l'autre gros animal inerte en cas de démonstration d'agressivité.

— Saloperie !

Spike, à quatre pattes dans l'herbe, était en train d'examiner le dessous de la voiture. Il venait de déceler le mince filet d'essence qui s'écoulait imperturbablement du réservoir crevé.

Il se releva et alla voir à l'arrière. En passant une main dans les herbes, il constata que celles-ci étaient tout humides du liquide gras. Au même moment, le moteur toussa.

Spike se précipita à l'intérieur de la voiture. Un coup d'œil rapide lui révéla ce qu'il craignait le plus : la jauge était à zéro. Il allait se mettre à jurer quand le moteur hoqueta deux ou trois fois puis cala définitivement. Il actionna le démarreur, mais ce fut peine perdue.

— Merde, merde, merde et merde ! hurla-t-il.

Il avait éclaté de rage en assénant sur le volant un terrible coup de poing dont toute la voiture résonna.

Celle-là, c'était la meilleure de la journée !

Comme toutes les forces de la nature auxquelles peu de choses résistent, Spike ne pouvait supporter le sentiment d'impuissance absolue qui l'avait envahi face à une telle fatalité, et sa colère s'en trouvait redoublée. Il frappa encore une fois à toute volée le tableau de bord et finalement quitta le véhicule précipitamment.

Si je m'écoute, je démolis complètement cette fichue bagnole !

Il retourna à l'arrière et ouvrit la porte du break. L'odeur de l'essence était telle qu'elle lui monta à la tête. Il fourragea sans ménagement dans le matériel et en retira plusieurs cassettes.

Au moins récupérer le travail de la journée. La bagnole et le matériel, ils viendront les chercher quand ils voudront. Moi, je me tire !

Il claqua violemment toutes les portes, n'accorda pas même une pensée aux clés de contact qui restèrent sur le tableau de bord, et commença à descendre l'enclos à grands pas vers la sortie, ses cassettes sous le bras.

La grosse masse inerte était là devant, à une vingtaine de mètres. Les yeux fixés dessus avaient fait un détour silencieux pour arriver jusque-là et restaient dissimulés par l'avant-garde des arbustes qui donnaient sur l'étendue herbeuse. Quelque chose ressemblant à une certitude s'installa peu à peu dans le cerveau qui travaillait rapidement : cela n'était pas vivant. Cette masse capable de se mouvoir, avec tout ce bruit, n'était pas vivante. Bien sûr, c'était surprenant, mais cela devenait un fait. Pas un seul tressaillement, pas le moindre indice d'une respiration. Trop lourd, trop silencieux, trop immobile. C'était une matière morte capable de se mouvoir. Etrange mais apparemment sans danger.

S'approcher lentement. Dans l'axe de la trajectoire de l'animal vertical qui s'éloignait, afin de rester invisible derrière la masse froide et abandonnée.

A quelques pas de la Toyota, les narines sensibles furent brutalement heurtées par une odeur infecte et piquante. C'était peut-être une mesure défensive de la bête inerte ?

Mais non. C'était un effluve violent et minéral, qui n'avait rien à voir avec la puanteur musquée que certains mammifères répandaient autour d'eux pour se protéger.

Il n'était pas supportable qu'une chose aussi volumineuse, inutile, non comestible, envahisse à ce point, y compris par son odeur, un territoire exclusif pourtant si minutieusement balisé. La cervelle qui constatait tout cela fut soudain agitée d'une rage irrépressible et, dans un souffle creux, les cordes vocales vibrèrent aussitôt pour émettre un long grognement de mécontentement en signe d'avertissement.

Spike avait interrompu sa marche et s'était retourné vers le véhicule abandonné. Il aurait juré avoir entendu un bruit sourd du côté de la voiture.

La silhouette sombre de celle-ci se découpait dans l'obscurité naissante de la nuit, là-bas en haut du champ. Il n'y avait rien et tout était calme. Mais Spike avait l'habitude de faire confiance à ses sens et à ses impressions. Peut-être à cause de sa profession de caméraman entraîné de longue date à saisir le moindre détail de ce qui se passait autour de lui. Il resta donc plusieurs secondes immobiles, à observer l'endroit qu'il avait quitté. Soudain, il fronça les sourcils en tentant de distinguer un détail qui était apparu subitement, comme venu de nulle part. Une sorte de forme blanche, à quelques mètres à peine de la voiture.

— Qu'est-ce que c'est que ça ? s'exclama-t-il à voix basse.

La tache blafarde ondulait imperceptiblement dans les herbes.

Bon Dieu, ça se rapproche !

Il resta ébahi une fraction de seconde, puis une pensée éblouissante d'horreur, qu'il s'efforça de garder à l'état d'hypothèse, l'envahit subitement. Si ça se trouvait, il était dans l'enclos d'un des fauves de Kurnitz ! Mais la porte ? Pourquoi aurait-elle été laissée ouverte ? C'était incompréhensible !

Ses pensées jouèrent une seconde encore avec l'illusion que la bête qu'il distinguait mal n'avait peut-être pas d'intentions agressives et s'inquiétait juste de sa présence. L'instinct de survie lui rappela pourtant aussitôt qu'il était déraisonnable de compter là-dessus.

S'enfuir ! La porte était à une centaine de mètres à peine. Mais ensuite ? Il ne serait pas pour autant en sûreté ! Avant même d'arriver au bout de ses réflexions, son corps était déjà en mouvement sans qu'il se rappelât en avoir consciemment donné l'ordre.

A courtes enjambées frénétiques il arriva au portail et s'arrêta net. Quelle direction prendre ?

Il se souvint en un éclair de tout le chemin qu'il avait parcouru pour arriver jusqu'à l'enclos avec la voiture. Plutôt que revenir sur ses pas, il lui parut préférable de prendre sur la gauche. Il jeta un rapide coup d'œil derrière lui et aperçut nettement le félin qui était sur ses traces. Il fut saisi d'horreur, et les cassettes qu'il tenait toujours sous le bras tombèrent à ses pieds.

Il avait parfaitement distingué les rayures noires sur le pelage blanchâtre de la bête. Un tigre ! C'était un tigre comme celui de cet après-midi ! Ses intestins furent secoués d'une telle panique qu'il crut un instant qu'il allait souiller son pantalon. Il s'élança sur le chemin dans une course éperdue.

Peu après, le tigre arriva au portail à son tour, à petits pas souples et silencieux, sans hâte excessive. Il savait que la proie serait à sa merci au moment où il le déciderait et il préféra s'attarder sur cette nouveauté que constituait l'ouverture sur le monde extérieur. Il se planta au milieu du chemin et huma l'air, la tête levée. C'était un lieu nouveau plein d'odeurs prometteuses. Il décida d'en prendre possession immédiatement. S'approchant d'une souche bordant le chemin, il s'accroupit, la queue roide au-dessus du sol et l'échine courbée, et déposa contre le tronc une déjection au fumet puissant. Puis il se retourna et vint flairer l'excrément comme pour s'assurer que le marquage avait été effectué dans les règles. Après quoi il se posta à nouveau au milieu du chemin, les oreilles attentives à la rumeur saccadée provoquée par la proie qui fuyait loin devant. D'un bond, il se jeta alors dans les broussailles et disparut instantanément en se coulant sous les branches.

Le bruit de sa propre course augmentait la frayeur de Spike. Il n'arrivait pas à distinguer les sons de la nature et il voulait être en mesure de localiser le danger. Il s'arrêta et contrôla sa respiration, trop bruyante à son gré. Au milieu des battements accélérés de son cœur qui bourdonnait à ses oreilles, il parvint peu à peu à analyser le silence qui l'entourait. Le calme de la nuit était descendu sur les montagnes. Dans les arbres les oiseaux s'étaient tus, et les petits animaux nocturnes n'avaient pas encore commencé à vaquer à leurs occupations sous les feuilles mortes et dans les buissons.

Il ne perçut pas de mouvements suspects. Peut-être l'animal était-il resté dans l'enclos ? Son cerveau s'accrocha à cette idée réconfortante quelques secondes, puis la rejeta. C'était stupide. Il fallait courir.

Le plus silencieusement qu'il put, il reprit sa course et continua de gravir le chemin qui montait lentement en suivant toujours une immense courbe autour de la colline. Quelle distance le séparait des autres ? Il était incapable de l'évaluer et, de plus, il se demandait quel secours ils pourraient lui apporter quand bien même il les retrouverait.

Il déboucha sur un endroit un peu plus dégagé, et le fait de quitter l'ombre épaisse du chemin où il avait couru le rassura un peu. Il s'arrêta une deuxième fois et se mit à respirer largement pour reprendre son souffle, tout en surveillant le chemin. L'esprit apaisé, il jouissait de cette rémission et reprenait peu à peu confiance quand soudain ses entrailles se nouèrent à nouveau. Un frémissement prolongé de broussailles s'était fait entendre à quelques mètres.

Le silence s'était refermé sur ce bruit, et Spike, en sueur, voulait croire qu'il n'avait rien entendu. Mais il avait bel et bien enregistré un crissement lourd qui n'avait rien à voir avec le cliquetis inégal des feuilles agitées par un souffle d'air. La bête était là, quelque part. Autour de lui, partout à la fois. Dans un réflexe de panique il esquissa deux pas de fuite et s'immobilisa aussitôt.

Au mouvement qu'il avait fait, un autre avait répondu dans les arbustes touffus. Le silence était retombé mais Spike avait enfin repéré d'où venait la menace. Afin d'en avoir le cœur net une bonne fois pour toutes, il fit à nouveau mine de s'échapper et détala sur quelques mètres. Aussitôt, le froissement de branches l'accompagna. Spike se figea net et le bruit se tut instantanément, mais avec un décalage à peine perceptible d'une fraction de seconde. Une terreur animale incoercible l'envahit complètement, car il n'y avait plus de doute possible.

Il me suit. Il joue ! se dit-il dans une sorte de transe glacée. Il va attaquer !

C'est alors que son tempérament naturellement combatif refit soudainement surface. Il n'allait quand même pas se laisser bouffer comme une chèvre sans réagir !

Il reprenait confiance dans ses cent dix kilos de muscles, dans sa carrure de colosse, et il sentit que son esprit se mettait à fonctionner différemment. Combattre ! J'ai une chance en combattant...

Ses yeux fouillèrent la pénombre à la recherche d'un objet, n'importe quoi, une branche, un caillou, qui puisse servir d'arme. Il n'y avait rien. Dans un mouvement souple et silencieux, tout en gardant les yeux braqués sur les buissons suspects, il se déplaça de quelques mètres. Le frôlement de branches, comme aimanté à chacun de ses gestes, se fit à nouveau entendre. Mais il n'y avait plus d'épouvante en Spike. Ce qu'il éprouvait, c'était une sorte de terreur positive qui le poussait à l'action avec l'objectif de vaincre. Il fallait trouver quelque chose.

Il était en train de se baisser pour saisir une pierre de la grosseur du poing qu'il avait aperçue sous les herbes quand il sentit quelque chose qui faisait pression sur sa cuisse.

Bon sang, le tournevis ! Je l'avais complètement oublié !

Se redressant vivement, il porta la main au fourreau latéral de son jean et en retira l'outil. Il l'avait utilisé dans l'après-midi pour régler les branches du pied de la caméra et l'avait glissé machinalement dans cette poche spéciale qui lui rendait bien des services.

Il jeta un coup d'œil rapide sur l'objet et se sentit soudain plus fort. Ce n'était pourtant pas grand-chose : l'extrémité métallique ne mesurait guère plus d'une quinzaine de centimètres. Mais il avait la certitude qu'il pouvait maintenant se défendre. Sa puissante main se referma sur le manche et l'outil fut bientôt soudé au reste de son corps.

Le tigre attaqua brusquement. Il avait observé le changement de comportement de sa proie, et cela n'avait fait qu'aviver l'instinct d'agression meurtrière qui le dominait.

Au moment où l'énorme animal apparut en plein élan hors des arbres, le cœur de Spike cogna avec une telle violence que toute sa poitrine fut irradiée d'une douleur convulsive comme sous l'effet d'une électrocution. Il n'eut pas même le temps d'esquisser le moindre geste.

Il s'effondra, balayé comme un fétu, sous le poids de l'animal qui s'était jeté sur lui de toute sa force avec un feulement rauque. Il sentit son omoplate se briser dans la gueule énorme du fauve qui l'avait saisi de l'étau de ses mâchoires.

Par bonheur, Spike avait effectué en tombant une rotation instinctive de tout le corps pour se protéger, et la bête n'avait pas atteint la nuque. Mais les crocs s'étaient plantés sur l'épaule et dans les côtes, et Spike avait senti les os de sa cage thoracique éclater sous la formidable pression. Il lui sembla qu'une lame de fer venait de fouiller l'intérieur de sa poitrine.

Lame de fer.

De toutes ses forces, il lança sa main armée contre le flanc chaud qui l'écrasait.

L'énorme animal tressaillit de douleur mais ne lâcha pas prise. Spike frappa une nouvelle fois de toute la puissance de son bras. Le fauve sursauta encore et Spike sentit dégouliner sur sa main le sang tiède et poisseux. Le tigre desserra son étreinte et fit un bond de côté pour adopter un nouvel angle d'attaque. Il voulait tuer vite. Il avait senti les deux blessures qui lui avaient été infligées et constaté que l'animal sous lui était dangereux.

Mais Spike roula aussi dès qu'il se sentit libéré et enfouit une troisième fois le tournevis dans le ventre de la bête. Celle-ci s'écarta d'un nouveau bond et, au comble de la fureur, se jeta aveuglément sur sa proie.

Les énormes crocs luirent l'espace d'un éclair sous les yeux de Spike, et celui-ci ressentit aussitôt une douleur atroce à la tête. Le tigre venait de le saisir encore une fois de côté, mais à hauteur de la gorge et de la nuque. Les crocs crevèrent la boîte crânienne avec un bruit mat de carton troué et sectionnèrent les tendons du cou.

Dans les bribes de lucidité qui le parcoururent, Spike comprit soudain que de cette lutte à mort il ne sortirait pas vivant. Alors, dans un effort ultime alimenté par la rage, la peur, le désespoir et l'instinct du combat, il se mit à frapper à toute volée, à coups répétés et mécaniques, la bête qui était en train de le tuer.

Celle-ci reçut cette fois-ci les blessures sans frémir et s'occupa seulement de déchirer la gorge de Spike un peu plus profondément. Dans l'obstination meurtrière du tigre, tout ce qui ne contribuait pas à annihiler sa proie était devenu secondaire. Tuer d'abord. Ce n'était plus qu'une question de secondes.

D'un geste mou, Spike frappa encore une fois, mais le tournevis ne pénétra même pas les chairs. Son bras retomba et sa main lâcha l'outil. Dans un cauchemar brouillé de sang il sentit la bête relâcher son étreinte.

Puis, au milieu des brumes épaisses du coma, il sentit sa carcasse secouée violemment comme un dormeur qu'on tenterait d'éveiller sans ménagement. Il ne se rendait pas compte que la bête l'avait saisi par une jambe et s'était mise à le traîner dans les herbes.

Il n'avait plus conscience du temps ni de la douleur. Il ne lui restait plus qu'une pâle lueur de vie alimentée d'impulsions nerveuses et de réflexes incontrôlés pour éclairer les ténèbres qui envahissaient son cerveau. De ce marécage insensible où il s'enfonçait lui parvint un déchirement non localisé.

D'un large coup de gueule, le tigre avait déchiqueté un paquet de chairs de sa cuisse. Il commençait à le dévorer.

Le corps de Spike gisait lamentablement, baignant dans une flaque sanguinolente, les vêtements déchirés découvrant une nudité pâle et pitoyable.

A coups de tête rudes et gourmands, le tigre enfouit son museau barbouillé dans les chairs abondantes de l'arrière-train de sa proie.

Un dernier cri à peine perceptible, une sorte de rot accompagné d'un faible gargouillis, sortit de la bouche de Spike. Par cette plainte inarticulée, il réagissait à l'ultime douleur que ses nerfs avaient captée.

Le tigre venait en effet, dans un brusque mouvement de tête, de lui arracher les testicules.

Sous les étoiles, dans l'indifférence de la paix cosmique, le tigre continua de dévorer l'animal qui gisait entre ses pattes. Mais il ne montrait pas l'appétit d'un fauve ayant jeûné plus de vingt jours. Au bout d'un moment, il se détourna de sa proie et abandonna la curée à laquelle il se livrait sans entrain.

Il s'éloigna à pas fatigués et s'immobilisa. Il considéra son ventre et ses côtés affreusement rougis par les blessures. Puis, comme vidé de toute énergie, il se retira sous un arbre et s'affala d'une masse. Il souffrait, lui aussi.

De sa langue râpeuse il se mit à laver ses plaies, en clignant parfois doucement des yeux comme un chat docile et triste, souffrant silencieusement. Mais cela lui demandait encore trop d'énergie, et il préféra s'allonger complètement pour trouver le repos.

Avec l'infaillible certitude de l'instinct, le félin blessé savait déjà que le sommeil qui s'annonçait serait définitif et que bientôt lui aussi se mélangerait à la grande nuit.

12

La nuit était profonde et les montagnes se découpaient avec des silhouettes de monstres menaçants sous le ciel noir planté d'étoiles. De chaque côté du ruban phosphorescent de la route, les pinceaux puissants des phares de la Buick révélaient le paysage noyé dans l'obscurité, irréel et éphémère comme les images d'un rêve. En sortant d'un virage, Nancy Milland surprit la forme palpitante et brune d'un lièvre au milieu de la route. Celui-ci s'était immobilisé dans sa course, hypnotisé par le feu éblouissant de la comète qui fondait sur lui. Avant qu'elle ait pu réagir, Nancy sentit le choc mat et à peine perceptible sous l'avant de la voiture. L'espace d'une seconde, elle éprouva le regret sincère d'avoir stoppé net la vie du petit animal, puis elle pensa à autre chose.

Comme elle s'y était attendue, le type s'était finalement arrangé pour lui être présenté. Michael Lynn, directeur commercial du bureau de Ramden Electronics à San Francisco. La trentaine à peine sonnée, il brillait de toutes ses plumes, et elle s'était demandée si le large sourire dont il ne se départait pas était celui du commerce ou de la séduction. Probablement les deux à la fois. Elle l'avait encouragé de son mieux à faire la roue et il s'y était employé avec toute l'énergie qu'il avait pu.

Il ne s'était pas montré particulièrement original mais, ce soir, elle était d'humeur à accepter n'importe quel hommage, d'où qu'il vînt, quel qu'en fût le degré d'ostentation. C'était un jeu qui lui donnait le sentiment d'exister et, malgré tout ce qu'il avait de convenu, elle éprouvait un plaisir évident à s'y abandonner. Et les yeux que Michael Lynn posait sur elle en disaient autrement plus long que ses paroles quant à ses intentions. C'était un regard direct, sexuel et urgent.

Elle avait répondu à l'appel du mâle avec une précipitation qui l'étonnait encore. Elle était lassée de Max, irritée par Cass, et la brève diversion que lui promettait le regard de ce coq impatient l'avait emporté. Sous le visage sans expression d'Astrid Ramden, ils avaient rapidement quitté la réception.

— Je vais à la maison voir ce qui se passe avec Max et les enfants. Et Michael a la gentillesse de m'accompagner ! avait-elle lancé sur le pas de la porte.

Astrid Ramden, qui n'avait rien à apprendre de Nancy, les avait salués d'un sourire aux multiples significations.

— Je te promets de revenir avec Max et Norman, avait ajouté Nancy en disparaissant.

Après quoi, ils étaient allés faire ça dans la voiture. Elle n'en revenait pas !

Elle s'était mise au volant et Michael s'était installé à ses côtés. Avec une détermination avide, elle avait pris le chemin opposé à celui de sa maison et était sortie de Dos Rios en quelques minutes. Elle avait garé la voiture derrière un poste à essence abandonné depuis des années et qui n'avait jamais trouvé preneur. Il n'y avait pas eu une seule parole échangée entre eux. Ou, s'il y en avait eu, elle était incapable de s'en souvenir, tant la transe qui les avait jetés l'un sur l'autre avait gommé tous les détails secondaires et superflus de cet instant.

Sous le regard rouillé d'une pompe à essence hors d'usage, ils s'étaient livrés à un affrontement sexuel rapide, excessif et presque douloureux. Le directeur commercial était monté comme un cheval, et dans la folie du moment elle lui avait accordé des privautés qui tombaient sous le coup de la loi dans l'Etat de Californie. Tandis qu'elle évoquait ces images, elle en ressentait encore des élancements passagers comme des spasmes.

Elle avait abandonné Michael Lynn vers onze heures devant la villa des Ramden et s'était rendue chez elle où elle avait trouvé la maison déserte et plongée dans l'obscurité. Ça devenait véritablement inquiétant. Elle avait recomposé le numéro de Kurnitz, mais une fois encore le téléphone avait sonné longuement dans le vide.

Perplexe, elle avait alors décidé de se rendre sur place. Si la récréation sexuelle qu'elle s'était offerte l'avait apaisée en partie, elle était par contre maintenant franchement remontée non seulement contre Cass, mais aussi contre son mari. Où avaient-ils disparu, et qu'avaient-ils fait des gosses ? Et Betty ? Elle allait l'entendre, celle-là aussi !

Elle avait pris le temps de faire une toilette sommaire et de passer une culotte propre. Puis, après avoir enfilé un trois-quarts léger sur sa robe en prévision de la fraîcheur des montagnes, elle avait réintégré la grosse Buick encore imprégnée de l'odeur acide de leurs ébats, et avait foncé vers les montagnes de Santa Lucia.

Les phares découvrirent bientôt la pancarte rehaussée du blason de Dos Rios annonçant l'embranchement menant à la réserve. Les pneus crissèrent sur les gravillons du bas-côté quand la Buick quitta la surface lisse du bitume. Sans marquer la moindre hésitation, Nancy s'élança sur le chemin noyé dans l'obscurité menant à la résidence. Elle passa le portail de bois, mais lorsqu'elle pénétra sous le couvert des grands arbres elle prit brusquement conscience de la menace sourde qui montait des ténèbres de la nature, et elle fut saisie d'une légère oppression.

Un choc inattendu sur le côté de la voiture la fit soudain sursauter. Une branche de sapin venait de heurter au passage le véhicule, et Nancy eut juste le temps de voir la masse sombre de celle-ci érafler les portières d'une caresse drue comme dans un ample mouvement de bras. Ses mains se crispèrent au volant. Elle se concentra sur la conduite en évitant de trop fouiller du regard les cavernes obscures et insondables, pleines de nuit, tapies dans la profondeur des arbres. Lorsqu'elle déboucha quelques instants plus tard sur le terre-plein de la résidence, elle eut une longue respiration de soulagement. Il y avait de la lumière aux fenêtres.

Elle fut à la fois rassurée et surprise de voir parmi les trois voitures stationnées celle de son mari et la Jeep de la mairie. Elle rangea la Buick à côté de cette dernière, coupa le moteur et sortit aussitôt. La lumière provenant des fenêtres dessinait des flaques rectangulaires sur le gravier et elle se dirigea vers l'escalier qui menait à la véranda.

En arrivant en haut des marches, elle fut troublée par le silence total qui semblait régner dans la maison et trouva curieux que personne ne vînt à sa rencontre pour l'accueillir. Debout face à la porte d'entrée dont les deux panneaux vitrés laissaient filtrer de la lumière, elle hésita et finalement frappa sur le montant en bois.

Il n'y eut pas de réponse et elle ne surprit aucun mouvement à l'intérieur. Elle soupira avec une certaine impatience et frappa une seconde fois, plus fort. Tout en attendant, son regard se porta machinalement sur les grands arbres qui encerclaient la résidence. Un vent léger les agitait faiblement et elle ressentit le froid vif de l'altitude qui lui frôlait les jambes. Elle resserra son pardessus et se retourna vers la porte. Pour la troisième fois, elle frappa quelques coups violents et secs.

Qu'est-ce qu'ils fichent là-dedans ? Ils sont peut-être tous dans le bureau de Kurnitz, en train de discuter avec lui ? Elle décida d'entrer.

La serrure n'était pas fermée et la porte s'ouvrit dès que Nancy tourna la poignée. Elle la referma derrière elle et s'avança dans l'immense pièce de séjour qui avait accueilli plus d'une somptueuse réception à l'époque de la magnificence des anciens propriétaires. Un mobilier hétéroclite avait servi à l'ameublement et se composait aussi bien de sofas hors d'âge et probablement d'origine, que de tables et de chaises plus modernes disposées avec goût. L'ensemble, en plus d'une large cheminée appuyée sur le mur du fond et du sol parsemé de tapis, donnait à l'endroit l'aspect typique des refuges montagnards confortables à l'atmosphère chaude et rassurante.

Nancy ne s'attarda pas dans cette pièce et passa par une porte pour aller tout droit au bureau de Kurnitz. Elle connaissait bien les lieux pour les avoir utilisés à plusieurs reprises avec Max comme pied-à-terre, avant qu'ils ne fussent dévolus au docteur, à peine un an plus tôt.

Soucieuse des formes, elle frappa à la porte du bureau mais entra aussitôt après car elle ne s'attendait pas à ce qu'on lui répondît. La maison était vide, elle en était convaincue. S'ils étaient tous là-dedans, il y aurait forcément du bruit quelque part.

C'était anormal. Tout était anormal. Son regard se perdit dans cette pièce qui était le domaine personnel de Kurnitz, et qu'elle découvrait par contre pour la première fois. Les murs étaient couverts d'étagères débordant de livres de toutes dimensions. C'était une véritable bibliothèque scientifique où régnait un certain désordre attestant que les ouvrages étaient souvent consultés. *Panthérinés d'Asie ; Acinonyx jubatus : mœurs et répartition ; Leucisme chez les grands fauves ; Les Félins, animaux sacrés de l'Antiquité*, lut-elle au hasard sur le dos des livres et les reliures.

Ses yeux furent attirés par une brochure au format magazine étalée sur le bureau, grande ouverte. Nancy s'approcha et contourna le fauteuil pour voir une photo qui l'intriguait. En se penchant, elle vit qu'il s'agissait d'un singe vivant, maintenu en position assise dans une sorte de carcan métallique, dont la calotte crânienne avait été ôtée comme un simple couvercle. Le cerveau, dont on distinguait parfaitement les circonvolutions, était à vif, tout hérissé d'électrodes reliées par de minces câbles à des appareils de mesure divers. C'était tellement horrible que Nancy ne put réprimer une grimace. *Dépression de la douleur : hyperstimulation thalamique expérimentale*, lut-elle en haut de la page. Un spasme de nausée lui souleva l'estomac et elle se détourna.

Au même moment, elle vit Kurnitz, comme une apparition, dans l'encadrement de la porte, et elle ne put réprimer un cri.

— Madame Milland ! s'exclama celui-ci, d'une voix à la fois surprise et empressée.

Nancy resta muette de stupeur quelques secondes, les yeux braqués sur le docteur. Elle fixait le sourire rassurant qui s'était dessiné sur ses lèvres, mais elle avait parfaitement noté l'éclair de contrariété et de colère qui avait lui dans son regard avant qu'il ne lui adresse la parole.

— Vous m'avez surpris, poursuivit-il en forme d'excuse. Je me demandais qui pouvait fouiner dans la maison à une heure pareille. Je suis désolé de vous avoir effrayée.

Il s'approcha d'elle pour la saluer, arborant enfin la mine affable qu'on lui connaissait habituellement.

Nancy se reprit et sourit à son tour, mais c'était un sourire crispé.

— Excusez-moi d'avoir fait intrusion, dit-elle en lui tendant la main. J'ai frappé à plusieurs reprises mais il n'y a pas eu de réponse.

— Je vous en prie, protesta Kurnitz. Vous êtes ici chez vous et je suis navré de ne pas vous avoir entendue arriver. Allons dans le grand salon, si vous le voulez bien, nous y serons plus à l'aise.

Il l'invita d'un geste et elle quitta le bureau en passant devant lui.

— Et puis c'est cette photo, fit-elle en portant une main à la tête, comme si elle se remettait d'un étourdissement. C'est une telle horreur que j'ai failli en être malade.

— Ah oui, le singe... Il s'agit d'expériences menées par un collègue de Chicago. C'est assez impressionnant, je le reconnais.

Il la fit entrer dans la grande pièce.

— Laissez-moi vous débarrasser, lui dit-il.

Elle allait refuser mais, avant qu'elle ait pu dire un mot, il avait attrapé son pardessus par le revers et elle le laissa faire.

— Asseyez-vous, proposa-t-il. Voulez-vous boire quelque chose ?

Elle s'affala plus qu'elle ne s'assit et refusa l'offre du docteur. Celui-ci prit place non loin d'elle sur un des sofas et l'observa de ses petits yeux d'aigle. Bien que reprenant contenance, Nancy continuait de se sentir mal à l'aise en présence de Kurnitz. Elle n'avait jamais apprécié le bonhomme. A Max qui lui en avait fait le reproche, elle n'avait jamais pu expliquer pourquoi. C'était une sorte d'intuition incontrôlable qui ne l'avait plus quittée du jour où ils avaient été présentés l'un à l'autre.

Sous le regard du docteur, elle trouva subitement sa robe fatale beaucoup trop courte et ajourée, et elle tenta sans grand succès de la rabattre un peu sur ses cuisses largement découvertes. Cette réaction de sa part eut d'ailleurs pour effet de la fâcher intérieurement et la colère la rendit soudain plus sûre d'elle-même.

— Monsieur Kurnitz, commença-t-elle d'un ton plus raide, est-ce que vous pourriez me dire où sont Max et les enfants ? Je les attends depuis le début de la soirée !

— Ils devaient rentrer plus tôt, peut-être ? s'enquit Kurnitz.

— Mais bien sûr ! Max m'avait promis d'être de retour pour la soirée des Ramden. Dire que je me suis fait un sang d'encre en imaginant les pires choses alors que les voitures sont toujours garées ici !

Ridicule. On n'imagine jamais les pires choses, se dit Kurnitz.

— Les voitures..., fit-il songeur. Oui, en effet.

Nancy le regarda bizarrement. Pourquoi ne répondait-il pas franchement à sa question ?

— Ils ne sont pas avec vous ? s'inquiéta-t-elle.

— Si, si, ils sont là, s'empressa Kurnitz. Mais en fait ils vont peut-être en avoir pour un petit moment encore.

Il jeta un coup d'œil à sa montre.

— Il n'est pas tout à fait minuit. Ils ne devraient pas tarder.

Nancy le regardait, ébahie.

— Vous voulez dire qu'ils sont toujours dans la réserve ?

Le docteur prit une mine gênée.

— Pour tout vous dire, ils ont tenu à y rester pour assister au repas des fauves. Il se trouve que ceux-ci chassent la nuit essentiellement. Et comme vous le savez, ils se nourrissent ici de proies vivantes. Ils ont tenu à être témoins de cet événement tout à fait exceptionnel.

— Avec les enfants ? s'exclama à nouveau Nancy qui n'appréciait pas du tout l'idée que ses enfants assistent au déroulement d'une telle barbarie.

— C'est ce que j'ai compris, répondit Kurnitz évasivement.

Devant l'incrédulité de Mme Milland, il sourit de plus belle et toutes ses dents scintillèrent entre sa barbiche et sa moustache.

— Ne vous inquiétez pas, Nancy, ils vont être là d'une minute à l'autre.

Ce type se mêlait de l'appeler par son prénom à présent ! Elle le scruta attentivement quelques secondes, puis, avec cette intuition qui l'avait si utilement guidée bien des fois dans sa vie, elle arriva à la conclusion que le docteur lui mentait. C'était faux, complètement faux. Elle n'aurait pas su dire pourquoi, mais elle était convaincue que Kurnitz lui cachait quelque chose. Pour quelle raison ?

— Vous croyez ? se contenta-t-elle de dire.

Des yeux elle fouillait l'immense pièce, comme à la recherche d'une issue ou d'un indice qui la mettrait sur une piste. Il fallait une explication. Une explication que Kurnitz ne voulait pas lui donner. Elle décida de le prendre au mot et, après avoir hésité, avança une proposition, comme un joueur d'échecs incertain de son coup.

— Si nous allions à leur rencontre, docteur Kurnitz ? Il est temps qu'ils rentrent et, franchement, je voudrais au moins récupérer les gosses.

Sans se départir de son sourire, Kurnitz secoua la tête.

— Je ne sais pas trop où ils sont dans la réserve, lui dit-il.

On pourrait se courir derrière toute la nuit sans se trouver. Ne vous inquiétez pas, ils ont la voiture des journalistes. Je suis sûr que les enfants sont bien au chaud à l'intérieur. Attendons encore un peu.

Il se leva.

— Ne bougez pas, je vous sers quelque chose. Nous aviserons d'ici vingt minutes. Vous êtes d'accord ?

Non, elle n'était pas d'accord. Mais elle ne savait pas quoi faire.

— Je vous remercie, s'entendit-elle dire.

Russell et Milland s'étaient arrêtés à quelques mètres du portail grand ouvert et contemplaient celui-ci silencieusement. Ils avaient marché dans la nuit, tous sens en alerte, conscients de leur terrible vulnérabilité, à la recherche de Spike.

Russell se tourna vers l'ombre de Milland.

— Quel est cet enclos ? demanda-t-il à voix basse.

— Celui de Bira, la femelle du tigre blanc, répondit Milland de la même façon.

— Vous êtes sûr que la tigresse est censée être là-dedans ?

— Bien entendu, voyons !

La voix de Milland était brisée par la peur.

— Ne restons pas ici, ajouta-t-il précipitamment.

C'était presque une supplique adressée à Russell. Mais ce dernier l'ignora. Il n'avait maintenant plus aucun doute sur la situation. Tous les enclos contenant des animaux avaient été ouverts intentionnellement par Kurnitz. Ce simple glissement des portes les avait tous transformés, lui, Milland, les enfants, en proies, en nourriture vivante. Kurnitz les avait purement et simplement livrés aux bêtes. Pour quelle raison ? Russell ne voulut pas s'attarder sur cette question. Le plus urgent était d'essayer de s'en sortir. Il faudrait ruser, et peut-être combattre. Il n'y avait pas d'autre solution. Russell savait que la fuite et la peur seraient les meilleures garanties de leur perte s'ils s'y abandonnaient.

— Il faudrait quand même voir si Spike est dedans, fit-il avec détermination, en essayant de trouver du courage dans ses propres paroles.

A cause de l'obscurité, il ne put voir la grimace de répugnance que lui adressa Milland et il prit son silence pour un acquiescement. Il s'aventura donc jusqu'à l'ouverture et Milland se vit contraint de le suivre.

— Seigneur, ce que ça pue ! fit soudain Milland derrière lui.

Poussée par la brise, l'odeur frappa également les narines de Russell. Il sut immédiatement ce qu'elle signifiait. Il se laissa guider par les effluves et Milland le vit s'accroupir près d'une souche bordant le chemin. Russell contempla le sol quelques secondes puis se releva.

— Elle est sortie, conclut-il.

— Comment le savez-vous ?

— Ces excréments sont tout frais, expliqua Russell. C'est ainsi que les grands fauves balisent leur territoire. Selon la puissance de l'odeur, les autres animaux savent si la zone qu'ils pénètrent est dangereuse ou non.

A Milland qui jetait sans cesse des coups d'œil affolés autour de lui, il jugea inutile de préciser que la zone où ils se tenaient était à peu près aussi dangereuse qu'un terrain miné. Il se contenta d'écouter attentivement durant quelques secondes les bruits de la nature.

Après une hésitation, il alla jusqu'au portail et essaya de percer du regard la nuit qui couvrait l'enclos. Milland le rejoignit et scruta comme lui la vaste étendue sombre.

— Qu'est-ce que c'est que ces trucs par terre ? fit-il soudain en indiquant quelque chose à Russell.

A une vingtaine de mètres devant eux, il y avait dans l'herbe des objets blafards qu'ils distinguaient nettement.

— On dirait des bouquins, fit Russell.

Ils s'approchèrent et découvrirent les cassettes vidéo de Spike. En les ramassant, Russell s'aperçut qu'elles étaient couvertes d'une mince pellicule d'humidité. A la lueur du briquet de Doyle qu'ils avaient emporté, ils lurent, tracé rapidement au feutre sur une étiquette : Zoo Kurnitz-Milland, 8 juillet 1986, bande 3.

Russell considéra les autres cassettes éparpillées par terre. Son intelligence travaillait à plein rendement.

— Spike a été surpris, dit-il finalement. Il a abandonné les cassettes parce qu'il s'est enfui...

— Mais qu'est-ce qu'il faisait avec ?

Russell ne répondit pas. Il réfléchissait vite.

— La voiture ! fit-il au bout d'un moment. Je ne sais pas pourquoi il en a sorti les cassettes, mais elle ne doit pas être loin. Il faut la chercher.

— On n'y voit rien, protesta Milland. Vous voulez sérieusement qu'on cherche dans l'enclos ?

— Je vous dis que la tigresse est sortie, monsieur Milland. Cet enclos est vide. Nous sommes plus en sûreté ici que dans le chemin. Surtout si on retrouve la voiture.

Il n'ajouta pas que, si le tigre était sorti, Spike était selon toute vraisemblance déjà mort. Il fallait récupérer la Toyota et ne pas s'occuper d'autre chose pour l'instant.

Ils s'enfoncèrent avec précaution, sans échanger un mot, dans l'immense enclos, et ce fut Russell qui distingua le premier la silhouette trapue du break.

— Là-bas, regardez ! indiqua-t-il à Milland.

Effrayé par la voix et le geste de Russell, Milland sursauta puis aperçut finalement la masse sombre se découpant dans la nuit.

La voiture dont le métal luisait faiblement ressemblait à une espèce de sarcophage vitré qui aurait été abandonné là depuis des siècles par une mystérieuse civilisation. Russell s'en approcha, ouvrit la portière avant et se glissa sur le siège du conducteur.

— C'est bizarre, il y a les clés, constata-t-il.

— Essayez de démarrer, fit Milland, toujours mal à l'aise et jetant des coups d'œil inquiets autour de lui.

Russell tourna la clé de contact mais le démarreur ne parvint pas à lancer le moteur. Il essaya à deux ou trois reprises sans plus de succès. Milland l'appela de l'arrière de la voiture.

— On dirait que ça sent l'essence, cria-t-il.

— Elle est en panne, lança Russell. J'ai l'impression qu'il n'y a rien à en tirer.

Il sortit, rejoignit Milland à l'arrière et souleva la large porte de la plate-forme où était rangé le matériel.

— Avec un peu de chance, il doit bien y avoir une boîte à outils, fit-il.

— Pour quoi faire ?

— Pour nous défendre, monsieur Milland. Il nous faut des outils, un marteau, une clé anglaise ou tout ce que vous voudrez qui puisse nous servir d'arme. Nous sommes à mains nues alors que n'importe lequel de ces fauves dispose de cinq lames de rasoir de huit centimètres à chaque patte. Eclairez-moi avec votre briquet, s'il vous plaît.

Milland actionna le petit briquet en plastique et tint la flamme à bout de bras au-dessus du matériel de prise de vues. Pendant ce temps, Russell fourrageait dans les étuis et les casiers de rangement, sans trouver ce qu'il cherchait.

— Attendez, lui dit Milland qui voulait se rendre utile. On n'y voit rien.

Il saisit un journal qui calait une des caisses, en déchira une feuille et froissa celle-ci en forme de torche bien serrée. Il en approcha le briquet et mit le feu.

— Faites attention, lui dit Russell qui l'avait regardé faire avec méfiance.

Milland promena sa torche improvisée dans l'habitacle de la voiture qui fut subitement éclairé comme un projecteur.

— Tiens ! voilà une lampe électrique, fit Russell qui venait d'apercevoir l'objet dans un casier.

Il s'en empara et fit jouer l'interrupteur à glissière. Un maigre faisceau jaunâtre apparut.

— C'est bon, elle marche, dit-il. Eteignez donc ça, c'est dangereux.

Milland se retira hors du break, secoua la torche pour en

souffler les flammes. N'y parvenant pas, il jeta le papier enflammé par terre afin de le piétiner.

Il n'avait pas fini son geste qu'il y eut une explosion sourde et étouffée sous leurs pieds, et que toutes les herbes s'embrasèrent aussitôt. Milland fit un bond de côté.

— Russell, attention, écartez-vous !

S'extirpant de l'habitacle en toute hâte, Russell eut juste le temps de voir le feu se propager entre ses jambes et sous la voiture. Il se jeta lui aussi de côté pour échapper aux flammes et appliqua de grandes claques sur les bas de son jean et sur ses tennis où dansaient déjà des flammèches.

Au même moment, les gaz d'essence contenus dans le réservoir s'enflammèrent en provoquant une détonation sèche et violente. Une boule de feu jaillit de dessous le véhicule et de longues flammes bleues commencèrent à lécher les tôles et à dévorer la peinture.

— Le réservoir était crevé ! s'écria Russell tout en s'éloignant de l'incandescence qui enveloppait rapidement toute la carrosserie.

Bon Dieu, c'est pour ça qu'il était parti avec les cassettes ! songea-t-il en considérant, l'air hébété, le feu qui maintenant faisait rage autour de la voiture.

Sous l'effet de la chaleur, des bulbes de projecteurs stockés dans des cartons éclatèrent les uns après les autres en rafales irrégulières, comme de gros pétards.

A quelques mètres en retrait, Milland contemplait lui aussi le désastre avec un visage dont l'air catastrophé était même rendu franchement sinistre par les lueurs dansantes que le feu projetait. Il avait définitivement perdu ce qui lui restait de superbe et sa bouche bée ainsi que sa mine défaite semblaient l'avoir ramené au rang de ces ahuris moyens qu'il méprisait souverainement.

Les vitres éclatèrent à leur tour subitement. Sous le regard impuissant des deux hommes, la voiture se consuma en quelques minutes. Après avoir atteint une hauteur de plus de deux mètres, les flammes diminuèrent rapidement et l'incendie ne subsista plus que dans l'habitacle à cause des sièges et autour des pneus dont la gomme fondue grésillait avec une fumée âcre et noire.

Sa surprise passée et le choc provoqué évanoui, Russell sentit monter la colère.

— On peut dire que vous avez fait du bon boulot ! lança-t-il sèchement à Milland.

Celui-ci, qui avait du mal à retrouver ses esprits, restait muet, les yeux rivés sur la catastrophe spectaculaire qu'il avait déclenchée et qui s'apaisait déjà.

— De toute façon, on n'aurait rien pu en faire, se consola finalement Russell d'une voix quand même un peu abattue.

Peu après, ils se décidèrent à abandonner la carcasse fumante où couraient encore par endroits de petites flammes bleues et ils retournèrent au chemin.

Arrivés au portail, ils hésitèrent.

— Qu'est-ce qu'on fait maintenant ? s'enquit Milland d'une voix piteuse. On ne va quand même pas partir à la recherche de Spike, comme ça, avec la tigresse qui rôde dans les parages !

Russell s'était pourtant dit que c'était ce qu'ils devraient faire. Spike avait dû s'enfuir par le chemin qui partait en légère montée devant eux. Il avait peut-être besoin d'aide.

— Où conduit ce chemin ? finit-il par dire.

— Il contourne la colline et arrive à la plate-forme numéro trois, vers l'endroit où les enfants ont été attaqués.

— En se débrouillant bien, est-ce que vous pensez que Spike pourrait nous retrouver à la plate-forme du pique-nique ?

— S'il a le sens de l'orientation, il n'y a aucune difficulté.

Et si la tigresse ne lui est pas tombée dessus, songea Russell.

— Il y en a pour dix minutes de marche, au maximum, ajouta Milland.

Russell médita quelques secondes.

— S'il a réussi à s'échapper, en ce moment même il doit être avec Doyle et les enfants. Sinon...

Il n'osa pas aller au bout de sa phrase.

— Il est peut-être blessé ? hasarda Milland.

— S'il est blessé, il est mort, monsieur Milland. A ma connaissance, les tigres ne font pas de prisonniers.

— Alors rentrons par le chemin principal, suggéra Milland. On va certainement le retrouver là-haut. Et il ne sera pas de trop. On a besoin d'un costaud comme lui.

Russell se sentit soulagé de ne pas avoir eu à prendre sur lui cette décision entachée de lâcheté. Il n'était pas chaud pour partir risquer sa peau dans la nuit noire. L'idée de la panthère, à la rigueur, ne l'effrayait que moyennement. Mais la tigresse, là il savait que c'était inutile de se bercer d'illusions. Il fit semblant de peser le pour et le contre de la proposition de Milland.

— D'accord, je crois que c'est le mieux, fit-il enfin.

Et d'un pas un peu trop précipité, ils abandonnèrent l'endroit et dévalèrent tous deux le chemin par où ils étaient arrivés.

Le pique-nique de la plate-forme numéro un avait pris des allures de campement de fortune, comme ceux qu'on peut voir l'espace de quelques secondes dans un journal télévisé, où sont réfugiés par exemple les lamentables rescapés d'un cyclone dans quelque indiscernable pays du tiers monde.

Les prisonniers de la réserve se serraient autour du feu qui avait été préparé et allumé par Betty. Sur le chemin du retour, Russell et Milland n'avaient pas trouvé Spike, et ni l'un ni l'autre n'en avait été vraiment surpris. Ils s'étaient assis face aux flammes aux côtés de Doyle, de Betty et des enfants, et avaient brièvement fait le récit de leur expédition. L'éclat des courtes flammes et le rougeoiement des braises dessinaient leurs silhouettes dans la nuit et ils auraient pu sans peine passer pour un groupe de sauvages, tels ces anachronismes vivants qu'étaient les aborigènes d'Australie, vêtus de costumes de ville élimés, mais encore tout pénétrés de mœurs remontant du fond des âges malgré leur collision de plein fouet avec la civilisation occidentale.

— On ne peut même plus compter sur la voiture, soupira Doyle, accablé par les nouvelles. Et tout le matériel vidéo qui est cramé ! ajouta-t-il comme s'il cherchait une raison pour se morfondre un peu plus.

— Il faut absolument trouver une solution pour sortir d'ici, remarqua stupidement Milland.

Et son regard se tourna vers Russell, comme s'il attendait de celui-ci une parole d'oracle qui les sauverait tous.

— En fait, fit Russell comme s'il réfléchissait à haute voix, nous sommes relativement en sécurité si nous restons groupés et si nous nous organisons pour assurer notre survie. Le feu peut tenir les bêtes à l'écart toute la nuit, et demain matin il y aura bien quelqu'un qui s'inquiétera de notre absence. Le seul problème, c'est que la petite ne peut attendre. Il faut l'hospitaliser à tout prix.

— Demain c'est dimanche, observa Doyle. Il y a peu de chance de voir rappliquer le type au tracteur. Et si le prof nous a bel et bien enfermés là-dedans pour nous transformer en nourriture pour chats, ça m'étonnerait qu'il facilite les choses pour que quelqu'un vienne nous chercher.

Il allait ajouter quelque chose mais il changea brusquement d'expression car il venait d'entendre un bruit éloigné dans la nuit.

— Vous avez entendu ?

Soudainement alarmés, tous se figèrent silencieusement, les oreilles aux aguets, et les petits crépitements du feu leur semblèrent bientôt devenir des explosions assourdissantes.

— Là ! s'exclama à nouveau Doyle d'une voix étouffée. Vous entendez ?

Il y avait en effet des crissements répétés provenant d'un des chemins partant de l'endroit où ils étaient.

— Ce n'est certainement pas un fauve, fit Russell qui avait gardé tout son sang-froid.

— C'est quelqu'un, dit Milland.

Il venait de reconnaître un bruit de pas précipités.

Ils se levèrent tous en même temps et s'avancèrent dans le chemin qui partait à droite du promontoire. Une forme humaine se détacha en effet dans l'obscurité et ils virent apparaître Ballard, exténué, les cheveux collés et le visage zébré de sillons terreux.

— Les lions ! s'exclama-t-il, le souffle coupé, avant même d'arriver à leur hauteur. Leur enclos est ouvert...

Il se jeta presque dans les bras de Russell.

— C'est un fou ! Ce type est un psychopathe, ajouta-t-il précipitamment entre deux respirations. Nous sommes enfermés, n'est-ce pas ?

Personne ne prit la peine de lui répondre. Tous les yeux étaient fixés sur ses vêtements déchirés et couverts de poussière, qui lui donnaient l'air de sortir des décombres d'un tremblement de terre ou d'un puits de mine éboulé.

— Dans quel état vous êtes, bon sang ! fit Russell. Que vous est-il arrivé ?

— Où sont Cass et Valerie ? demanda Milland à son tour. Vous les avez vus ?

Hors d'haleine, Ballard reprit sa respiration deux ou trois fois.

— C'est affreux, dit-il, c'est abominable.

En s'approchant du feu avec les autres, il aperçut la petite Jessica étendue sur une des tables, muette, qui les fixait de ses yeux grands ouverts. A cette vision il s'arrêta net et se tourna vers Milland.

— Que s'est-il passé ici ?

Ce fut Russell qui répondit.

— Elle a été attaquée par une des panthères de Kurnitz. Elles sont en liberté. La tigresse aussi. Et Spike a disparu.

— C'est un fou, se contenta de répéter Ballard. On aurait dû l'enfermer depuis longtemps.

— Et Cass et Mlle Walker ? lui demanda à nouveau Milland.

Ballard promena un regard circulaire et il hésita à parler devant les enfants qui le fixaient avec la même intensité que les adultes.

— Il y a eu un accident, dit-il finalement.

Il s'interrompit un instant, puis ajouta :

— Norman Cass est mort. Et je ne sais pas où est Mlle Walker.

Quand ils furent tous rassemblés autour du feu, il leur raconta ce qu'il était advenu de Cass et comment lui-même avait échappé à la lionne furieuse qui avait tenté de le déterrer de son refuge.

Il avait attendu longtemps après la tombée complète de la nuit et était resté dans l'impossibilité de déterminer si la bête l'avait abandonné ou non. Par moments il lançait des cailloux à l'extérieur sans obtenir la moindre réaction du fauve. L'obscurité totale qui régnait durant tout ce temps lui avait donné l'impression insupportable d'être un mort-vivant prématurément enseveli. Il avait longtemps hésité à quitter le trou. D'après lui, la lionne avait dû en fait rapidement se lasser et rejoindre les autres pour finir la curée. Il s'était extirpé lentement en épiant intensément les bruits suspects du dehors. Son intelligence avait gardé une idée très précise du lieu où il se trouvait et, malgré la nuit pauvrement éclairée par l'infime croissant de lune, il s'était dirigé sans hésitation mais avec la plus extrême prudence vers le portail toujours grand ouvert. Une fois dans le chemin, il avait respiré et s'était mis à courir à toutes jambes. Non par peur de faire une mauvaise rencontre, car il savait qu'il y avait peu de chance que les lions eussent quitté leur enclos. Il s'agissait de bêtes relativement sédentaires qui mettraient longtemps à se convaincre de l'intérêt de sortir de leur territoire habituel. En courant, il avait tout simplement eu la sensation de renaître, et c'était presque par euphorie qu'il avait fait tout le chemin de retour sans ralentir sa course.

Quand il eut achevé son récit, Ballard fut en quelques mots informé de ce qui s'était passé entre-temps.

— Il y a une histoire qui m'est revenue à l'esprit pendant que je me cachais sous les rochers, finit-il par se rappeler, un peu plus tard.

— Quelle histoire ? lui demanda Russell.

— Un fait divers. La façon dont Mme Kurnitz est morte, il y a plus de vingt ans.

— J'ignorais qu'il avait été marié.

— C'était en 1961. On en a beaucoup parlé. C'était suffisamment horrible pour que les journaux en fassent des gros titres pendant une semaine.

Les autres commencèrent à le regarder avec inquiétude et Doyle, sentant venir un nouveau récit répugnant, lui lança un coup d'œil particulièrement méfiant.

— A l'époque, Kurnitz avait chez lui une lionne en captivité. Pour des raisons peu claires, sa femme a été attaquée par l'animal. C'était en l'absence de son mari, et on n'a jamais su exactement comment les choses s'étaient déroulées. Ce qui n'avait d'ailleurs aucune importance, puisque le résultat restait le même.

— Elle a été tuée ? demanda Milland.

— Tuée et dévorée plus qu'à moitié, confirma Ballard. Il y a eu un détail intéressant qui n'a pas rendu le professeur Kurnitz très populaire auprès des gens qui lisaient la presse. Quand la police est intervenue et a voulu abattre l'animal, Kurnitz s'y est formellement opposé. Il a réussi lui-même à faire réintégrer sa cage à la lionne. Après quoi les services de la police ont pu commencer à rassembler dans des sacs se qui restait de Mme Kurnitz. Ça ne devait pas être très joli à regarder...

— Mais c'était un accident, non ? s'exclama Doyle soudainement, en essayant de se rassurer.

— C'était en effet un accident, reprit Ballard. C'est du moins ce qu'en a conclu la police. Mais dans mon trou, tout à l'heure, j'ai eu le temps de me poser la question.

Il marqua une pause et personne n'osa rompre le silence. La simple idée de ce que les propos de Ballard sous-entendaient était trop horrible.

— Ce type est un fou dangereux. Et depuis longtemps ! finit par dire Ballard. J'en suis arrivé à penser qu'il a livré sa femme en pâture à cette lionne, et que maintenant c'est notre tour.

— Peut-être que la mort de sa femme était véritablement un accident et qu'elle est à l'origine de son obsession pour les proies vivantes ? suggéra Russell.

Mais tout le monde se moquait de l'origine des obsessions de Kurnitz.

— Ce type veut nous faire bouffer, gémit inutilement Doyle.

Ils restèrent silencieux un moment. Ballard semblait également absorbé dans ses pensées, puis, comme en se rappelant subitement qu'il manquait un épilogue à cette histoire, il s'adressa à Doyle.

— Si ça peut vous consoler, sachez qu'à défaut de Kurnitz la lionne au moins a été reconnue coupable par une quelconque commission de l'Etat de Californie et qu'elle a finalement été exécutée par un vétérinaire assermenté.

L'esprit de Russell Rand fonctionnait à toute allure. Il y avait certainement une solution pour sortir d'ici. Il fallait échapper aux fauves mais aussi intervenir le plus rapidement possible pour faire interner Kurnitz. Le vieux professeur était à n'en plus douter en plein délire meurtrier, et le pire était à redouter non seulement dans la réserve, mais aussi à l'extérieur. Il osait à peine penser à ce qui pourrait se passer si demain quelqu'un se mettait à leur recherche et débarquait chez le professeur à l'improviste.

13

— Le problème de la douleur et de ses mécanismes n'a cessé de me tracasser toutes ces années, fit Kurnitz. Comme d'ailleurs il n'a cessé de tracasser toute l'humanité depuis des siècles et des siècles.

Avec les boissons, il avait rapporté la brochure que Nancy avait découverte sur son bureau et il l'avait posée sur une table basse à côté des verres.

— Mon ami le professeur Parker, de Chicago, étudie depuis longtemps la propagation de la douleur et les principes analgésiques, poursuivit-il en indiquant de la tête la revue médicale. Savez-vous qu'Aristote lui-même s'est longuement interrogé à ce sujet ? Il avait élaboré à son époque une conception cardio-vasculaire de la douleur, affectant au cerveau un rôle assez surprenant de système de refroidissement, comme une sorte d'éponge. Ce qui bien sûr paraît absolument farfelu, mais la tentative était méritoire.

Nancy sirotait machinalement le bourbon que lui avait servi Kurnitz, et c'est dans une torpeur chaude à mi-chemin de la nausée qu'elle écoutait les paroles de ce dernier depuis un bon moment. Dans le silence épais dont la maison semblait imbibée, chaque mot du professeur prenait une consistance presque palpable et faisait sourdre cette inquiétude propre aux lieux isolés.

— Malheureusement, la dissection de cadavres était prohibée en Grèce, ce qui explique les élucubrations d'Aristote et fit que l'école d'Athènes prit un sérieux retard sur celle d'Alexandrie.

Kurnitz avait mentionné cela avec un air sincèrement peiné, comme s'il déplorait au plus haut point les entraves faites à la progression de la science par toutes ces conventions humaines aussi ridicules qu'infondées.

— En Egypte, voyez-vous, Hérophile et Erasistrate se penchèrent sur le problème fort heureusement avec plus de rigueur. Ils effectuèrent même des vivisections sur des condamnés à mort. Ce qui tend d'ailleurs à prouver que la personne humaine n'a de tout temps jamais pesé bien lourd face aux exigences de la science... Bref, ils ont laissé derrière eux des travaux quand même plus sérieux.

Avec un geste brusque et excédé, Nancy Milland finit par poser son verre vide sur la table qui la séparait de Kurnitz.

— Professeur, tout cela est passionnant, mais je dois vous avouer que je me moque pour l'instant autant des Grecs que des Egyptiens. Allez-vous me dire enfin ce qui se passe ici et où sont Max et les enfants ?

Kurnitz leva sur elle son regard contrarié et froid.

— Vraiment, le mécanisme de la douleur humaine ne vous intéresse pas ?

Sa voix exprimait une surprise non feinte.

— Je ne me suis jamais penchée sur la question, et la seule qui m'inquiète pour le moment concerne Max et les gosses. Si vous n'y voyez pas d'inconvénient, je voudrais qu'on aille les chercher immédiatement.

Sans attendre de réponse, elle se leva de son fauteuil avec l'espoir d'entraîner le docteur dans son mouvement. Mais celui-ci se contenta de bouger la tête pour la suivre des yeux et elle s'aperçut que son regard s'était vaguement fixé à hauteur de ses cuisses, perdu dans les entrelacs de sa robe au crochet sous lesquels se distinguait parfaitement la blancheur nacrée de sa culotte.

A l'idée que le vieux zoologiste pouvait se doubler secrètement d'un vieux pervers, elle sentit à la fois croître son écœurement et sa colère. Cette espèce de vieux dégueulasse ! s'exclama-t-elle intérieurement. Et elle se retourna, à la recherche de son vêtement.

— Où est ma veste ? Je me refuse à attendre une minute de plus.

— Où voulez-vous aller ? lui demanda doucement Kurnitz.

— Mais à la réserve, voyons ! Vous m'avez dit vous-même que c'est là qu'ils se trouvent !

La situation commençait à peser à Kurnitz. Depuis que Nancy Milland était arrivée, il n'avait pas encore pu déterminer quelle attitude adopter, ni quelles dispositions prendre à son égard. Depuis plusieurs heures, les choses se mélangeaient peu à peu dans son esprit pourtant méthodique. Quelque part, là-bas à l'intérieur de la réserve, se déroulait le rituel éternel de la chasse, une chasse de toute beauté où les fauves se confrontaient à leur seul véritable ennemi : l'homme. Quelle incidence inattendue cela pourrait-il avoir si Mme Milland les rejoignait pour participer à cette grande fête sauvage qu'il avait minutieusement organisée ? Pas la moindre, se dit-il après quelques secondes de réflexion. Il n'y avait pas de contre-indication majeure. Sinon la présence d'un véhicule supplémentaire stationné sur le terre-plein de la maison, qui venait s'ajouter aux autres comme preuve de sa préméditation. Mais de cela il se moquait.

— Cela ne vous intéresse pas de savoir quelles expériences poursuit mon collègue de l'université de Chicago ? s'enquit-il soudainement sans prendre la peine de suivre le cours ni de ses propres préoccupations ni de celles de Nancy Milland.

Cette fois-ci, elle le regarda bizarrement, comme si elle prenait enfin conscience de l'extraordinaire danger qui planait dans la maison et que révélait l'étrange comportement du professeur.

— Si vous voulez, nous en parlerons plus tard, finit-elle par dire en se contraignant à rester aimable. Allons d'abord les chercher, et puis nous discuterons tous ensemble. D'accord ?

— C'est entendu, répliqua Kurnitz en s'arrachant à son tour de son fauteuil. Donnez-moi une seconde, il faut que je prenne mes clés.

Il traversa l'immense salon et elle le vit disparaître vers son bureau. Nancy resta pensive, consciente d'être totalement désarmée face à cette situation à laquelle elle ne trouvait pas d'explication satisfaisante. Se pouvait-il vraiment que Max, Cass et les autres aient décidé de rester dans la réserve jusqu'à une heure pareille pour assister au repas des fauves ? Cette simple idée de repas vivants lui fit d'ailleurs aussitôt courir un frisson dans le dos. Quand Max lui avait parlé de cette coutume exclusive de la réserve de Dos Rios mise au point par Kurnitz, elle en avait grimacé de dégoût. Des images insupportables de proies déchiquetées par les bêtes lui étaient venues sans peine à l'esprit et, malgré tout le cynisme dont elle savait faire preuve naturellement, elle s'était sentie horrifiée face à cette forme de barbarie.

Elle venait de passer dans la pièce mitoyenne qui conduisait au bureau pour rechercher le vêtement dont elle voulait se couvrir, quand elle se figea sur place, terrifiée par le son qui se propagea soudainement dans toute la maison.

C'était un rugissement sourd et profond, étouffé par la distance mais étonnamment proche, vibrant de fureur et d'énergie.

La bouche ouverte de saisissement, les yeux écarquillés et fixes, Nancy resta plantée ainsi quelques secondes, ayant peine à en croire ses oreilles. C'est alors que retentit un second feulement, identique au premier, rauque et impérieux.

Au même instant, la silhouette de Kurnitz apparut par la porte de son bureau, et elle sursauta.

— Seigneur ! Qu'est-ce que c'est que ça ? articula-t-elle d'une voix blanche.

— Ce n'est que Kora, rassurez-vous, lui dit-il en examinant le trousseau de clés qu'il avait à la main.

— Kora ?

— Oui, vous savez, la lionne d'Afrique du Sud. Elle est d'une telle agressivité que j'ai dû la séparer des autres et l'enfermer ici en attendant de pouvoir lui attribuer un enclos adéquat. M. Milland ne vous en a pas parlé ?

Kurnitz avait levé les yeux sur elle et Nancy fit non de la tête. Elle vit nettement briller dans les prunelles du docteur une lueur à laquelle elle ne sut quelle signification donner. A sa grande surprise, le visage de ce dernier s'illumina soudain d'un bon sourire de vieillard affable.

— Voulez-vous la voir ? lui demanda-t-il avec amabilité.

Prise au dépourvu, Nancy resta muette quelques secondes avant de pouvoir répondre.

— Vous voulez dire que vous avez cette bête ici, chez vous ?

— J'ai eu l'idée de faire aménager le garage en fauverie pour y garder les animaux en transit ou pour y soigner ceux qui seraient malades. C'est très pratique. Voulez-vous y jeter un œil ?

Elle hésita encore une fois avant de répondre et Kurnitz sentit qu'elle allait refuser. Or, il n'en était pas question. Au feulement de la bête, une idée subite et à peine formulée, indistincte et lointaine comme les réminiscences d'un rêve, lui avait traversé l'esprit avec la fulgurance d'un éclair.

— Cela ne nous prendra que quelques minutes, s'empressa-t-il de dire. Après quoi nous irons à la recherche de notre petit monde. D'accord ?

Il fourrageait déjà dans les clés de son trousseau pour trouver celle qui ouvrait la porte intérieure donnant accès au garage.

Nancy était loin d'être certaine de vouloir faire connaissance avec la lionne du docteur. Mais celui-ci montrait une insistance telle qu'elle sentit confusément comme un danger à se dérober.

— C'est bon, se résigna-t-elle, furieuse intérieurement de céder à une proposition qui ne l'enchantait guère et ennuyée d'aller à l'encontre de certaines prémonitions imprécises lui enjoignant de ne pas accepter.

— Eh bien, ne perdons pas une minute, lui dit Kurnitz. Suivez-moi, c'est juste à côté.

Elle le vit trotter devant elle, soudainement animé d'une extrême jovialité.

— Vous verrez, vous ne regretterez pas le détour. Vous ne pouvez pas savoir combien de gens sont intéressés par Kora ! J'ai encore reçu la semaine dernière une lettre d'un collègue de New York à son sujet.

Nancy lui emboîta le pas avec un soupir. Quelle journée ! pensa-t-elle, légèrement exaspérée. Il ne manquait plus qu'une lionne hargneuse pour couronner le tout !

Tout en marchant derrière Kurnitz, elle eut une pensée rapide pour la soirée d'Astrid Ramden qui s'était si stupidement écourtée, et pour Michael Lynn dont elle avait déjà du mal à se rappeler distinctement les traits. Et dire pourtant qu'à peine deux heures avant, elle était clouée par ce type dans sa voiture ! Il faut dire qu'il faisait noir, songea-t-elle. Et elle se donna les circonstances atténuantes.

— ... Il est maintenant deux heures dix du matin, dimanche 9 juillet, et la situation étant plus dangereuse d'heure en heure, nous avons décidé après discussion de tenter une diversion qui pourra peut-être garantir notre survie pour quelque temps...

Dans la nuit calme où rougeoyait le feu de camp, Russell Rand se tenait accroupi devant son magnétophone, le micro à la main. La bande se déroulait sans le moindre chuintement, enregistrant avec précision les traces sonores qu'on lui soumettait, stockant le temps en centimètres-secondes de polyester. Tous les rescapés étaient regroupés silencieusement autour de Russell, le fixant de leurs yeux fatigués et inquiets, ne perdant pas une de ses paroles, comme s'il s'agissait d'une sorte d'office sacré dont dépendait leur salut.

— ... Je rappelle que nous déplorons un mort, un blessé grave et que deux d'entre nous sont portés disparus, poursuivit Russell. Nous sommes tombés d'accord pour estimer que si le professeur Kurnitz est réellement et directement responsable de cette situation, il y a peu de chance pour que nous soyons rapidement secourus. C'est pourquoi nous sommes convenus de laisser ce témoignage enregistré à l'attention des personnes extérieures qui nous retrouveraient, ceci dans le cas extrême où nous serions à terme tous victimes des animaux apparemment lâchés en liberté...

Ces paroles ne contribuèrent pas à raviver des couleurs de l'optimisme les mines allongées qui entouraient Russell. Tous avaient écouté avec la plus grande attention celui-ci résumer les données observables de leur situation, depuis la disparition de Kurnitz, la veille au soir, à la réapparition inattendue de Ballard. Cela avait pris quelques minutes, et la bande était maintenant plus qu'à moitié dévidée. Russell Rand décida d'en venir au fait au plus vite.

— ... Nous allons donc procéder de la façon suivante, reprit-il. Car nous sommes arrivés à la conclusion que les fauves lâchés dans la réserve sont dangereux essentiellement par le fait qu'ils ont faim. Nous sommes d'accord, monsieur Ballard et moi-même, pour penser que leur agressivité serait considérablement diminuée s'ils n'avaient pas jeûné depuis près de trois semaines, comme nous l'a assuré le professeur Kurnitz...

Tout en parlant, Russell jeta un coup d'œil à Ballard dont le regard pensif se perdait dans la nuit. Avec son costume pratiquement bon à jeter et sa chevelure terreuse qu'il avait à peine repeignée de ses doigts, il avait plus que jamais l'air d'un épouvantail ou d'un rescapé de l'éruption du mont Saint Helens.

— ... En conséquence, nous allons donc nous rendre à l'enclos des cerfs indiens et tenter d'ouvrir celui-ci. L'idée étant de les en faire sortir afin qu'ils envahissent toutes les parties de la réserve, en groupe ou individuellement. Il y a de fortes chances pour que les fauves les prennent aussitôt pour cibles principales de leur chasse. Nous espérons ainsi être relégués au rang de proies secondaires et résister plus longtemps à la promiscuité des félins...

Mais ça ne nous sort pas d'ici, faillit ajouter Doyle avec mauvaise humeur. C'est bien des combines d'intellectuel, tout ça !

— ... Si tout va bien, nous serons de retour assez rapidement et nous continuerons de tenir cette espèce de journal enregistré jusqu'à ce que nous soyons hors de danger. Il est maintenant deux heures et seize minutes. Terminé.

Russell tourna le bouton en position off et abaissa le micro. En procédant de façon aussi rationnelle, il avait l'impression de mieux contrôler les choses. Son monologue l'avait rassuré et, d'une certaine manière, il avait mis la plus grande foi dans ce qu'il disait. Foi d'ailleurs partagée par tous les autres à qui il avait présenté son raisonnement peu auparavant. Seul Milland, en politicien avisé, restait sceptique, sans trop le montrer, sachant depuis longtemps que la pire des choses, quand on voulait réussir, était de croire aux mots de ses propres discours.

Une demi-heure plus tard, ils furent prêts. Russell avait soigneusement rangé le magnétophone et l'avait confié à Betty. Il avait été décidé que celle-ci resterait avec les enfants en compagnie de Doyle. Ce dernier ne s'était pas battu pour revendiquer une place dans le safari nocturne qui s'organisait et se moquait parfaitement de passer pour un couard, suivant en cela un adage tout personnel selon quoi il valait mieux être lâche et vivant que courageux et dans l'estomac d'un tigre.

Russell eut l'idée de démonter les deux parasols afin d'utiliser leurs piquets comme épieux. Et, bien qu'assez courts, il jugea que ceux-ci pourraient se montrer efficaces. D'autre part, ils avaient fait rougir quelques solides morceaux de bois et Ballard et Milland s'en emparèrent. Les bâtons conserveraient pendant un temps des petites flammèches leur servant de torche, et la braise de leurs extrémités en feraient également des armes non négligeables.

Quand ils s'estimèrent parés pour l'expédition, les trois hommes hésitèrent avant de se mettre en marche et il y eut un instant de flottement. Finalement, Russell s'adressa aux enfants.

— Bien. Nous allons vous laisser un petit moment. Je ne pense pas que nous en ayons pour plus d'une heure. Vous n'aurez pas peur, n'est-ce pas ?

Johnny-John et Sally ne prirent même pas la peine de répondre dans le sens que supposait la question.

— Rappelez-vous ce que je vous ai dit, continua Russell. Les bêtes ne cherchent pas spécialement à nous attaquer nous. Elles chassent d'instinct mais sont préoccupées par beaucoup d'autres choses. En ce moment, elles sont peut-être en train de se chasser entre elles pour protéger les territoires nouveaux qu'elles explorent et s'attribuent. De plus, le feu les tiendra à distance.

En prononçant ces mots, il jeta un coup d'œil sur l'épais tas de braises qui rougeoyaient, surmontées de petites flammes dansantes.

— D'ailleurs, il serait bon d'en allumer un ou deux autres, dit-il en s'adressant à Doyle et Betty. Notre façon à nous de définir notre territoire, ajouta-t-il pensif. Vous pourrez vous débrouiller, Betty ?

— Ces dernières heures, j'ai montré quelques aptitudes, répondit-elle d'une voix neutre.

Au ton de Betty, Russell eut conscience que ses paroles pouvaient en effet être vexantes. Il était évident qu'il pouvait compter sur elle et il aurait pu s'abstenir d'une telle question. En matière de sang-froid, cette fille pouvait en remontrer à n'importe lequel d'entre eux. Vaguement gêné, il décida d'écourter la discussion.

— Très bien. Alors, bonne chance ! lui lança-t-il avec un sourire pour se rattraper.

Milland s'approcha de son fils et lui posa la main sur l'épaule.

— Je compte sur toi pour prendre soin de ta sœur et de

Sally. D'accord ? Et fais ce que te dit Betty, ajouta-t-il sans lever les yeux sur la jeune femme.

Et moi ? pensa Doyle. Je compte pour des prunes, là-dedans ?

Sans lui accorder l'attention qu'il attendait, Russell, Ballard et Milland finirent par se mettre en marche. Betty les vit disparaître dans le chemin où elle avait été attaquée, et où les panthères étaient peut-être toujours embusquées.

Le silence retomba sur le camp, et elle se sentit tout à coup terriblement vulnérable. Elle jeta un coup d'œil à la dérobée sur Doyle qu'elle considérait elle aussi comme une aide négligeable en cas de coup dur. Puis, se ressaisissant avec une soudaine détermination, elle décida de mettre immédiatement en application les recommandations de Russell, songeant qu'il était préférable que tous s'occupent en attendant le retour des autres.

— Allez, on va faire un deuxième feu, dit-elle en s'adressant à Johnny-John et Sally. Vous allez m'aider à ramasser du bois et à casser des branches.

— C'est ça, fit Doyle d'une voix d'autant plus ironique qu'il était vexé. Et après on fera un lion à la broche si l'occasion se présente !

Sans esquisser le moindre geste, il regarda la jeune femme et les gosses vaquer autour du camp à la recherche de combustible. La seule idée d'aller se promener dans le noir à dix mètres seulement du foyer lui nouait l'estomac et les tripes.

Quand Kurnitz ouvrit la porte de sa fauverie, une telle bouffée nauséabonde les enveloppa que Nancy Milland crut un instant défaillir.

— Mon Dieu, quelle odeur ! s'exclama-t-elle avec une grimace exagérée lui déformant tout le visage.

Ils avaient descendu un escalier situé au fond de la cuisine et traversé un étroit corridor déjà envahi de remugles peu engageants. Ceux-ci n'étaient pourtant qu'un avant-goût tout à fait supportable en comparaison de l'odeur du garage aménagé spécialement par Kurnitz.

— Je reconnais que c'est un des inconvénients de la captivité de ces animaux, admit ce dernier. Mais d'ici une semaine Kora sera installée en plein air.

Comme si elle avait reconnu son nom dans les paroles de Kurnitz, la lionne accueillit les deux visiteurs d'un grondement sourd et menaçant, avant même que ceux-ci n'eussent passé le seuil de la porte.

— Entrez, ne craignez rien, fit Kurnitz en précédant Nancy.

D'un pas méfiant, celle-ci le suivit et elle fut à son tour dans l'étrange lieu. Du garage, il ne subsistait plus que les deux larges portes coulissantes en bois et une partie pouvant abriter cinq ou six voitures. Tout le reste avait été transformé d'une façon étonnante.

Le garage avait été coupé aux deux tiers par un assemblage de grilles sur toute la hauteur séparant le sol du plafond. Il s'agissait d'éléments métalliques fixés les uns aux autres par des ferrures amovibles et cela rappela à Nancy des images de cirque qui remontaient à son enfance.

Le sol avait été refait et une dalle de béton avait été coulée en plans légèrement inclinés convergeant vers des rigoles permettant l'écoulement des déchets et le lavage à grande eau. Une mince épaisseur de paille jonchait la cage et, dans un coin, la lionne était couchée sur le ventre. Dans une immobilité totale, elle fixait d'un regard froid les deux intrus.

— Bonjour, Kora, fit Kurnitz en s'adressant à la bête de cette voix tout empreinte de douceur et de considération qu'emploient certains individus pour s'adresser à leurs animaux favoris. Elle est splendide, n'est-ce pas ? ajouta-t-il en se retournant avec une certaine fierté vers Nancy.

Celle-ci acquiesça vaguement d'un signe de tête, mais en fait elle trouvait assez laid le pelage jaunâtre et ras de la bête. Cela lui fit penser à une chatte entièrement pelée à la suite de quelque maladie de l'épiderme qu'elle avait vue une fois dans la cour d'un ranch aux environs de Dos Rios. De plus, considérant les flancs creux et presque malingres, les pattes puissantes à la peau plissée par endroits et l'énorme tête carrée sans grande finesse, elle jugea les proportions de l'animal sans grâce. Dépourvue de crinière, la lionne présentait une nudité plutôt affligeante et sans beauté en comparaison de la splendeur bien connue du mâle. En fin de compte, malgré sa façon altière et un rien méprisante de les observer tous les deux, Kora lui paraissait aussi peu redoutable que possible.

— Tu fais la fière, hein, ma belle ! fit Kurnitz à la lionne.

Sans même ciller des yeux, celle-ci tourna imperceptiblement sa lourde tête vers le docteur.

— Allons, montre un peu tes dents à madame Milland, sinon on va croire que tu es empaillée !

Indifférente aux paroles de Kurnitz, la lionne se contenta de fixer toujours celui-ci avec insistance.

— Depuis le temps que j'étudie ces animaux, je me prends encore à admirer leur façon de dissimuler leur extraordinaire puissance derrière des airs si tranquilles, remarqua Kurnitz à l'attention de Nancy. Attendez, poursuivit-il, je voudrais vous donner une idée.

Il se dirigea vers l'autre bout du garage où étaient rangés des seaux et différents ustensiles à côté de bottes de paille. Nancy le vit saisir un long bâton, une sorte de queue de billard dont l'extrémité effilée était munie d'un embout métallique d'une trentaine de centimètres. Kurnitz revint avec en déroulant derrière lui un câble qui était relié à l'autre extrémité de l'étrange instrument.

— Qu'allez-vous faire ? lui demanda-t-elle, intriguée.

— Juste une petite démonstration. Vous allez voir.

Nancy le vit s'avancer vers un des panneaux métalliques composant la cage et manipuler une ferrure qu'il ôta. A sa grande stupéfaction, elle s'aperçut alors qu'il s'agissait d'une porte, et qu'il était en train de l'ouvrir.

A l'activité de Kurnitz, Kora s'était soudainement agitée et, maintenant qu'elle voyait s'ouvrir la porte, elle se mit à gronder, la tête rabaissée et attentive, avec le même son menaçant, profond et rauque, qu'elle leur avait adressé à leur arrivée.

— Mais enfin, que faites-vous ? s'inquiéta Nancy qui se sentait pâlir devant l'ouverture béante où s'encadrait Kurnitz.

Sans répondre, celui-ci saisit fermement dans la main droite son bâton et de l'autre ramena vers lui quelques spires du câble électrique déroulé sur le sol. Puis, avec précaution, il fit un pas dans la cage.

Aussitôt, dans un réflexe fulgurant, la lionne bondit sur ses pattes et se tint debout, en alerte, muscles tendus et saillants, grondant de plus belle.

Nancy sursauta et ne put retenir un cri de frayeur. Kurnitz lui adressa aussitôt un coup d'œil agacé.

— Un peu de silence, je vous prie. Vous allez l'affoler, lui dit-il sèchement à voix basse.

Interloquée, Nancy en resta bouche bée. Elle n'était pas habituée à ce qu'on lui parle ainsi et elle n'aurait pu dire depuis combien d'années on ne s'était plus adressé à elle sur ce ton. Avant qu'elle pût concevoir la réplique cinglante qui remettrait le docteur à sa juste place d'employé, ce dernier s'était déjà détourné d'elle et concentrait son attention sur le comportement expectatif du fauve.

A quelques mètres de lui, la bête l'observait d'un regard sournois et immobile, comme si elle pesait lentement dans son esprit la meilleure réaction face à cette situation. Au léger pas en avant que fit Kurnitz, elle recula imperceptiblement et son arrière-train vint heurter l'angle que le mur du fond faisait avec la grille.

Nancy comprit que, pour une raison inconnue d'elle, l'animal craignait Kurnitz. Pour la première fois elle prenait conscience de l'extraordinaire force qui se dégageait du vieil homme. D'une immobilité aussi parfaite que la lionne, il fixait celle-ci d'un regard inflexible, dur et presque dangereux. L'étrange manège entre l'homme et la bête se poursuivit quelques secondes puis finalement, dans un souffle étonnamment tranquille et caressant, Kurnitz se mit à parler.

— Sage, Kora, sage !... Allonge-toi, ma toute belle. Allez ! Allonge-toi... Nous te faisons juste une petite visite amicale... Sage !...

La lionne sembla peser longuement les paroles affectueuses qui lui étaient adressées puis, à la stupeur de Nancy, finit par baisser la tête et détourner les yeux, comme apaisée et soudainement soumise. Dans un mouvement souple elle se déplaça d'un pas, toute apparence farouche ayant disparu de son comportement, et finalement s'affala avec un léger grognement contre les barreaux, dans son coin favori.

Après quelques instants, le professeur bougea à son tour et sortit de la cage sans pour autant tourner le dos à l'animal. De retour à l'extérieur, il contempla longuement la lionne qui avait posé son menton carré sur la peluche de ses pattes, comme un gros chat.

— Fermez cette porte, professeur, je vous en prie ! murmura Nancy d'une voix nouée par la peur.

Kurnitz tourna son regard vers elle, un regard vide et terriblement distant.

— Vous craignez qu'elle sorte, madame Milland ?

Nancy resta muette, fixant avec un malaise proche de la nausée les pupilles froides et reptiliennes de Kurnitz.

— Vous avez tort, poursuivit celui-ci. Kora n'a aucune raison de sortir. Elle sait que je ne le tolérerais pas. Elle aussi a peur, madame Milland. Vous savez pourquoi elle a peur ?

La mine toujours hébétée et incertaine, Nancy fit non de la tête. Un sourire sans amabilité se dessina dans la barbiche du professeur. D'un geste il éleva l'étrange queue de billard qu'il avait toujours à la main vers Nancy Milland.

— Tenez, lui dit-il, attrapez ceci.

Figée sur place dans une expectative un peu pitoyable, Nancy ne fit pas le moindre geste et considéra le bâton avec l'air indécis de quelqu'un qui a peur de passer pour un idiot.

— Attrapez, je vous dis ! répéta-t-il avec un geste d'insistance.

Avec l'intime conviction de jouer à un jeu stupide, Nancy avança la main en hésitant jusqu'à l'embout du bâton qu'elle saisit. Dans cette posture plutôt ridicule elle leva finalement les yeux vers le docteur avec une interrogation muette qui semblait dire : et alors ?

Elle n'avait pas sitôt posé son regard sur celui de Kurnitz qu'il lui sembla soudain recevoir un véritable coup de hache sur l'avant-bras. Dans un cri, en une fraction de seconde, elle lâcha le bâton et attrapa de son autre main son bras rendu insensible et endolori par une formidable crampe. Le puissant choc électrique lui laissait l'impression de muscles déchirés et un million de fourmis couraient maintenant sous son épiderme qu'elle massait vigoureusement. Il lui fallut quelques secondes pour lever à nouveau les yeux sur Kurnitz. Elle était interloquée, le visage défait et angoissé.

— C'est un vieux truc de dompteur, fit Kurnitz nonchalamment. Quand les bêtes ont goûté à plusieurs reprises de ces décharges électriques, elles prennent peu à peu l'habitude de se tenir plus tranquilles...

— Mais enfin, c'est invraisemblable ! s'exclama Nancy en reprenant contenance. C'est extrêmement douloureux ! Vous auriez pu m'électrocuter complètement...

Animée d'une soudaine indignation et d'une fureur grandissante, elle jeta un regard mauvais à Kurnitz.

— C'est intolérable ! J'en parlerai à mon mari. Qu'est-ce qui vous prend, professeur ? Ce ne sont pas des manières...

Le docteur, le visage toujours impassible et vaguement souriant, considérait Nancy silencieusement.

— J'en ai assez. Sortons d'ici maintenant, décida Nancy en jetant par-dessus l'épaule de Kurnitz un regard vers la porte donnant dans le couloir.

— Ça ne vous intéresse pas d'entrer dans la cage ? lui demanda soudain le docteur.

— Pardon ?

Elle n'était pas sûre d'avoir vraiment compris.

— Vous pouvez entrer vous aussi, reprit Kurnitz. Kora ne vous fera aucun mal. Enfin... dans la mesure où vous saurez montrer une certaine assurance. Les bêtes sentent cela, vous savez.

— Dans la cage ? s'exclama Nancy qui n'en croyait pas ses oreilles. Vous devez être fou, finit-elle par conclure. Je veux sortir d'ici.

Comme elle faisait mine de contourner Kurnitz, celui-ci avança d'un pas pour s'interposer.

— Si, si, entrez, je vous dis. Vous verrez, c'est une expérience intéressante.

— Docteur, je vous prie de me laisser passer ! lui enjoignit-elle brutalement.

Pour toute réponse, Kurnitz la fixa dans les yeux de son regard glacé et luisant comme une lame d'acier. Toute trace de sourire avait disparu de son visage.

— Entrez, je vous dis ! lui intima-t-il d'une voix dure.

Comme elle allait le bousculer, il tourna subitement le bâton électrique contre elle.

Nancy sentit contre sa peau le contact froid de l'embout métallique qui était passé à travers les larges mailles de sa robe. L'instant d'après, la décharge la heurta en pleine poitrine. Elle fit un bond en arrière en hurlant et se plia en deux.

— Entrez, madame Milland, reprit Kurnitz d'une voix redevenue étonnamment douce. Juste pour voir...

Il y avait maintenant une indicible terreur dans les yeux de Nancy qui s'appuyait, recroquevillée, contre la grille de la cage.

— Entrez, sinon je vais recommencer, dit Kurnitz.

Comme si elle ne voulait pas le croire, elle se mit à secouer la tête de façon répétée pour dire non, tout en reculant doucement.

— Entrez ! hurla Kurnitz en brandissant vers elle le bâton.

Il l'effleura à nouveau sur la hanche et Nancy se tétanisa sous la décharge électrique en criant.

— Allez ! Entrez, entrez, entrez..., se mit à répéter

obstinément Kurnitz en la conduisant du bâton vers l'ouverture de la cage.

Bousculée par le vieil homme et fuyant le contact de l'instrument électrique, Nancy se sentit glisser à l'intérieur de la cage par la porte ouverte.

— Non ! hurla-t-elle en s'agrippant des deux mains à la grille.

Deux sévères décharges la secouèrent au point de suffoquer. Elle lâcha prise et tomba à la renverse sur le sol cimenté parsemé de paille, à demi consciente.

Témoin de toute cette agitation, la lionne avait d'abord contemplé la scène d'un œil méchant et courroucé sans pour autant changer de posture. Elle avait perçu les effluves caractéristiques de la colère et de la peur et le vacarme mené par les deux animaux verticaux l'avait rendue inquiète et troublée. Mais lorsque Nancy vint s'affaler lourdement dans la cage, Kora, d'un mouvement élastique et silencieux, se remit sur ses pattes, considérant l'intruse d'un regard sauvage.

Quand Nancy reprit lentement ses esprits, c'est ainsi qu'elle découvrit la bête, debout à cinq mètres d'elle. Le cœur lui manqua, et d'instinct elle eut un mouvement de recul qui la fit se heurter à la grille. A ce contact, revenant totalement à la réalité, elle se releva d'un bond et se tourna terrorisée vers Kurnitz qui l'observait de l'autre côté.

— Ouvrez, professeur ! Je vous en supplie, ouvrez !

Elle avait saisi les barreaux de la porte maintenant refermée et les secouait énergiquement dans un léger grincement métallique.

— *Ouvrez !* hurla-t-elle, hystérique, à Kurnitz impassible.

Alors, tout à coup, l'espace lugubre et mal éclairé du garage fut empli d'un feulement sourd, continu et menaçant. Glacée de terreur, Nancy lâcha les barreaux et fit volte-face.

Elle vit Kora, méfiante et sournoise, ramassée sur ses

pattes antérieures, soufflant méchamment vers elle, les babines retroussées et les oreilles couchées. Nancy, rendue brusquement muette, fut alors saisie de tremblements qu'elle ne put réprimer et qui agitèrent ses jambes et les muscles de son visage de façon désordonnée. Elle trouva pourtant la force de parler.

— Ouvrez, je vous en prie, ouvrez..., balbutia-t-elle sans quitter le fauve du regard.

Elle fut surprise d'entendre la voix calme et posée de Kurnitz lui répondre.

— Gardez votre calme, madame Milland. C'est essentiel face à ces animaux.

A ces paroles, elle ferma les yeux l'espace d'un instant, comme pour chasser un cauchemar. Ce n'est pas vrai, se dit-elle, ce n'est pas vrai. Ce type est complètement fou. C'est impossible... Elle haletait, le visage humide de sueur, la chevelure défaite et encombrée de débris de paille. Elle dut faire un effort considérable pour rouvrir les yeux sur l'incroyable réalité, sur le monstre indécis qui la menaçait à quelques mètres à peine.

Elle eut alors l'affreuse certitude que Kurnitz n'ouvrirait jamais cette porte qui la retenait prisonnière. Une crampe douloureuse lui noua les intestins et elle sentit qu'elle allait pleurer.

Au mouvement qu'elle fit pour s'éloigner subrepticement à l'opposé de l'animal, celui-ci fit un pas à son tour en grondant de plus belle.

— Par pitié, docteur, cessez ce jeu, se mit-elle à gémir, consciente de l'inutilité de ses paroles. Ouvrez, je vous en supplie...

C'était une plainte pitoyable et sans force, noyée par le désespoir.

Quelques secondes s'écoulèrent et soudain Nancy ressentit comme un spasme qui la saisit au creux de la poitrine, une sorte de vague glacée qui l'étourdit et lui enleva tout contrôle. Elle se mit à hurler. A hurler comme une démente, les yeux agrandis par la terreur. De longs hurlements sans fin entrecoupés de hoquets et de gémissements.

Agacée, Kora rugit à son tour. Les cris de Nancy redoublèrent et brusquement elle se jeta de tout son corps contre les barreaux, comme saisie de folie, comme si l'instinct lui dictait l'espoir ridicule de les renverser.

— Votre comportement est irrationnel, madame Milland, se contenta d'observer Kurnitz qui suivait chaque détail de la scène avec la plus grande attention.

Le fauve montra alors lui aussi des signes d'affolement. En rugissant, il fit quelques enjambées vers Nancy, sans toutefois attaquer, incertain qu'il était de la situation. Aussitôt, Nancy courut à l'opposé de la cage et il vint à l'idée de Kurnitz que la femme et la bête allaient se livrer à une sorte de jeu de quatre coins tragique.

Saisie d'une agitation croissante, Kora se mit en effet à se déplacer à pas désordonnés, sans véritablement poursuivre Nancy, et en jetant des regards mauvais et des grognements dans toutes les directions. Tâchant d'anticiper chaque mouvement de la bête, Nancy s'efforçait de fuir dans l'espace affreusement restreint de la cage.

Kurnitz trouva que le jeu s'éternisait ridiculement. Alors que la lionne passait à proximité des barreaux, il la heurta soudain de son bâton et lui administra une longue décharge électrique. Avec une surprenante vivacité, la bête fit un large saut de côté en rugissant de colère. Kurnitz essaya de l'atteindre à nouveau, mais sans succès. Alors, dans un bond redoutable, avec une incroyable fureur, Kora en profita pour se jeter sur lui. Elle buta de tout son corps contre la grille et lança un puissant coup de patte à travers les barreaux. Kurnitz s'était retiré à temps et il eut le loisir de voir distinctement la patte meurtrière battre l'air toutes griffes dehors.

— Bien, Kora, bien, dit-il à la bête avec un sourire satisfait.

Et avant qu'elle se fût à nouveau éloignée, il trouva le temps de l'électrocuter une seconde fois.

Ivre de fureur, l'animal bondit au milieu de la cage où il sembla qu'il redécouvrait Nancy, hurlante, plaquée contre le mur du fond. Alors tout se joua en une fraction de seconde.

Avec une fulgurante détermination meurtrière, Kora se jeta aveuglément sur Nancy qui s'écroula dans un ultime cri de terreur, une sorte de hululement perçant et sans fin. Il y eut une courte lutte sanglante sur le sol jonché de paille et d'excréments. Lorsque Nancy tenta de protéger son visage de son bras, Kurnitz observa la riposte immédiate de la bête qui se jeta à pleines mâchoires sur le membre esquissant le geste dérisoire. Un craquement d'os parvint distinctement aux oreilles du professeur au milieu des grognements du fauve et des piaillements aigus de la proie.

La bataille dura quelques secondes durant lesquelles la lionne s'acharna méthodiquement sur sa victime à grands coups de tête violents. De même que les cerfs qu'il avait souvent observés, Kurnitz vit Nancy tenter obstinément d'échapper à l'étreinte du fauve, alors que l'issue était jouée de toute éternité.

C'est curieux, pensa le professeur, comme l'instinct de lutte pour la vie perdure jusqu'à l'ultime instant où la mort gagne. Combien de fois s'était-il déjà fait cette remarque en analysant le mystérieux et inéluctable combat mortel que se livrent les espèces depuis l'aube des temps ?

Dans un sursaut d'énergie inattendu, Nancy roula sur elle-même et se retrouva à proximité de la grille, à deux pas à peine du professeur.

Elle avait commencé à perdre son allure humaine pour peu à peu ressembler à un paquet de nourriture. Une boucherie sauvage s'était opérée sur son corps sanguinolent et pratiquement nu. Le peu de vêtements qu'elle portait avait été mis en lambeaux par les assauts de l'animal et, dans la confusion rougeâtre des chairs labourées, elle exhibait cette nudité obscène, pâle et flasque des cadavres dans les premiers instants qui suivent la mort.

Pourtant, Nancy Milland était encore vivante. La tête

renversée et le visage tourné vers Kurnitz, ses yeux, bien qu'immobiles, exprimaient encore cette lueur de vie si lente à s'éteindre. Clouée au sol par la bête qui la maintenait à la base du cou de ses puissantes mâchoires, elle était sans réaction.

— Souffrez-vous, madame Milland ? lui demanda subitement Kurnitz en la fixant attentivement.

Le regard de Nancy eut une imperceptible vibration, mais la bouche déchirée et élargie qui découvrait ses mâchoires baignées de sang ne proféra aucun son.

— Vous ne souffrez pas, Nancy, j'en suis sûr, reprit-il en s'accroupissant lourdement pour se rapprocher d'elle. La nature a tout prévu. Vous ne sentez plus la douleur. La nature a prévu que ses êtres vivants se feraient dévorer sans douleur, dans une sorte de paix mystique. Nous ne connaissons de la souffrance que les petites douleurs mesquines qui accompagnent notre vie. Mais la grande douleur ultime qui nous réunit à la loi sauvage, à la loi des cellules vivantes et du transfert des protéines, celle-là nous a été épargnée...

Il s'interrompit, fixant toujours intensément le regard de Nancy.

— Ecoutez, madame Milland. Je voudrais avoir une certitude. Cette certitude dernière manque encore à toutes les études que j'ai menées. Je vais vous demander de me répondre, simplement.

Il prit sa respiration.

— Je suis certain que vous ne souffrez pas, madame Milland, mais dites-le-moi, c'est important. Vous me comprenez ?

Le regard à chaque seconde plus terne de Nancy était toujours fixe et rivé sur le sien.

— Si vous me comprenez, je vous en prie, battez des paupières pour me dire que vous ne souffrez pas. Vous avez compris, Nancy ? Battez des paupières pour me dire que vous ne souffrez pas.

Kurnitz avait baissé la voix et parlait avec douceur et

persuasion, presque avec amitié. Il considérait le visage atrocement mutilé avec une certaine compassion attentive, dans l'espoir d'une réponse.

A sa grande stupéfaction, il y eut alors un frémissement dans le corps ravagé de Nancy, et à deux reprises les paupières de celle-ci se refermèrent.

Fasciné, Kurnitz retint son souffle quelques secondes, puis un immense sentiment de paix et de satisfaction emplit soudainement tout son visage. Un imperceptible sourire se dessina au-dessus de sa barbiche et son regard froid et exalté redoubla d'intensité.

— Merci, Nancy. De tout cœur, merci..., murmura-t-il.

Le corps de Nancy Milland frémit une nouvelle fois, mais ce fut à cause d'un mouvement brutal que fit la lionne pour assurer sa prise. Car la poitrine n'exhalait plus aucun souffle, et plus la moindre palpitation ne pouvait se déceler sur les chairs. Les pupilles vitreuses et immobiles semblaient s'être fixées définitivement sur un point mystérieux perdu dans les solives du garage, au-delà du visage rond et attentif de Kurnitz. Nancy Milland était morte.

Avertie elle aussi de l'anéantissement de sa proie, Kora desserra alors lentement son étreinte. Avec une surprenante délicatesse, les mâchoires de la bête s'ouvrirent et la tête de Nancy Milland bascula lourdement sur le sol en dessinant un angle bizarre avec le reste du corps. La lionne considéra un instant la masse sans vie étendue sous elle puis tourna son regard vers Kurnitz.

Un étrange mimétisme rapprochait l'homme et la bête. Kora aussi semblait subitement envahie d'un apaisement profond et toute son attitude exprimait une douceur tranquille. Elle cligna des yeux à plusieurs reprises, comme un gros chat quémandant des caresses, tout en restant avachie sur sa proie qu'elle couvrait de son corps et de ses pattes. La folie meurtrière qui avait présidé à la tuerie s'était évanouie et le fauve implacable avait retrouvé cette sérénité des instincts repus qui assoupissent pour un temps la chair et l'esprit.

Quelle perfection ! songea Kurnitz. Une mise à mort sans haine, un acte dicté par une pure mécanique abstraite produisant sa propre absolution dès son accomplissement...

Il s'attarda à contempler la bête affaissée sur la proie sanguinolente. Subitement traversé par une idée, il eut un petit rire bref à l'attention de Kora. Il venait de s'apercevoir que le regard brumeux, assouvi et vaguement docile de la lionne était semblable à celui qu'il avait maintes fois observé chez les fauves dans l'instant qui suit le coït.

14

Toute sa vie, Paul Brogan avait été un couche-tard. Aussi loin qu'il pouvait se rappeler, même en remontant à cette époque où il travaillait dur comme journalier dans les plantations de Salinas, il n'avait jamais fermé l'œil avant le milieu de la nuit, à l'heure où même les plus tardifs ont cessé toute activité. Depuis près d'un an qu'il était au service du Dr Kurnitz, il n'avait en rien modifié son habitude, malgré une situation propice au calme qui aurait fait saliver d'envie n'importe quel citadin accablé d'insomnies.

Lors de son embauche, la municipalité de Dos Rios lui avait en effet royalement attribué pour logis une cabane forestière en piteux état que seuls de rares groupes de chasseurs et quelques braconniers utilisaient comme halte depuis des années. Une bicoque en rondins et en planches, tout juste assez solide pour résister aux rafales et aux pluies de l'hiver, située non loin du sommet arrondi du mont voisin de la réserve de Dos Rios.

C'était un véritable nid d'aigle qui surplombait l'immense plaine, un observatoire depuis lequel aucun mouvement sur la route du col et sur tout un versant du domaine de Kurnitz ne pouvait passer inaperçu. Il avait été convenu qu'on tirerait une ligne électrique depuis la route et que Brogan aurait toute latitude pour aménager sa nouvelle demeure à sa guise. En quelques mois il y avait apporté tous les perfectionnements dignes d'une résidence secondaire. Après avoir renforcé la toiture et les murs, après avoir construit une chambre à coucher, installé un réfrigérateur et la télévision, Brogan avait érigé une splendide véranda qui était devenue son lieu favori durant ses moments d'oisiveté.

Il y goûtait tout particulièrement les nuits d'été et ce soir il avait assisté à la disparition du jour, bien calé dans son fauteuil d'osier, face à la télé qu'il sortait sur sa table à roulettes. Il avait entendu Timan emplir de ses rugissements le ciel rougeoyant et peu à peu le grésillement régulier des grillons envahir la nature, parfois au point de couvrir le son de la télévision.

Il pouvait être minuit lorsqu'il se décida à l'éteindre et qu'il entreprit d'ouvrir une quatrième boîte de bière afin d'apprécier le cheminement silencieux de la nuit jusqu'à l'heure propice à son sommeil. Comme à l'accoutumée, il laissa son esprit vagabonder au rythme des gorgées de bière, les yeux perdus dans l'immense obscurité qui entourait la maison. Il était justement en train de penser qu'il n'avait pas vu repartir les voitures des visiteurs quand son regard fut attiré par un événement inattendu. Sur la gauche, masquée par l'un des sommets de la réserve, une pâle lueur s'était mise à vibrer, un peu comme le halo lointain des phares d'une automobile, mais en moins puissant.

Intrigué, il fixa l'étrange phénomène, sans pouvoir lui donner d'explication. De toute évidence, cela provenait de l'extrémité la plus retirée de la réserve. Pendant quelques secondes il s'alarma en pensant qu'un feu avait pu se déclarer, mais la lueur baissa d'intensité et finalement se trouva définitivement absorbée par la nuit. Etrange.

Il laissa pendant un moment rouler ses pensées sur la réserve et les animaux qui l'habitaient, puis il préféra se rappeler sa dernière visite chez Marge, une prostituée plutôt sympathique de Dos Rios qu'il voyait régulièrement depuis des années une ou deux fois par mois. Dire qu'elle avait à peine vingt-cinq ans quand il avait eu pour la première fois recours à ses services, sur la recommandation d'un camionneur ! Il y a combien ? Dix ans, au moins... Il la revoyait, chez elle, abandonnant momentanément son gamin à ses jeux dans le salon pour le recevoir dans la chambre à coucher. Marge avait une haute opinion de la vie de famille et travaillait chez elle. Il soupira. Le gamin pouvait avoir une bonne quinzaine d'années maintenant. Bon Dieu, se dit-il, c'est pas ça qui nous rajeunit !

Son regard se posa sur le faisceau des phares d'une voiture gravissant la route du col. La lumière disparut. De la maison il ne pouvait voir l'entrée du chemin de la réserve, mais il aurait juré, au bruit du moteur, que la voiture s'y était engagée.

Il continua de paresser jusqu'à ce qu'il se sentît gagné par une légère torpeur. Il bâilla longuement puis quitta son fauteuil. Il doit bien être deux heures du matin, se dit-il. Il bâilla de plus belle et s'apprêtait à rentrer le poste de télévision quand son regard fut une nouvelle fois attiré par un scintillement insolite quelque part dans la réserve. C'était un infime point rougeoyant dont l'éclat, bien que vacillant, semblait vouloir persister.

— Voilà autre chose ! s'exclama-t-il à voix haute.

Il resta attentif un moment, mais son opinion fut rapidement arrêtée. Cette fois-ci, pas de doute, c'est bien un feu. Une saloperie de feu ! se dit-il brusquement. Tout juste suffisant pour faire un barbecue, mais on ne sait jamais.

Il rentra la télé en toute hâte, prit sa veste et quitta la maison. Sans prendre la peine de fermer celle-ci, il dévala la pente le menant au terre-plein où il garait habituellement le pick-up Chevrolet. Il voulait en avoir le cœur net. Des fois que ça crame complètement ! C'est encore une chance que je m'en sois aperçu. Et d'abord, qu'est-ce qu'un feu vient foutre là-dedans ?

A peine installé au volant, il fit une furieuse marche arrière et lança la camionnette sur la pente caillouteuse du chemin conduisant à la route.

Le Dr Kurnitz s'était longuement attardé dans la fauverie, assis sur l'énorme coffre congélateur prévu pour conserver la nourriture des bêtes où il entreposait essentiellement ses provisions personnelles. Il ne se lassait jamais de l'observation des fauves. Il pouvait rester des heures durant, figé comme une statue, à épier de ses petits yeux perçants chacun de leurs mouvements.

Kora était elle aussi restée immobile un long moment, flairant à l'occasion sa proie disloquée, comme intimidée par le regard direct et insistant du bipède posté à l'extérieur de sa cage. On aurait pu croire qu'une sorte de pudeur sauvage la retenait momentanément de se livrer sur sa proie aux délices du rituel ultime de l'alimentation. Mais, lassée d'attendre, elle finit par se lever, et Kurnitz la vit crocheter à l'épaule le cadavre de Nancy Milland et le traîner dans un coin plus retiré de la cage. Là, sans plus hésiter, elle commença avec un calme méthodique à déchirer les chairs de l'abdomen pour se délecter des viscères. Bientôt, les intestins mis à jour et éclatés répandirent une puanteur âcre et lourde dans tout le garage. Mais c'est d'une narine absente et d'un regard routinier que Kurnitz suivit le manège qu'il connaissait par cœur. Son esprit était absorbé par d'autres pensées.

Pouvait-il considérer le battement de paupières de Nancy Milland comme une réponse scientifiquement intelligible ? Certes, il n'avait pas douté de prime abord qu'il s'agît d'un acte de communication provoqué par une volonté encore lucide. Mais avec le recul il devait admettre qu'il avait peut-être observé un simple mouvement réflexe produit par le hasard des derniers influx nerveux. Et ce n'était pas encore le plus troublant pour l'esprit agité du Dr Kurnitz.

Ce qui le préoccupait profondément, c'était la nature même de l'effacement de la douleur. Car, même s'il interprétait le battement de paupières de Nancy comme une réponse valable à sa question, cela n'apportait pas pour autant d'explication satisfaisante sur ce qui provoquait la soudaine analgésie.

Le Dr Kurnitz chérissait l'idée que la nature avait prévu un mécanisme d'insensibilisation, une sorte de coupe-circuit nerveux livrant dans une mort paisible les proies aux prédateurs. Mais jamais il n'avait pu, malgré ses nombreuses expériences, isoler ce supposé mécanisme. Il n'ignorait pas que, dans leur façon de saisir leurs victimes, les fauves pouvaient très bien sectionner le faisceau spinothalamique par le déplacement d'une vertèbre, ce qui était une explication tout aussi plausible de l'insensibilisation. Il s'était longuement penché sur ces gestes chirurgicaux visant à supprimer les douleurs chroniques et insupportables des malades par une cordotomie antéro-latérale. D'un coup de scalpel, on interrompait, à l'intérieur de la moelle épinière, les voies de la sensibilité douloureuse. Mais enfin, malgré leur habileté, les fauves n'étaient pas encore des chirurgiens, et l'insensibilisation par rupture vertébrale ne pouvait être donnée pour acquise systématiquement. Il devait y avoir autre chose.

Un bruit inattendu tira le Dr Kurnitz de ses réflexions. Il avait cru entendre le ronronnement d'une voiture à l'extérieur. Subitement inquiet, il se leva et quitta la fauverie, laissant derrière lui Kora occupée à dépecer méticuleusement les chairs élastiques et fumantes gisant entre ses pattes.

— Ah ! c'est vous, Brogan...

Kurnitz se tenait devant la porte de la façade qu'il venait d'ouvrir. Brogan finit de gravir l'escalier de la véranda.

— Je ne voulais pas vous déranger, professeur, mais j'ai vu les lumières allumées chez vous. Vos visiteurs ne sont pas partis ? s'enquit-il en désignant tous les véhicules rangés dans la cour.

— Heu... non, en effet.

Brogan fut surpris par la réponse.

— Ils sont chez vous ?

Le docteur hésita visiblement.

— Non, non.

Il y eut un moment de silence, Brogan ne sachant trop comment comprendre la situation.

— Madame Milland est là aussi ? reprit-il finalement. C'est bien sa voiture, n'est-ce pas ?

Il avait parfaitement reconnu la Buick et l'autocollant du Wildlife Fund qu'elle arborait à l'arrière.

Kurnitz fit un signe approbateur de la tête.

— Elle est arrivée en fin de soirée pour rejoindre son mari et ses enfants, expliqua-t-il.

— Dans la réserve ? s'étonna Brogan.

— C'est cela.

— Vous voulez dire qu'elle est avec eux dans la réserve en ce moment même ?

— Apparemment, oui. Ils tenaient tous à y passer la nuit. Surtout l'équipe de télévision. Ils veulent filmer l'aube ou je ne sais quoi...

Brogan, qu'on ne prenait pourtant pas facilement au dépourvu, restait bouche bée, le visage incrédule.

— Toute la nuit, avec les gosses ? s'entendit-il dire.

— Oui. Je leur ai passé quelques couvertures, poursuivit Kurnitz d'un ton égal.

Perplexe, Brogan marqua une nouvelle pause avant de réagir.

— C'est donc ça, remarqua-t-il comme pour lui-même.

— Quoi donc ?

— Ce sont eux qui ont dû faire ce feu...

— Un feu ?

— Oui. C'est pour ça que je suis descendu jusqu'ici. J'ai remarqué tout à l'heure une lueur quelque part vers l'enclos numéro quatre.

— Ah ! ils ont fait un feu...

Le visage de Kurnitz s'était assombri.

— Ça m'inquiète, reprit Brogan qui attendait maintenant un ordre de son patron.

Mais comme Kurnitz restait muet, Brogan prit la décision sur lui.

— Je crois qu'il est préférable de prendre quelques précautions, fit-il. Je vais aller y faire un tour. Vous permettez ?

Il passa devant Kurnitz et entra dans la maison.

— Où allez-vous ? lui demanda le docteur un peu brutalement.

— Je vais chercher un extincteur dans le garage. On ne sait jamais, répondit-il en se dirigeant vers le couloir.

Kurnitz, sans un mot, le regarda disparaître au détour de son bureau, puis referma soigneusement la porte d'entrée. Sans la moindre hésitation, il se rendit au fond du salon et ouvrit un placard d'où il décrocha un fusil à canon double. Un redoutable Remington bien connu des chasseurs de gros gibier. Il fourragea rapidement dans une boîte et en sortit deux cartouches qu'il introduisit aussitôt dans l'arme. D'un geste précis, il referma le canon.

La maison était empuantie d'une odeur désagréable laissant à penser que quelqu'un s'était oublié dans un recoin. En arrivant dans l'escalier de l'étroit corridor menant au garage, l'odeur redoubla de puissance au point que Brogan marqua le pas. Vraiment, c'est infect ! pensa-t-il. La puanteur caractéristique d'excréments humains était mélangée aux violents remugles habituels produits par le fauve, et même les dominait. Franchement incommodé, Brogan descendit l'escalier de bois et poussa la porte du garage.

Il allait glisser la main sur l'interrupteur pour faire la lumière lorsque Kora l'accueillit par un grondement menaçant. Dès le jour de son arrivée, la bête avait spontanément marqué une animosité particulière envers lui, et ne s'en était jamais départie. A chacune de ses apparitions dans le garage, la lionne lui manifestait une agressivité singulière qui faisait rire Kurnitz.

— C'est curieux comme elle ne vous aime pas, Brogan, lui disait celui-ci. Que voulez-vous, je crois que ces animaux sont comme nous : ils ont leurs têtes... et la vôtre ne lui revient pas du tout !

Depuis lors, Brogan s'évertuait autant que possible à habituer la bête à sa présence.

— Holà ! Kora, sage..., lui dit-il d'une voix douce pour la calmer.

Un long grondement de colère lui répondit aussitôt du fond de l'obscurité. Brogan en fut encore plus intrigué car il avait reconnu le grognement indigné du fauve que l'on dérange en plein repas et qui entend protéger sa nourriture.

— Tu es occupée, ma grande, c'est cela ? reprit Brogan. Rassure-toi, je n'en ai que pour une seconde.

Il tâtonna pour trouver l'interrupteur et fit la lumière.

Du fond de sa cage, Kora fixait l'intrus, vautrée sur sa pitance qu'elle dissimulait en partie de son corps. Malgré la pâle lumière jaune et la position de la bête, Brogan distingua le paquet de chair qu'elle couvait. Quel carnage ! se dit-il.

C'était une proie énorme, sans rapport avec le régime habituel. Qu'est-ce qu'il a bien pu lui donner ? s'interrogea Brogan. Un cerf entier ?

Il hocha la tête comme pour manifester une certaine exaspération à l'idée des excentricités du Dr Kurnitz, puis se dirigea vers le fond du garage où étaient remisés plusieurs extincteurs. Il en saisit un dans chaque main, toujours accompagné par le grondement colérique et continu de la lionne.

En se dirigeant vers la porte, il jeta à la bête un dernier regard. C'est alors que, sous l'arrière-train de celle-ci, il remarqua un morceau de tissu. Intrigué, il s'arrêta. Ça ressemblait aux vestiges d'un sous-vêtement féminin.

— Qu'est-ce que c'est que ça ? s'exclama-t-il à l'adresse de Kora.

Il reposa les deux extincteurs sur le ciment avec un choc sourd et s'approcha de la cage. Kora gronda de plus belle.

Il distingua tout de suite, sur le morceau de tissu lacéré et rougi de sang, la garniture dentelée d'une culotte de femme. Une idée effrayante commençait à naître dans son esprit lorsqu'il aperçut, à quelques mètres de l'animal et à demi enfoui sous la paille, un soulier.

— Bon Dieu ! murmura-t-il, frappé de stupeur.

Brusquement, agacée par la présence du bipède, Kora se

leva d'un bond et accourut vers Brogan en rugissant. C'est alors que celui-ci aperçut les cheveux, une masse poisseuse de cheveux collés par le sang, rattachés à des lambeaux de cuir chevelu retournés comme une perruque mal engoncée.

Brogan ne put retenir un cri d'horreur. Il recula d'un pas, car la lionne feulait maintenant à un mètre de lui derrière ses barreaux. Un cadavre humain ! C'était un cadavre humain !

Le visage ravagé qui laissait apparaître les os du crâne n'était plus identifiable. Du ventre ouvert il ne restait qu'une cavité sombre et parfaitement nettoyée et la poitrine déchirée exposait les os raclés de la cage thoracique.

Une irrépressible grimace d'horreur et de dégoût se peignit sur le visage de Brogan. Les cuisses écartées de la femme avaient été dévorées plus qu'à moitié et l'os pubien était à vif.

Il réprima un hoquet de renvoi et se mit à reculer lentement, sans pouvoir détacher son regard de l'ignoble carnage. Il trébucha sur les extincteurs qui tombèrent sur le sol dans un vacarme assourdissant. C'est en se retournant pour ne pas tomber qu'il aperçut Kurnitz dans l'encadrement de la porte.

— Docteur ! s'écria Brogan.

C'est alors qu'il vit l'arme dans les mains du vieil homme.

— Qu'est-ce que signifie... c'est abominable..., bredouilla encore Brogan.

Il vit Kurnitz lever le lourd canon du fusil dans sa direction. Stupéfait, il esquissa un geste de dénégation.

— Qu'est-ce que... Non ! hurla-t-il.

Une terrible déflagration emplit soudain le garage. Frappé au ventre de toute la puissance des énormes chevrotines, Brogan se cassa en deux et s'écroula, balayé plusieurs mètres en arrière par l'impact.

Terrorisée et saisie de fureur, Kora se mit à courir en tous sens dans sa cage avec des rugissements brefs et répétés.

Kurnitz resta immobile quelques secondes puis s'avança vers le corps de Brogan. Le ventre avait été pratiquement cisaillé et une sorte de large cratère rougeâtre s'était creusé dans les chairs.

Il considéra un instant le cadavre avec une expression extrêmement préoccupée. Son regard déterminé et insensible vibrait d'une fièvre trahissant l'égarement dans lequel il se trouvait. Son esprit explorait cependant méthodiquement les mesures à prendre afin de poursuivre la gestion rationnelle des événements qui s'enchaînaient comme dictés par une force qu'il ne contrôlait plus.

Il tourna son regard vers Kora, à nouveau vers Brogan, puis il examina l'intérieur du garage, comme à la recherche d'une idée. Finalement, ses yeux se posèrent sur le congélateur massif allongé contre le mur, derrière lui.

— Vous avez entendu ?

Russell Rand s'était brusquement immobilisé sur le chemin, l'oreille aux aguets.

— On aurait dit un coup de feu, lui répondit Ballard qui avait également marqué le pas et scrutait la nuit dans la direction où s'était produit le claquement sourd de la détonation.

— Il y a des armes dans la maison de Kurnitz ? demanda Rand en se tournant vers Milland.

— Trois fusils. Si mes souvenirs sont bons, il y a deux pétoires mais aussi un excellent Remington.

— Pour la chasse aux fauves ?

Milland fit oui de la tête.

Les trois hommes se trouvaient sur le chemin qui descendait le long de l'enclos des cerfs indiens. Munis de leurs épieux dérisoires et de leurs torches à peines rougeoyantes ils semblaient tout droit revenus aux premiers âges.

— Qu'est-ce qui a bien pu se passer là-haut ? reprit Ballard.

Il n'y eut pas de réponse à sa question et seuls les branchages agités par un soudain souffle d'air troublèrent le silence.

— Tout ce qu'on peut imaginer, conclut finalement Rand, la mine plus préoccupée encore qu'auparavant. Je crois que ça ne sert à rien de se creuser le crâne là-dessus pour l'instant. Continuons.

Tous trois reprirent la descente du chemin sans rien ajouter. Profondément absorbés par la recherche d'une signification à ce nouvel événement, ils en oublièrent provisoirement la vigilance dont ils avaient fait preuve depuis leur départ. Sur qui ou sur quoi a-t-il bien pu tirer ? se demandait Rand qui s'inquiétait de ce que Kurnitz pouvait être en train de mijoter contre eux.

Ils parvinrent finalement à l'entrée de l'enclos sans qu'aucun n'ait repris la parole. La grosse porte aux barreaux métalliques luisait avec des reflets pâles sous la faible clarté lunaire. Rand s'approcha et tira sur les barreaux sans obtenir de résultat.

— Comment fonctionne l'ouverture ? demanda-t-il à Milland.

— Comme les autres portails, je suppose. Avec un système électrique.

— Il y a aussi la sécurité, ajouta Ballard en s'abaissant pour examiner la base du pilier opposé.

En cherchant à tâtons dans l'obscurité, sa main dénicha une petite barre métallique.

— Tenez ! J'ai trouvé la goupille par terre, s'exclama-t-il. Elle n'est pas mise.

Il se releva en tenant l'objet.

— C'est une chance, non ?

— Brogan passe presque tous les jours ici pour apporter de l'eau aux cerfs, dit Milland. M'est avis qu'il ne doit pas les considérer comme des animaux féroces...

— Bon, alors il n'y a plus qu'à forcer la crémaillère, fit Rand. Donnez-moi un coup de main.

Ils saisirent les barreaux à bras-le-corps et pesèrent de toutes leurs forces. Le portail glissa imperceptiblement avec un couinement métallique, mais le moteur en prise opposait une dure résistance.

— Allez, encore ! exhorta Rand.

La porte grinça à nouveau sur dix centimètres.

— Jusqu'au bout ! fit Rand à Milland qui soufflait et faisait mine d'abandonner.

Et avec peine ils parvinrent à l'ouvrir en grand.

— Dites donc, remarqua Ballard en reprenant sa respiration, vous n'avez pas lésiné sur la marchandise ! C'est du costaud.

Milland haussa les épaules.

— Allez, venez ! leur enjoignit Rand en ramassant l'épieu qu'il avait déposé à terre.

Les deux autres firent de même et le suivirent dans l'enclos.

— On ne voit pas les cerfs, dit Ballard qui scrutait l'obscurité.

— Ils doivent être un peu plus loin, répondit Rand.

Ils marchèrent dans la nuit en écrasant de temps à autre des mottes de crottin sous leurs pas.

— C'est dégueulasse ! faisait Milland en secouant ses chaussures.

Ils finirent par trouver la harde de cerfs peureusement rassemblés dans une partie retirée. Les ruminants, debout et vigilants, s'agitèrent quand ils perçurent les ombres mouvantes des trois hommes et commencèrent à se déplacer pour garder une distance respectueuse avec les intrus.

— Il suffit de passer par-derrière et de continuer à les effrayer, fit Rand en accélérant le pas.

En le voyant approcher, la harde détala.

— Dehors, dehors ! se mit à crier Rand en courant et en gesticulant.

Milland et Ballard le suivirent en soufflant péniblement, sans toutefois se résoudre à partager ses manières de garçon vacher.

Dans une cavalcade de plus en plus bruyante, les cerfs continuèrent de fuir et parvinrent bientôt à proximité du portail ouvert. Le grand mâle qui menait la course marqua une hésitation et s'arrêta.

— Allez ! hurla encore derrière lui Russell Rand. Dehors !

Il ramassa un débris de bois mort et le jeta à toute volée sur le troupeau. Les bêtes se bousculèrent en désordre et finalement le grand mâle passa la porte, aussitôt suivi de la harde.

Rand les regardait s'éloigner quand son regard s'arrêta sur quelque chose qu'il n'avait pas découvert jusque-là.

— Eh ! Vous voyez ce que je vois ? cria-t-il à Ballard et Milland qui le rejoignaient au pas.

Il leur indiquait un bouquet d'arbres à l'autre bout de l'enclos.

— Quoi ? fit Milland. Vous voulez parler de l'abreuvoir ?

— Non, à côté. On dirait une charrette couverte de foin.

— Oui, et alors ? demanda Milland.

— Alors ? s'étonna Rand. Mais avec ça on doit pouvoir passer par-dessus le grillage. Suivez-moi !

Ils se rendirent à la charrette abandonnée là par Brogan, surchargée de fourrage.

— Ecoutez, fit Rand soudainement tout excité. Il faudrait la faire rouler jusqu'à l'enceinte donnant sur l'extérieur. On essaye ?

— Mais ça doit peser une tonne ! protesta mollement Milland.

— Rand a raison, dit Ballard. Il faut essayer.

Sous les directives du jeune homme, ils s'attelèrent au timon et sans trop de peine parvinrent à le lever.

— Allez ! On tourne sur la droite et on tire !

Dans l'effort soudain qu'il fit, Milland entendit nettement la manche de son veston se déchirer. Il jura et lâcha prise pour examiner la déchirure.

— Tirez, bon sang ! lui intima aussitôt Rand qui en avait assez de la mauvaise volonté du maire.

Comme des fourmis charriant un fardeau démesuré pour leur taille, ils déplacèrent lentement la charrette, par de violents à-coups et au rythme cahotant des irrégularités du terrain.

— Nous y sommes presque, fit Rand. Il faut la tourner pour la mettre à dos, ordonna-t-il.

En suant et soufflant ils finirent par adosser le chargement au grillage.

— C'est bon. Lâchez tout !

Le timon frappa le sol avec un bruit mat.

— Epatant ! jubila Rand tandis que les deux autres reprenaient bruyamment leur respiration.

En deux bonds il fut sur le faîte du chargement. Il n'y avait plus guère que cinquante centimètres de grillage à franchir.

— Faites attention, lui cria Milland. N'oubliez pas que ça doit être sous tension.

— Oui, oui, répondit Rand en fixant le grillage pourtant d'aspect bien inoffensif. Une fois m'a suffi.

Il réfléchit quelques instants.

— Dites-moi, Milland, le grillage extérieur est électrifié lui aussi ?

— Non. Nous n'avons pas eu l'autorisation du district pour cela.

— Excellente chose.

Il médita encore un moment puis sauta à terre.

— Bon. J'ai une idée.

— Qu'allez-vous faire ? demanda Ballard.

— Aidez-moi à enlever la ridelle. Je vais m'en servir comme d'un tremplin.

Ils firent jouer un battant latéral de la charrette et parvinrent à le déboîter de la plate-forme. Russell grimpa à nouveau sur le tas de foin et tendit les mains.

— Passez-la-moi.

Il hissa la lourde ridelle de bois et la plaça en appui sur le faîte du grillage et le sommet de la pile de foin.

— Je crois que ça va aller, fit-il en éprouvant du pied la solidité de la passerelle improvisée.

— Vous allez sauter de l'autre côté ? demanda Milland.

— Oui.

— Et nous, qu'est-ce qu'on fait ?

Il y eut un silence.

— Le plus sage, je crois, c'est de retourner au camp où se trouvent Betty et les enfants. On ne sait pas ce qui peut arriver. Ils peuvent avoir besoin de vous.

A la mine qu'il faisait, il était clair que l'idée de rester dans la réserve n'enchantait pas Milland.

— Le plus important, ce sont les secours, reprit Rand. Il faut que je trouve un moyen pour téléphoner de chez Kurnitz.

— Faites attention. Apparemment il est armé, lui rappela Ballard.

Rand acquiesça d'un signe de tête.

Milland soupira. Il songeait qu'il y avait à choisir entre les fauves de la réserve et le fou là-haut dans sa maison.

— Bon, fit Russell. J'y vais. Bonne chance.

— Bonne chance à vous aussi, lui répondit Ballard.

Russell avança avec précaution sur le plan incliné dans les grincements du fil de fer qui pliait sous le poids. Il s'accroupit un instant à l'extrémité de la planche et mesura le vide. Cela lui paraissait haut. Il fallait qu'il se jette d'un bond. Pas moyen de s'aider du grillage. Il s'efforça de calculer au mieux sa trajectoire et finalement s'élança.

Il se reçut, jambes ployées pour amortir le choc, sans dommage.

— Ça va ? lui cria Ballard.

— Ça va.

Puis, sans hésiter, il s'agrippa au deuxième mur grillagé et se mit à l'escalader. Il éprouva quelques difficultés à enjamber le sommet à cause de la partie recourbée vers l'extérieur mais se pendit finalement dans le vide et lâcha tout.

Il trébucha sur un roc en atterrissant et s'affala sur le côté. Il ressentit une vive douleur à la cuisse mais se releva aussitôt. Dehors ! Il était dehors !

Il considéra un instant Ballard et Milland qui l'observaient de l'autre côté à quelques mètres à peine. Il leur fit un signe du pouce.

— Tout est O.K. J'y vais.

Et sans attendre, il s'éloigna d'un pas rapide en longeant l'enceinte.

— Venez, on rentre, fit Ballard à Milland.

Ils firent demi-tour et disparurent bientôt, avalés par la nuit.

15

Au-dessus de l'enclos numéro quatre, le camp où patientaient les autres prisonniers de la réserve était baigné des lueurs dansantes de deux foyers. Un autre feu avait en effet été préparé à quelques mètres à peine du premier, et les flammes activement entretenues par Betty dérobaient une infime parcelle de lumière à la nuit.

La détonation sèche et assourdie était également parvenue à cet endroit du domaine et toutes les têtes s'étaient dressées.

— En plus, ils ont ouvert la chasse ! fit Doyle d'un ton lugubre, sans s'adresser à qui que ce soit en particulier.

Depuis le départ de Rand, Ballard et Milland, Betty avait affecté de l'ignorer et, sans même s'en apercevoir, les enfants l'avaient imitée.

— Qu'est-ce que c'est, à votre avis ? Le shérif ? La police ? Zorro ?

Betty aurait bien haussé les épaules si sa blessure ne l'en avait retenue.

— C'est un coup de fusil ? demanda Johnny-John.

— Je crois bien, lui répondit Betty.

— Et qui est-ce qui tire ?

— Je ne sais pas.

— Quand est-ce qu'on va sortir ? demanda Sally toujours très pragmatique.

— Quand on aura trouvé les clés, ma cocotte, lui lança Doyle.

Sally se contenta de lui jeter un regard noir et méprisant.

Dans le silence qui suivit, la voix extraordinairement affaiblie de Jessica se fit entendre.

— Betty, j'ai froid, se plaignit-elle.

La jeune femme s'approcha de la gamine. Celle-ci, toujours allongée sur une des tables de jardin, semblait d'heure en heure plus transie malgré le sweat-shirt de son frère qu'on lui avait passé pour la réchauffer. La fièvre, sans doute, pensa Betty.

Elle posa la main sur la jambe de la petite et constata que le membre était glacé. Betty se tourna alors vers Doyle.

— Voulez-vous bien me prêter votre veste pour couvrir Jessica, monsieur Doyle ?

Surpris par la demande, Doyle considéra un instant sa veste de peau magnifiquement lustrée, hésitant visiblement à sacrifier son splendide vêtement. Sous le regard insistant de Betty, il consentit finalement à l'ôter et le lui tendit.

— Je vous remercie, lui dit la jeune femme.

C'est un véritable regard d'adieu qu'il adressa à sa veste quand il vit Betty étendre celle-ci sur la jambe ensanglantée de la petite. Ça y est, elle est fichue ! songea-t-il. Sans un mot, il reprit place près du feu.

Restée à côté de la petite blessée, Betty caressait doucement son visage pâli et indifférent.

— Essaie de dormir, Jess.

Mais Jessica ne faisait aucunement attention aux recommandations de Betty. Les yeux fixes et grands ouverts, elle supportait le froid et la douleur avec la résignation triste de certains animaux.

Le silence se prolongea, à peine dérangé par le crépitement des branches dévorées par les flammes.

— Betty, j'ai vu quelqu'un tout à l'heure, fit soudainement Jessica du fond de sa torpeur.

— Tu as vu quelqu'un ?

La gamine fit oui de la tête.

— C'était un rêve, Jessica.

La petite fille ne répondit rien, plongée dans ses pensées.

— Il y avait quelqu'un au bout du chemin qui m'a

regardée, reprit-elle un instant plus tard, comme obsédée par une idée fixe.

La table sur laquelle Jessica reposait était un peu à l'écart des deux feux. Mais Betty avait à tout moment gardé un œil vigilant sur la blessée. S'il y avait eu quelqu'un, je l'aurais vu, se dit-elle.

— Quelqu'un comment, Jess ? lui demanda-t-elle cependant.

— Je ne sais pas, répondit la petite d'une voix monocorde, comme sous l'effet d'une hypnose.

Betty resta pensive à son tour. Elle regarda à tout hasard dans la direction indiquée par Jessica. Mais il n'y avait rien. Le chemin qui partait à l'est vers l'enclos des lions s'évanouissait tout simplement dans la nuit. Elle continua de passer sa main sur la joue de la petite.

C'est alors qu'elle perçut distinctement un bref mouvement au loin dans l'obscurité. Une sorte de froissement rapide.

— Vous avez entendu ? demanda Betty aux autres.

— Quoi ? fit Doyle. Il n'y a rien.

De toute façon, quoi qu'il y eût, Doyle était bien décidé à ne rien entendre.

— Moi, j'ai entendu, dit Sally.

Betty jeta un coup d'œil à la grosse gamine qui remarquait toujours tout avec une extraordinaire acuité. Puis elle s'écarta de la table et avança dans le chemin pour mieux scruter la nuit.

Le croissant de lune qui avait promené ses rayons maigres et blafards sur le domaine depuis la veille rasait maintenant le sommet des montagnes de Santa Lucia et s'apprêtait à disparaître. Un nouveau cycle avait été révolu et, bien que l'obscurité fût encore totale, la nature exhalait déjà cette étrange rémission silencieuse qui, chaque nuit, annonce l'approche de l'aube.

C'est parce qu'elle resta plantée là un moment que, pour la seconde fois, Betty perçut très nettement un déplacement au loin devant elle, peut-être à une centaine de mètres.

— Il y a quelque chose, chuchota-t-elle à l'intention des autres.

Johnny-John, qui n'avait pas quitté sa place près du feu, avait les yeux rivés sur elle.

— Fais attention, Betty ! lui souffla-t-il à son tour à voix basse.

Betty n'était pas rassurée et se tenait prête à bondir en arrière près des feux qui lui procuraient la douce illusion d'un refuge sûr.

C'est alors qu'avec stupéfaction elle vit apparaître dans le chemin une sorte de feu follet pâle et fantomatique qui dansait bizarrement dans la nuit. Elle écarquilla les yeux en cherchant à comprendre. C'était une tache blafarde et mobile, qui se déplaçait à hauteur d'homme, par à-coups. Brusquement, Betty fut persuadée que Jessica n'avait pas rêvé.

C'est quelqu'un ! pensa la jeune femme.

Avec frayeur, Doyle vit la jeune femme continuer d'avancer dans le chemin et sa silhouette s'estomper lentement dans l'obscurité.

— Eh ! Betty, où allez-vous ? s'inquiéta-t-il.

Sans daigner lui répondre, Betty poursuivit sa marche à pas comptés, avec une infinie précaution, guettant intensément tous les bruissements de la nature, et prête à se replier sur le camp.

Elle s'approcha encore de l'étrange forme. Celle-ci bougea furtivement pour se dissimuler derrière de petits arbres. A ce mouvement qu'elle perçut, Betty fut soudain frappée d'une illumination. Elle avait cru discerner des vêtements.

— Grand Dieu ! s'exclama-t-elle en s'arrêtant. C'est vous, mademoiselle Walker ?

Pour toute réponse lui parvint une sorte de râle rauque et menaçant.

Ce son inattendu réveilla instantanément chez Betty la frayeur qu'elle avait réussi à contenir jusqu'alors. Elle sentit distinctement la peur s'immiscer dans son corps, irradier ses membres, et même sa blessure redevint soudainement plus sensible.

— Val, c'est vous ? reprit-elle d'une voix un peu éteinte.

C'était étrange, mais elle était pourtant sûre d'avoir bien vu.

— Val ?

Au pas qu'elle fit vers les arbres, la forme sortit de sa cachette avec un grand chahut de branches pour battre en retraite dans le chemin.

Le cœur de Betty lui manqua, mais aussitôt elle se reprit et respira. C'était bien Valerie Walker. Son corsage blanc et sa jupe de peau se distinguaient sans erreur possible.

— Val, mon Dieu ! Que faites-vous là ?

Valerie Walker émit à nouveau ce son de gorge bestial et menaçant.

Betty comprit que tout allait de travers. Comme elle faisait mine de s'approcher, Valerie Walker se mit soudainement à reculer en poussant une suite de cris plaintifs et inarticulés. En s'arrêtant à nouveau, Betty grimaça de répulsion et de pitié aussi.

C'est affreux ! songea-t-elle, atterrée.

Elle qui n'avait pas hésité à tenir tête à la panthère se sentait complètement démunie face à une telle situation. Pourtant, il fallait bien faire quelque chose.

— Venez avec moi, Val. Vous voulez bien ? essaya-t-elle encore sans trop d'illusions. Nous sommes installés là-bas avec les enfants.

Valerie Walker, immobile un peu plus loin, n'eut aucune réaction. Alors, guidée par une brusque décision, Betty revint sur ses pas et appela.

— Monsieur Doyle ! J'ai besoin de vous.

Doyle, qui avait entendu Betty parler, s'était levé et approché du chemin qui lui inspirait pourtant une sainte horreur. Il avait suivi le manège de Betty sans trop comprendre.

— Besoin de moi ? répéta-t-il. Pour quoi faire, voyons ?

La peur et la lâcheté lui avaient fait prendre le ton agacé de quelqu'un qu'on importune.

— Je vous en prie, venez, le pressa la jeune femme.

C'est pas vrai, bon sang, c'est pas vrai ! fulmina Doyle intérieurement.

Il jeta tout autour de lui, sur la nature mystérieuse et menaçante, des regards apeurés puis se décida à faire quelques pas en direction de Betty. Il avançait avec hésitation, comme sur un champ de mines.

— Que voulez-vous donc ? lui demanda-t-il sans dissimuler sa fureur lorsqu'il approcha.

— Regardez, lui dit-elle. C'est Mlle Walker. J'ai l'impression qu'elle est en état de choc. Elle refuse de nous rejoindre.

Doyle distingua en effet l'attachée de presse et soupira. La belle affaire ! Tant pis pour elle si elle ne veut pas venir au camp, pensa-t-il.

— Et alors ?

— Il faudrait essayer de la convaincre... ou de la ramener de force, ajouta-t-elle en baissant la voix. On ne peut pas la laisser comme ça.

La star de la télé soupira une deuxième fois. Maintenant il lui fallait capturer la cow-girl ! Invraisemblable !

— Bon, eh bien on y va, se résigna-t-il finalement avec un geste des bras.

Mais dès qu'elle les vit arriver, Valerie Walker recommença à gronder bizarrement tout en reculant pour conserver une distance respectable entre eux. Doyle, absolument stupéfait par le phénomène, s'arrêta brutalement.

— En état de choc, vous dites ? Vous plaisantez. Elle est complètement aux asperges, oui !

— Il faut la ramener, insista Betty.

— Moi, je veux bien, protesta-t-il hypocritement en jetant de tous côtés des coups d'œil méfiants et chargés d'effroi. Mais ça ne me paraît pas facile.

— Venez, fit Betty.

Mais Valerie Walker détala à nouveau. Betty ne s'avoua pas vaincue pour autant.

— Allez, venez, répéta-t-elle. On va bien finir par y arriver.

Loin derrière eux, la lueur des feux du camp était devenue presque imperceptible. Et au premier détour du chemin qu'ils passèrent, ils se retrouvèrent environnés de tous côtés par la nuit. On est foutus ! se dit Doyle en sentant nettement son front s'imprégner d'une persistante sueur froide.

Intrigué par le tapage sourd et désordonné provoqué par la cavalcade, le prédateur silencieux et invisible se mit à remonter la pente. L'extrémité sensible et ouatée de ses pattes distinguait avec netteté les imperceptibles vibrations que propageait sur le sol le galop des cerfs pourtant hors de vue. D'un pas tranquille il parvint au portail grand ouvert de l'enclos. Une irrépressible transe olfactive l'envahit. Les narines palpitantes au ras des herbes, il dénombra avec précision l'incroyable quantité de traces laissées. En avançant plus encore, saisi d'une ivresse sauvage, il pénétra ce royaume inespéré, territoire d'une multitude de proies, et s'ébattit nerveusement dans les herbes et les buissons où se vautraient habituellement les cerfs et les antilopes. Mais tout en folâtrant ainsi parmi les bouses et le crottin, il discerna soudain le fumet ténu et légèrement aigre que laissaient derrière eux les animaux verticaux.

C'était un indice infime mais irrécusable. La bête leva alors la tête et, de toute l'acuité de ses pupilles immensément dilatées, entreprit de fouiller méthodiquement l'espace qui s'offrait à elle.

La nuit semblait vide, à peine troublée par les bruissements insignifiants des petites bestioles nocturnes auxquelles le prédateur n'accordait pas la moindre attention. Il ne lui fallut que quelques secondes pour déceler, sans pourtant la voir, l'agitation vivante qui se manifestait beaucoup plus loin quelque part vers la ligne des arbres. L'instinct de la bête avait capté des bribes de mouvements et, comme pour confirmer un diagnostic pourtant infaillible, le vent lui-même apporta des odeurs et des sons. Tous les sens en alerte, l'animal se mit à analyser et à traiter avec une implacable exactitude toutes les informations qui lui parvenaient.

Il y avait des éclats de voix entrecoupés de silence, des effluves fugitifs fleurant la besogne et l'effort, des trépidations soudaines et résolues. Puis, tout à coup, ces éléments se rassemblèrent dans une cohérence parfaite et se matérialisèrent en silhouettes mouvantes et distinctes dans l'épaisseur de l'obscurité. Alors, d'une foulée souple et puissante, la bête se jeta dans les broussailles et s'y noya, afin de préparer l'affût. Car la rumeur se rapprochait.

— Je pense qu'il va s'en sortir, affirma Ballard avec un bel optimisme.

— Oh, c'est sûr qu'il a l'air de savoir se débrouiller, concéda Milland comme à regret.

Rendus au milieu de l'enclos maintenant déserté par les cerfs, ils revenaient sur leurs pas, l'esprit préoccupé. Milland, habitué à donner les ordres, en avait assez de jouer les utilités et s'en voulait de ne pas avoir pris sur lui de suivre Rand dans son évasion.

— Mais s'il lui arrive quelque chose, ajouta-t-il, qu'est-ce que nous en saurons ?

— Faites-lui confiance, bon sang, se borna à répondre Ballard.

— Ce n'est pas une question de confiance. Imaginez qu'il se heurte à des chevrotines neuf grains en arrivant chez Kurnitz. Qu'est-ce qu'on fait, nous ? On attend d'être dévorés un à un ?

Ballard ne trouva rien à opposer à cette argumentation.

— Vous savez ce qu'on va faire ? fit Milland en s'arrêtant. On va retourner chercher les gosses, Betty et Doyle, et on va tous ficher le camp par la charrette, comme Rand. Qu'en pensez-vous ?

Ballard resta songeur un instant.

— Et Mlle Walker ? demanda-t-il. On ne sait même pas où elle est.

— Ecoutez, monsieur Ballard. On ne fait plus dans le détail. On essaie de sauver le plus grand nombre, d'accord ? C'est ça que je propose.

— Si vous voulez. De toute façon il faut remonter à la plate-forme. On verra bien ce qu'ils en pensent.

Il reprit sa marche, aussitôt suivi par Milland. Celui-ci jeta un dernier coup d'œil nostalgique en direction de la charrette qui restait à son avis leur seul salut.

Ils approchèrent du portail donnant sur le chemin et longèrent les arbres où les cerfs paressaient la plus longue partie du jour. Ballard, qui depuis sa mésaventure de la veille conservait une extrême vigilance, inspecta à tout hasard les lieux tout en marchant. Il allait en détourner son regard lorsqu'un imperceptible tressaillement dans les branches l'alerta. Il vit l'ombre ondulante au dernier moment.

— Milland ! En arrière ! hurla-t-il.

Mais il était trop tard. La panthère, juchée à deux mètres du sol sur la première fourche d'un tronc épais, venait de fondre toutes griffes dehors sur Milland qui passait à sa portée.

L'homme et la bête roulèrent au sol dans une confusion de cris et de rugissements enragés.

Saisi de terreur, Ballard resta sans réaction durant quelques fragments de seconde puis, sans réfléchir, s'élança sur le fauve en brandissant son épieu. Il abattit celui-ci sur la bête qui sembla ignorer totalement le coup.

La panthère n'était plus qu'une impitoyable machine de nerfs, de muscles et de crocs s'acharnant avec une énergie effarante sur sa proie. Ballard redoubla de force et la frappa d'un second coup à toute volée.

La bête rugit de douleur et rua de ses pattes arrière, sans pour autant lâcher prise. Car sa proie se débattait mais était presque à merci. Ses redoutables griffes, puissamment ancrées dans les omoplates qu'elles avaient perforées, clouaient Milland au sol comme un vulgaire gibier.

Ballard visa la tête et frappa pour la troisième fois. C'est seulement alors que le monstre au pelage noir confondu avec la nuit abandonna le terrible carnage auquel il se livrait, pour rugir avec une fureur redoublée en direction de l'assaillant.

Lorsqu'il vit les yeux phosphorescents fixés sur lui et les crocs du fauve scintiller dans le noir, Ballard fut saisi d'une telle panique qu'il fut un instant envahi par l'idée d'abandonner le combat, comme pour se concilier les bonnes grâces de la bête.

Pourtant, quand celle-ci bondit sur lui, l'instinct de lutte reprit aussitôt le contrôle et ordonna de frapper à mort. De toute sa puissance, il brandit l'épieu à deux mains et le ficha dans la poitrine de l'animal tombant sur lui.

Emporté par le poids de la bête, il roula sous elle tout en enfonçant l'épieu plus avant par de violentes secousses. Les mâchoires de la panthère l'avaient saisi en haut du bras et il sentit une douleur fulgurante le traverser. Tenir, tenir ! lui dicta son cerveau.

Les griffes déchirèrent ses vêtements et labourèrent sa poitrine. Il hurla. Tenir ! Tenir !

Ses deux mains soudées au piquet de parasol continuaient d'agiter l'arme improvisée dans le corps de l'animal. Ballard sentit soudain un relâchement dans l'étreinte des mâchoires. Alors, avec les dernières forces qui lui restaient, par une violente pression de son arme il repoussa la bête qui l'écrasait.

La panthère s'agrippa encore à lui de toutes ses griffes puis lâcha prise soudainement. Il la fit rouler de côté où elle resta avachie et palpitante. Puis les mains de Ballard abandonnèrent l'épieu qui avait traversé le fauve de part en part.

Il resta étendu de tout son long, à un mètre à peine de la panthère qui expirait lentement. Il respirait largement et bruyamment. A chaque soulèvement de sa poitrine une douleur l'élançait, mais il n'y accorda aucune importance. Vivant ! se disait-il. Je suis vivant ! Et il gardait les yeux fixés sur les étoiles, tout en se sentant parcouru des délicieux frissons de la douleur attestant qu'il était bien en vie. Puis, harcelé par les obsédantes et faibles plaintes de Milland, il revint peu à peu à lui et se mit avec peine sur son séant.

La panthère, agonisant sur le flanc, posait sur lui un regard que l'approche de la mort avait rendu calme et apaisé. Elle cillait par moment comme un gros chat alangui et exténué.

Un peu plus loin derrière elle, il y avait la masse sombre et inerte de Milland. Ballard parvint à se lever. Par la déchirure de sa veste il observa la blessure de son bras qui était laide. Mais l'os n'était pas rompu. Les lambeaux de sa chemise étaient entièrement rougis car l'épiderme lacéré avait abondamment saigné. Mais cela aussi il considéra que c'était secondaire. Il respirait, il marchait, il pensait, voilà l'essentiel.

Lorsqu'il s'agenouilla près de Milland, il comprit tout de suite qu'il n'y avait guère d'espoir. Paradoxalement, le corps de Milland était moins meurtri et moins pitoyable que celui de Ballard, mais une hideuse blessure se révélait à la gorge.

Celle-ci avait été déchiquetée atrocement. Milland y portait encore une main poisseuse de sang, comme pour en rassembler les chairs. Une carotide était sectionnée et un bref filet de liquide sombre et épais giclait à chaque battement du cœur. L'hémorragie avait déjà déversé une flaque visqueuse dans laquelle reposait la tête du blessé. A chaque respiration, le souffle de Milland était accompagné d'une toux chargée de sang, car la trachée avait également dû être endommagée.

— Milland ? appela doucement Ballard.

Sans le moindre mouvement, Milland eut la force de lever les yeux vers Ballard et resta silencieux.

— Vous êtes mal en point, lui dit Ballard, oublieux de

son propre état. Je ne sais pas ce que je peux faire pour vous...

Il était dépassé et indécis. Il avait conscience qu'il aurait fallu tout l'attirail spécialisé d'un hôpital pour tenter de sauver Milland. Il se sentit affreusement démuni et impuissant. Son enthousiasme à être lui-même bien en vie sombra lentement face à cette horrible situation.

Milland se mit à tousser plus bruyamment et à être secoué de hoquets de plus en plus forts. A un moment, il cracha un caillot.

Les poumons doivent être remplis de sang, pensa Ballard. Il n'en a plus pour longtemps.

Alors il s'assit dans l'herbe et se contenta de tenir compagnie au mourant. Il ne put jamais se rappeler combien de temps cela dura. Il vit s'éteindre la faible clarté lunaire, puis naître le lourd indigo de l'aube quelque part à l'est.

La panthère expira la première, dans un dernier souffle, large et creux. Un peu plus tard, Milland mourut tout aussi silencieusement, les yeux toujours tournés vers Ballard.

Entre les deux corps abandonnés par la vie, le rescapé attendait maintenant que le jour se levât. Il n'avait aucune envie de bouger ou d'aller retrouver les autres au camp, ou même de sortir de la réserve. Il s'en moquait éperdument. Il était hébété et empêtré dans le réseau inextricable d'une rêverie morbide. Il avait échappé par deux fois à la mort en quelques heures et, cerné de cadavres, il se sentait lui aussi comme étrangement aspiré par l'inéluctable néant.

16

Il n'avait jamais rôdé dans les impénétrables et secrètes taïgas du Birobidjan ou de Mandchourie. Il n'avait jamais parcouru les étendues marécageuses où l'Oussouri venait mêler ses eaux à celles du fleuve Amour. Il n'avait jamais gravi les pentes sauvages et désertes des monts Yamaline et du bas Hsing-An. Il n'avait jamais humé l'air limpide et glacé des solitudes sibériennes. Il n'avait jamais connu que l'univers impitoyablement restreint des cages, que l'horizon métallique et désolant des grilles et des barreaux, que les vents suffoquants et souvent pollués des ciels californiens. Pourtant, par le moindre de ses regards, par le moindre de ses mouvements, par le plus infime frémissement de son pelage ou par le plus large de ses bâillements, Wand-da affirmait qu'il était sans partage le prince des espaces sans limite, la chair et l'esprit des terres sauvages. Son œil fier où scintillait l'arrogante certitude d'une absolue supériorité disait : je suis le maître, le maître du monde.

Le plus vaste enclos de la réserve lui avait été attribué et, depuis qu'on l'y avait introduit, jour après jour son redoutable instinct de prédateur émoussé par une étroite captivité avait resurgi. Tout d'abord légèrement dérouté par l'immense espace soudainement mis à sa disposition, l'animal avait rapidement pris possession de son domaine, marqué du sceau de ses déchets les bornes de son territoire, et acquis des allures irascibles de nouveau propriétaire.

Bien sûr, il se heurtait encore à l'enceinte grillagée qui, malgré une étude attentive et patiente, ne lui avait pas offert la moindre opportunité d'une évasion vers les horizons au tracé diffus qu'il pouvait contempler par-dessus les arbres, bien au-delà de la vallée. Mais enfin il pouvait se tapir sous les pins, marauder dans les épaisses broussailles, et se vautrer sur le matelas des herbes jaunes de sa colline.

Troublé et irrité par l'intrusion du véhicule sur son territoire, c'est avec une curiosité mêlée de mauvaise humeur qu'il avait vu réapparaître plus tard sur le chemin le bipède rondouillard et pataud qu'il connaissait bien. L'animal avait procédé à l'ouverture du portail, avait contemplé un instant l'intérieur de l'enclos apparemment désert, puis s'en était retourné de sa marche débonnaire par où il était venu.

Wand-da avait parfaitement perçu le ronronnement du moteur du portail qui ordinairement annonçait l'arrivée d'une proie dans son enclos. Sans ciller une seule fois, invisible sous les branchages, il n'avait pas perdu un geste de l'animal courtaud et s'était étonné, dans sa compréhension limitée de félin, de ne pas voir entrer l'habituel festin sur pattes que lui promettait le rituel auquel il venait d'assister.

Dans le crépuscule pourpre voilé des ombres du soir, il avait entendu les longs et impératifs rugissements de Timan, ce congénère bruyant au ton prétentieux qui réveillait chaque jour chez lui des grognements agacés et de mauvais augure. Puis il avait patiemment attendu la nuit, le cœur épais de la nuit, palpitant et secrètement agité, qui l'invitait à l'affût et à la traque. Alors il avait quitté sa litière favorite, s'était étiré longuement et voluptueusement, puis s'était approché du portail dont l'ouverture béait dans l'obscurité. Sans nul doute, les proies qui passaient habituellement ce seuil devaient s'ébattre en quelque lieu dissimulé, plus loin, là-haut, sur ce territoire nouveau qui lui était inconnu.

Depuis le départ de Betty et Doyle, Johnny-John et Sally étaient restés seuls au camp, en compagnie de la petite blessée.

— Sally, tu as peur ?

— Non. Et toi ?

Le gamin ne répondit pas. Malgré l'exemple édifiant de son père, il ne savait jamais trop comment s'y prendre pour mentir ou dissimuler ses sentiments. Il se contenta de fixer intensément tout autour de lui les ténèbres menaçantes résistant sans peine aux faibles clartés des feux.

Pour la première fois de sa jeune existence, il percevait depuis plusieurs heures la réalité de son extrême vulnérabilité et l'aspect jusqu'alors caché de la précarité de la vie. Habitué à couler des jours sans heurt dans le vivarium chaud et sécurisant qu'était la maison Milland, il avait maintenant l'esprit effaré et au bord de l'affolement des poules sachant qu'une belette s'est introduite dans leur poulailler.

— Qu'est-ce qu'on fait s'il y a des bêtes qui approchent ?

— Elles ont peur du feu, répondit laconiquement Sally.

— Oui, mais ça peut les attirer aussi...

Il n'avait rien dit lorsque Russell avait donné l'ordre d'allumer les feux, mais dans sa jugeote de gamin il était convaincu que c'était une manière idiote de se signaler aux bêtes silencieuses qui pouvaient rôder. Si la nuit semblait dangereuse, elle lui paraissait pourtant un refuge bien préférable à la lueur sinistre des flammes qui vacillaient devant lui, révélant son visage tiré par la peur.

Johnny-John sursauta tout à coup.

— Sally, tu as entendu ?

Il fixait le trou noir de l'autre chemin menant à la plateforme numéro trois d'où lui était parvenu à l'instant un tapage bref et précipité.

Sally ne répondit pas mais son regard était tourné dans la même direction. En fait, non seulement elle avait entendu, mais elle avait décelé le bruit bien avant le garçon. Elle avait perçu la rumeur fugitive de pattes fourrageant dans les arbustes, suivie d'un long silence, puis le bouleversement violent de branches qui avait éveillé l'attention de Johnny-John.

— Sally, on devrait monter dans un arbre, s'exclama-t-il, affolé.

Tout en prononçant ces paroles, il s'était levé et avait jeté derrière lui un regard urgent à la recherche du salut.

— Ce n'est pas un félin, remarqua froidement la fillette.

Johnny-John la regarda, interloqué.

— Pourquoi tu dis ça ?

— Parce que ça fait trop de bruit.

Comme tout le monde, Johnny-John était ordinairement impressionné par la logique glacée et imperturbable des reparties de Sally. Mais par cette réponse il apparut carrément subjugué et se mit à considérer avec ahurissement le visage sans grâce de la gamine.

— Tu es sûre ?

Avant même que lui parvînt la réponse que Sally n'entendait d'ailleurs pas lui donner, le martèlement sourd et irrégulier d'une cavalcade se rapprocha brusquement et les silhouettes altières de deux cerfs émergèrent de la nuit.

En entrant dans le cercle de lumière, elles ralentirent et marquèrent le pas, jetant des regards indécis et apeurés vers les feux et les deux enfants qui les observaient. Apparemment saisies d'un cruel dilemme, elles piétinèrent sur place assez stupidement, sans pouvoir se résoudre à aller plus avant ou à reculer. Finalement, dans une bousculade un peu comique et désordonnée, elles prirent le parti de poursuivre leur chemin. Tout en gardant une large distance, elles longèrent les broussailles et passèrent d'un pas accéléré devant les enfants. A peine avalées de nouveau par l'obscurité, elles reprirent leur galop qui s'estompa rapidement.

Bouche bée, Johnny-John avait suivi la soudaine apparition.

— Tu as vu ? s'écria-t-il brusquement. Les cerfs sont dehors. Mon père et les autres ont réussi à les faire sortir !

Sally resta silencieuse.

— Ils vont revenir maintenant, tu ne crois pas ? Ils avaient dit qu'ils reviendraient aussitôt après avoir ouvert l'enclos.

Il consulta sa montre.

— Ça fait plus d'une heure qu'ils sont partis... Sally ! Tu m'écoutes ?

Sans lui répondre, la fillette se tourna vers lui, le visage inexpressif. Johnny-John était agacé par son comportement. Avec elle, il n'avait jamais pu être le chef dans leurs jeux. Non pas qu'elle lui disputât ce rôle, mais elle avait une façon vraiment horripilante d'ignorer la plupart de ses propos, comme s'ils étaient superflus ou tout simplement sans intérêt.

— Peut-être qu'ils ne sont pas loin, reprit-il. On pourrait aller les chercher, non ? J'en ai assez d'être ici. J'ai l'impression qu'il y a des yeux qui nous regardent de partout...

Il désigna d'un geste la nature ténébreuse qui les environnait.

— Tu viens avec moi, Sally ? J'ai peur, ici.

La gamine resta silencieuse.

— Sally ! cria-t-il d'une voix forte.

Il fut surpris par la réponse cinglante.

— Mais tais-toi donc, idiot ! Et reste là.

C'était un avertissement sourd et mauvais, presque une menace, qui accentua aussitôt la peur de Johnny-John.

— Quoi, Sally ? Qu'est-ce qu'il y a ? fit-il d'une voix radoucie et angoissée.

Il n'aimait pas ça. Sally arrivait à lui coller franchement la trouille. De ses petites pupilles fouineuses déformées par les verres, elle donnait toujours l'impression d'avoir vu avant tout le monde le détail le plus infime, mais pourtant le plus important, de toute situation.

— Ne bouge pas, reprit-elle de façon moins agressive. Et reste près du feu.

Son regard passait par-dessus le garçon et se perdait dans la nuit. Johnny-John, qui s'en était aperçu, tourna la tête dans toutes les directions, avec un affolement croissant.

— Mais enfin, qu'est-ce qu'il y a, Sally ? implora-t-il dans un chuchotement.

— Il se rapproche, répondit la gamine sans émotion particulière. Reste tranquille.

Quelques secondes s'écoulèrent dans un silence tendu lorsque subitement Johnny-John discerna l'apparition dans l'obscurité du chemin.

C'était un spectre blafard et ondulant qui émergeait sans se hâter à pas sûrs et déterminés.

— Sally ! s'étrangla le gamin dans un murmure.

Rendu plus monstrueux encore et plus implacable par le silence mortel de la nuit, Wand-da venait d'apparaître dans la lueur des feux.

Johnny-John, saisi d'une terreur incontrôlable, resta figé sur place, oubliant même de continuer à respirer.

L'énorme bête, sans manifester le moindre tressaillement de surprise ou d'énervement, poursuivit son avance inexorable et tranquille, parfaitement réglée, vers les deux enfants.

Il avait pisté les cerfs puis bientôt flairé l'odeur piquante du bois brûlé mêlée à celle d'autres animaux que ces proies qu'il avait débusquées. Il avait tout de suite perçu les ombres mouvantes se découpant contre les flammes des feux, et les sons articulés par celles-ci, étouffés et divaguant sous l'effet de l'air dans la nature épaisse.

Certes, les flammes avaient éveillé chez Wand-da une inquiétude inattendue, profonde et instinctive. Mais celle-ci s'était montrée cependant trop diffuse et insignifiante pour l'empêcher d'aller son chemin.

En passant de sa démarche de seigneur à quelques mètres à peine de Johnny-John, Wand-da lança soudain un regard mauvais vers le gamin et feula avec hargne, à toutes fins de faire comprendre qui était le maître en ces lieux.

Quelques enjambées plus loin, il grogna de colère ravalée vers Sally qui le fixait sans ciller dans la profondeur de ses yeux jaunes, vifs et agacés par le feu.

Les enfants le virent ainsi passer devant chacun d'eux puis s'éloigner de son pas égal, toujours fulminant contre la présence quasi insignifiante et pourtant importune des petits humains éclairés par les flammes.

Ses grondements menaçants se firent encore entendre

quelques secondes tandis qu'en retournant à la nuit la bête revêtait à nouveau son suaire fantomatique.

Johnny-John resta immobile un moment après la disparition de la bête, puis ses yeux se tournèrent vers Sally, habités de la même horreur qu'ils avaient contenue à la vision du tigre blanc. Elle l'avait senti venir ! Elle avait senti l'arrivée de la bête dans la nuit, bien avant que lui-même ait pu s'en douter ! Comment était-ce possible ? Comment avait-elle fait ?

Sally, qui ne se préoccupait aucunement du garçon, gardait son regard attentif tourné dans la direction où l'énorme carnassier avait disparu, comme si dans l'obscurité elle discernait encore chacun de ses mouvements.

Alors Johnny-John eut très nettement l'impression que Sally avait elle-même quelque chose de sauvage, d'animal, de primitif, qui la rapprochait étrangement de la bête qui venait de passer devant ses yeux épouvantés.

Il n'avait pas eu de mal à longer l'interminable enceinte grillagée malgré la nuit noire comme un four depuis que la lune avait définitivement sombré derrière les montagnes, du côté de l'océan. Les herbes et les broussailles n'avaient pas encore eu le temps de reprendre possession de l'allée dégarnie courant le long du grillage et encore toute défoncée par les travaux qu'on y avait faits. Il s'était bien affalé une fois dans le creux d'une petite gorge aux versants abrupts, mais il ne lui avait pas fallu plus d'une vingtaine de minutes pour contourner l'immense réserve.

Emergeant des profondeurs épaisses d'un sous-bois de sapins, Russell déboucha subitement sur le long terre-plein aménagé devant l'entrée de la réserve. Il arriva devant l'imposant portail coulissant qu'ils avaient tous passé la veille au matin et qui était parfaitement clos. Russell soupira. Il n'y avait vraiment rien à faire, sinon se rendre à la maison de Kurnitz et tâcher d'appeler des secours. Il s'engagea sans trop de hâte sur la longue allée bordée d'arbres qui menait au pavillon montagnard. S'il ne manquait pas d'initiative et de détermination, Russell n'était pas pour autant ravi d'avoir à en découdre avec le vieux professeur qu'il imaginait sans peine en pleine crise de démence meurtrière. Pourtant, il fallait bien arriver au moins au téléphone.

La silhouette massive de la maison apparut devant lui plus vite qu'il ne l'aurait voulu. Dès qu'il avança dans la cour, le gravier crissa avec un vacarme qu'il jugea épouvantable. Effrayé par son propre bruit, il s'arrêta net, et au rythme rapide de son cœur qui sonnait à ses oreilles il comprit qu'il lui fallait se maîtriser s'il voulait arriver à quelque chose, ou même tout simplement survivre.

Il aperçut peu à peu le reflet infime du toit blanc de la Chrysler de Milland et discerna ensuite l'ombre de toutes les automobiles parquées à quelques mètres de là. Une idée jaillit aussitôt dans son esprit. Filer ! Il lui suffisait de prendre sa Volkswagen et de filer. En quarante minutes il pouvait être à Dos Rios et ameuter la police locale. Mais il se dit tout aussi vite que le temps de revenir avec de l'aide, le massacre pouvait se poursuivre de façon effroyable à l'intérieur de la réserve. Il fouilla néanmoins ses poches et bientôt ne put retenir un juron. Les clés ! Il les avait laissées dans la sacoche du Kudelski ! Il sentit monter une bouffée de colère et de peur. Il était en sueur, mais c'était une sueur froide et de mauvais augure. Il n'aimait pas ça. Pas du tout. Il était démuni, désarmé, et pourtant contraint à l'offensive. A nouveau il jura.

Aussi silencieusement qu'il pût, effleurant le sol de la pointe du pied, il reprit sa marche sur le gravier. Il se souvenait avoir vu la veille quelque part sur la gauche l'escalier menant à la véranda. Il le trouva sans peine et s'arrêta devant la première marche. Au-dessus, la maison était silencieuse et obscure. Se pouvait-il que Kurnitz soit tout bonnement allé se coucher après avoir réglé ses petites réjouissances sauvages ? Après tout, ce n'était pas impossible.

Il gravit les degrés de bois qui crissèrent à leur tour

abominablement. Autant penser qu'il roupille profondément ! songea Russell pour se consoler de tous ces bruits que le plus infime déplacement de sa personne semblait provoquer.

Debout sur la véranda, une porte s'offrait à lui, et à nouveau il hésita. Son imagination, travaillant à une vitesse fulgurante comme certains de ces ordinateurs qu'il employait à l'université, se mit à produire une quantité surprenante de phantasmes de mort et il sentit la peur s'insinuer au point de le paralyser et même de le rendre idiot. D'une violente secousse mentale accompagnée d'une profonde respiration, il décida de couper l'ordinateur infernal et emballé qui, du fond de son cerveau, risquait de le mettre en péril. Ça suffit ! Il faut bouger, faire quelque chose !

Sa main se posa sur le loquet. A sa grande surprise la porte s'ouvrit sans bruit et sans se faire prier dès qu'il pesa dessus. Devant lui s'offrit alors le trou noir et béant d'une pièce qu'il ne connaissait pas. Il fit un ou deux pas avec d'infinies précautions tout en se disant que, dans l'obscurité, il ne parviendrait à rien. Il en était à se demander s'il était prudent de rechercher un interrupteur, lorsque brusquement il fut aveuglé par la lumière qui se fit dans toute la pièce. C'est avec le regard d'une fraction de seconde dû à son éblouissement qu'il aperçut le Dr Kurnitz debout dans l'embrasure d'une porte.

— Eh bien, vous y voilà enfin ! fit simplement le docteur.

Il s'efforçait d'affecter une certaine sérénité joviale, mais Russell nota immédiatement le trouble et l'égarement qui se lisaient dans ses prunelles agitées.

— Vraiment, c'est déprimant de voir à quel point le comportement de l'homme est inadapté aux plus élémentaires nécessités naturelles ! poursuivit-il d'un air sincèrement navré tout en entrant à son tour dans le salon. Vous avez fait un raffut de tous les diables pour arriver jusqu'ici. Savez-vous comment s'y serait pris un de mes pensionnaires à votre place ? Il n'aurait jamais commis l'erreur de traverser la cour. Même sur la pointe des pieds..., ajouta-t-il avec un pâle sourire amusé.

Il sembla sombrer dans une courte rêverie, l'espace de quelques secondes.

— Voyez-vous, il aurait évité le gravier et contourné la cour, expliqua-t-il avec une conviction très professorale. Sous les arbres, en prenant soin de marcher sur l'épaisseur des aiguilles de pin qui jonchent le sol. Il n'aurait pas provoqué le moindre bruit et ni vous ni moi n'aurions pu imaginer sa présence... Ensuite, il serait arrivé derrière la maison, et du talus qui surplombe légèrement cet étage il aurait alors bondi silencieusement sur la véranda.

Il marqua une pause.

— A partir de cet instant, si par hasard il m'était venu à l'esprit de sortir de cette pièce pour prendre l'air, j'aurais été un homme mort, monsieur Rand...

Un silence pesant suivit cette déclaration.

— Mais prenez un fauteuil, je vous en prie ! s'empressa-t-il en sortant brusquement de sa rêverie.

Et il alla s'installer lui-même sur le sofa où, quelques heures auparavant, il avait accueilli Nancy Milland.

Russell était complètement pris de court devant l'apparente tranquillité avec laquelle Kurnitz dominait la situation. Car malgré sa feinte indifférence, l'œil vigilant du docteur ne perdait pas le moindre de ses mouvements.

— Vous cherchez quelque chose ? lui demanda subitement le vieux professeur.

D'un rapide regard circulaire, Russell venait en effet de balayer l'espace de la pièce et de découvrir un poste de téléphone posé sur une petite table. Mais surtout il avait aperçu, posé droit contre le mur à proximité de la cheminée, le puissant Remington à double canon superposé.

— Vous voulez téléphoner, peut-être ? demanda Kurnitz. Ça ne servirait à rien, conclut-il sans attendre la réponse de Russell. Vous ne voulez vraiment pas vous asseoir ?

Il indiquait de la main un des fauteuils.

Alors Russell prit sa respiration et décida d'avancer un pion dans le jeu effroyablement dangereux qu'il sentait naître entre lui et le vieil homme au comportement si déroutant.

— Docteur Kurnitz, commença-t-il sans changer de place, j'ai besoin de votre aide. Il s'est passé des choses abominables dans la réserve et il faudrait des secours...

— Comment cela ?

Ne pas le brusquer, songeait Russell. Ne pas l'affoler.

— Il y a eu un accident. Des fauves ont attaqué certains d'entre nous...

— Qu'y a-t-il d'abominable en cela ? l'interrompit brutalement Kurnitz.

Russell sentit à nouveau une bouffée de chaleur l'envahir. Cette transe qui faisait sourdre la peur à fleur de peau. Le fusil ! Il me faut ce fusil, bon sang !

— C'est assez naturel, en effet, reprit-il avec effort. Mais la fille de M. Milland est blessée et nécessite des soins.

Surtout ne pas regarder l'arme. Ne pas éveiller ses soupçons. Continuer à discuter paisiblement autant que possible.

— Blessée ! s'exclama Kurnitz avec un vif accent de contrariété dans la voix.

Russell en frissonna. Ce type était sur le point de piquer une crise rien qu'à l'idée que Jessica n'avait pas été proprement déchiquetée par les bêtes !...

— Très gravement, ajouta-t-il. Elle est peut-être morte, maintenant.

Kurnitz sembla se détendre. Alors, tout en veillant à ne pas provoquer de nouvel accès de fureur chez le docteur, Russell s'avança vers celui-ci.

— Vous avez raison. Je crois que je vais m'asseoir avec vous quelques minutes.

Environ deux ans auparavant, il avait été le témoin et même l'acteur involontaire d'une situation ressemblant étrangement à celle-ci. Une jeune femme qui suivait ses cours à Berkeley, et qui avait déjà eu l'occasion de se montrer quelque peu perturbée, avait développé soudainement une crise de schizophrénie caractéristique durant l'un de ses cours. Lorsqu'elle s'était mise à proférer des propos d'une cohérence douteuse, le regard fixe et absent, le vide s'était fait autour d'elle dans l'amphithéâtre et des étudiants étaient aussitôt venus le prévenir. Il avait prié tout le monde de sortir et entrepris de parlementer longuement avec la jeune femme afin de la convaincre de suivre les infirmiers qu'on avait appelés et qui attendaient avec une ambulance. Il avait été touché, et presque bouleversé, par la paradoxale lucidité de la femme et par la logique presque infaillible qu'elle avançait dans son argumentation pour ne pas quitter le banc de l'amphithéâtre. Pour la convaincre, il lui avait fallu passer un temps considérable à entrer dans le jeu de son discours, abonder en son sens, lui faire des promesses dans lesquelles il engageait sa sincérité et sa sympathie, et finalement la trahir, tout simplement. Car elle avait fini par le suivre hors de la salle, dans le couloir où un attroupement silencieux l'attendait.

Pendant plusieurs jours il avait été poursuivi par l'image de la jeune femme saisie avec ménagement mais fermement par les infirmiers, et conduite jusqu'à la voiture. Avant que la portière se fût refermée, elle lui avait jeté un regard pitoyable brouillé par les larmes. C'était un regard de reproche et de déception empli d'une telle détresse qu'il avait eu la plus grande peine à en supporter le souvenir par la suite. Mais cette fois-ci, ce n'était pas à une petite étudiante déglinguée qu'il avait à faire. Il était face à un homme rusé, déployant toute la force de son intelligence et toute l'étendue de ses capacités à mettre en œuvre les objectifs obscurs de sa démence.

— Vous ne pensez pas qu'il serait préférable d'appeler le shérif de Dos Rios ? fit Russell parvenu devant le sofa où Kurnitz était toujours assis.

Il avait mis les mains dans ses poches et affectait un air dégagé.

— Le téléphone est coupé, laissa tomber Kurnitz.

Il avait levé les yeux sur Russell et les deux hommes se mesurèrent brièvement du regard.

— On pourrait peut-être alors prendre une voiture, continua imperturbablement Russell.

Tout en parlant il se déplaçait apparemment sans but, comme s'il hésitait à prendre un siège. En fait, il essayait de se rapprocher imperceptiblement, et sans susciter de soupçons, du lourd fusil appuyé contre le mur derrière Kurnitz.

— J'aurais bien proposé la mienne, mais il se trouve que je n'ai pas les clés sur moi.

Il était à côté du sofa, à quatre pas à peine de la cheminée. A sa grande surprise, il sentit qu'il ne pouvait se résoudre à se jeter sur l'arme. Je l'attrape, se disait-il, et qu'est-ce que j'en fais après ? Je ne vais quand même pas lui tirer dessus...

Il posa son regard sur le vieil homme qui continuait de le surveiller attentivement. Il se décida une seconde trop tard. Au moment même où il allait s'élancer, Kurnitz bondit d'une manière foudroyante hors du sofa comme s'il avait lu dans ses pensées. Il fit volte-face et saisit le fusil avec une extraordinaire habileté, alors que Russell, stupéfait, restait encore cloué sur place.

Kurnitz se retourna, tenant l'arme à deux mains sans le menacer véritablement. Il avait plutôt l'air d'un animal venant de soustraire sa pitance à la convoitise d'un autre.

— Calmez-vous, professeur, ne put s'empêcher de dire Russell avec un geste d'apaisement.

Kurnitz le regarda de ses yeux froids.

— Je suis parfaitement calme, monsieur Rand.

Il le fixa encore un instant.

— Allez, asseyez-vous donc, dit-il finalement. D'une certaine manière, je vous attendais.

Russell décida que ce n'était pas le moment de contrarier le docteur et prit place dans un fauteuil tout en regardant le vieil homme sans réellement comprendre.

— J'ai tout de suite pensé que vous seriez le premier à trouver un moyen pour sortir de là, continua Kurnitz en reprenant sa place sur le sofa, le fusil en travers des genoux.

C'est une simple question d'observation. Vous êtes un mâle, jeune et astucieux. Les autres sont calculateurs mais pas vraiment brillants, et malgré leur âge pas tellement rusés non plus.

Il s'interrompit pour suivre dans le silence le cours secret de ses pensées.

— Dans un sens, c'est dommage, voyez-vous. Car l'homme sait montrer des aptitudes intéressantes, notamment pour ce qui concerne l'adaptation, l'organisation... Mais c'est à peu près tout. Le reste est sans intérêt. Curieusement, avec les primates, je crois que la nature a cafouillé. Et avec l'homme, elle a franchement commis une erreur. Pourquoi n'en est-elle pas restée à ces quelques espèces de bipèdes arboricoles à pattes préhensiles qui peuplent encore certains continents ? Quel intérêt de produire un animal dénué de toutes les qualités nécessaires à la survie, dont la seule arme est l'extraordinaire développement de son cerveau, avec toutes les nuisances que cela a entraînées jusqu'à maintenant pour l'universalité des espèces et même de ses congénères ?

Il avait levé les yeux sur Russell et semblait attendre une réponse.

— Vous n'avez jamais songé à quel point l'homme a proliféré à la surface de la planète, telle une bactérie malfaisante ? Avec quelle arrogance déplacée il a cultivé le mépris du règne animal dont les zoos de notre siècle sont pour la plupart les dignes représentants ?

Muet, Russell assistait au discours obsessionnel de Kurnitz sans chercher à intervenir. Il se savait confronté à un délire aigu et cherchait, tout en approuvant de signes de tête conciliants le flot de paroles, une issue plausible à cette situation.

— Que ne s'est prolongée l'époque bénie des anciennes civilisations zoolâtres ! rêva un instant Kurnitz. L'homme avait gardé alors pleinement conscience de l'indiscutable supériorité des animaux sur sa pauvre condition de primate pensant. Avez-vous seulement entendu parler de Sekhmet, la déesse à tête de lionne ? Et de Bast, la déesse à tête de chat ? Savez-vous que ce petit félin était révéré d'une manière qui ne souffrait aucune dérogation ? Les Romains, pourtant empêtrés dans leurs innombrables déités, submergés par leurs lares, n'en crurent pas leurs yeux lorsqu'ils envahirent l'Egypte et découvrirent les ménageries sacrées. Ils rapportèrent que l'un des leurs fût tout simplement mis à mort par la foule en fureur parce qu'il avait accidentellement tué un chat ! Vous imaginez ?

— Je suis tout à fait de votre avis, assura Russell du meilleur aplomb. Mais justement, à propos de zoo, je crains que vos bêtes ne connaissent quelques désagréments si on ne fait rien tout de suite.

— Comment donc ? fit Kurnitz, les yeux emplis d'une inquiétude soudaine et sincère.

— Je ne vous en ai pas encore parlé, mais il se trouve que monsieur North, vous savez, le cameraman... eh bien, il a un fusil avec lui. Après l'attaque de la panthère sur les enfants, il a décidé de partir régler des comptes avec les autres fauves, en compagnie de Milland. C'est essentiellement pour cela que je suis venu vous trouver. Je ne voudrais pas que cela tourne au carnage...

Au fur et à mesure que Russell avait prononcé ces paroles, le visage du docteur s'était creusé et terni, marqué par une véritable affliction.

— Un fusil, dites-vous ?

— Oui. Dans sa voiture. Oh ! pas grand-chose en comparaison de cette arme magnifique, répondit Russell en désignant nonchalamment le Remington que serrait Kurnitz sur ses genoux. De la petite chevrotine ordinaire, je pense, mais qui peut faire des dégâts.

— De la chevrotine ordinaire ! s'exclama le professeur au comble de l'accablement. Mais il est fou ! Il risque de les blesser affreusement !

— C'est exactement ce que je lui ai dit, renchérit aussitôt Russell.

Abattu par cette nouvelle inattendue, Kurnitz plongea

dans des réflexions où s'insinua bientôt le doute. Il ne me semble pas avoir entendu le moindre coup de feu, se dit-il, pas très sûr de lui.

Il leva un regard torve et méfiant sur Russell qui affichait une mine respirant la sincérité et la compréhension.

Le vieux professeur le fixa ainsi longuement avec insistance. Russell se sentit rapidement mal à l'aise et se mit à souffrir les affres d'un coupable qu'on soumettrait au détecteur de mensonge.

— Alors, vous avez raison, fit brusquement Kurnitz en se levant. Il faut faire quelque chose. Venez avec moi.

Russell, essayant d'analyser le cours nouveau que prenaient les événements, resta assis une seconde, le regard posé sur le vieil homme. Il s'efforçait de déceler dans l'expression de celui-ci s'il avait passé le test avec succès ou non.

— Où voulez-vous aller ? lui demanda-t-il en quittant finalement son fauteuil.

— Eh bien, chercher cette voiture dont vous m'avez parlé. Je crois qu'il faudrait aller voir là-bas ce qui se passe…

A peine debout, Russell sentit à nouveau descendre sur lui une vague de sueur glacée. Sans grande surprise, il se sentait réagir face aux comportements de Kurnitz comme s'il était confronté à une bête excessivement dangereuse. Avec la plus extrême vigilance, prêt à se défendre chèrement si nécessaire, l'œil rivé sur le fusil que Kurnitz emportait avec lui, il emboîta le pas à l'étrange vieil homme.

— Suivez-moi, lui enjoignit celui-ci. C'est en bas, au garage.

17

Cela venait de recommencer comme pour le tigre blanc. Une sorte de sensation diffuse et indescriptible s'était emparée d'elle, se propageant avec insistance dans les cellules de son cerveau jusqu'à former l'embryon d'une certitude.

Quelques minutes auparavant, elle avait réussi à repérer sans peine la présence invisible de l'énorme félin, malgré les jacasseries insipides de Johnny-John. Et quand la bête avait ensuite disparu, engloutie par les ténèbres, quelque chose en elle s'était vidé, son instinct s'était mis au repos, car sans conteste le redoutable danger ne menaçait plus leur environnement immédiat.

Mais depuis quelques instants, cette espèce de picotement cérébral qu'elle connaissait bien venait de se manifester à nouveau et sollicitait les zones obscures de son intuition. Betty et Doyle n'étaient toujours pas rentrés et Johnny-John restait assis, transi de peur et d'angoisse, à quelques mètres de là, devant l'autre feu.

Une secrète injonction nerveuse poussa Sally à réguler sa respiration de façon à ne pas troubler les infimes signaux qu'elle s'était mise à capter. Cela avait commencé un moment auparavant, avec l'envol brutal d'un oiseau soudainement réveillé, dans les arbres proches, derrière le camp.

Johnny-John avait aussitôt sursauté, puis s'était rapidement rasséréné. Mais Sally avait compris immédiatement que l'envol était trop précipité pour être fortuit. Et ce premier message, parfaitement décryptable, avait effectivement été le précurseur de nombreux autres, perceptibles d'elle seule.

C'était, au milieu de la multitude irrégulière de bruissements nocturnes et anodins, la présence d'un infime bruit plus persistant que les autres, lourd de chair patiente, attentive et tendue, imprégné de menace contenue et de chaleur animale. C'étaient surtout des vibrations soudaines qui, mélangées aux légers souffles d'air, irradiaient l'espace, par vagues successives, d'un réseau de signaux d'une inextricable densité.

Sally, immobile, laissa s'écouler les minutes. Et bientôt, lentement, ainsi qu'une réaction physique atteignant sa masse critique, une certitude inébranlable bien que fondée sur d'intangibles indices envahit sa conscience et prit la commande des centres nerveux. Elle savait. Une conviction granitique lui assurait maintenant que la bête était tapie dans la nuit à vingt ou trente mètres, peut-être moins.

Depuis son assaut manqué de la veille, la panthère avait rôdé inlassablement, dépitée et d'humeur massacrante, par les chemins et les pentes des deux sommets de la réserve non bordés d'enclos. Elle avait débusqué sur son passage quantité d'oiseaux et de petits mammifères terrorisés sans se donner la peine de les chasser véritablement. Animée d'une rage vivace, elle préservait sa fureur meurtrière avec l'arrière-pensée informulée de s'attaquer à nouveau aux animaux verticaux.

Dans le courant de la nuit, elle avait découvert, au hasard de ses déambulations, les cadavres de la tigresse et d'un énorme bipède. Moustaches frémissantes, elle avait flairé les blessures exhalant une puanteur acide, de l'un et l'autre corps. Peu encline à goûter les chairs froides déjà parcourues de petits insectes nécrophages affairés, elle avait poursuivi silencieusement son chemin. Plus tard, juchée sur le tronc incliné d'un arbre abattu par la foudre ou la tempête, elle avait fini par découvrir le territoire où s'étaient rassemblés les humains, à la croisée des chemins entre les deux collines. Alors, décrivant un immense arc de cercle, elle avait abandonné sa course sans but pour s'approcher dans une hâte mesurée du camp où brillaient les feux.

Sally avait senti qu'il ne s'agissait pas de l'énorme tigre. Celui-ci avait dû aller se perdre, de son pas inlassable et régulier de maraudeur, sur la piste des cerfs dans d'autres allées. Mais la présence invisible embusquée à quelques mètres derrière elle était tout aussi dangereuse. Tous sens en éveil, elle pivota lentement sur elle-même et scruta avec une intensité extraordinairement pénétrante la profondeur des broussailles.

A son grand étonnement, celles-ci se découpaient maintenant en formes encore incertaines sur le ciel qui, de noir, commençait imperceptiblement à virer au bleu. Alors, méticuleusement, son regard se mit à analyser avec une infinie précision chaque masse d'ombre, chaque silhouette qui se détachait de l'encre de la nuit avec une lenteur d'horloge. Et soudain, le faisceau méthodique de son regard accrocha la menace redoutée et terrifiante.

C'étaient, au pied d'un tronc, les courbes suspectes d'une sorte de sac avachi et abandonné là comme par hasard. Un objet somme toute incongru et qui aurait pu paraître bénin, à un infime détail près : le sac palpitait insensiblement.

Sur-le-champ, la situation devint d'une éblouissante clarté pour Sally. Elle venait d'identifier le prédateur qui les guettait. C'était la panthère noire ! Elle nous a suivis ! se dit-elle de sa logique imperturbable et glacée.

Alors, dans son cerveau, tout s'enchaîna très vite. Le danger mortel tapi à proximité du camp devint pour elle d'autant moins considérable qu'il était repéré. Et surtout, elle comprit subitement que ni elle ni Johnny-John n'avaient à craindre sa présence. C'était d'une limpidité déconcertante. L'idée se forma par bribes et s'assembla peu à peu avec la précision d'un puzzle dans l'esprit de Sally. La bête était venue rechercher sa proie !

Avant même que sa conscience eût formulé le moindre jugement, Sally avait pris sa décision.

De par sa situation dans la disposition du camp marqué des deux feux, elle avait deviné qu'elle était peut-être l'ultime obstacle qui retenait la bête. Un ordre puissant, à l'autorité incontestable, lui était parvenu des zones les plus primitives et les plus cachées de son cerveau, lui dictant, pour assurer sa propre survie, de laisser s'accomplir le rite sauvage. Alors, soudainement, elle se leva et s'avança à pas calculés vers le second foyer où se terrait Johnny-John.

Celui-ci regarda arriver la fillette avec étonnement.

— Qu'est-ce que tu veux, Sally ?

Sans lui répondre elle s'assit à ses côtés et contempla les maigres flammes devant elle.

— Tu as vu ? Le jour se lève, se contenta-t-elle de lui dire.

Il jeta un coup d'œil par-dessus son épaule et constata en effet que l'horizon s'était éclairci à l'est. Il émit un long soupir de soulagement. La nuit, avec ses mystères et ses innombrables dangers, allait bientôt faire place au jour, et l'illusion d'une sécurité retrouvée baignerait une nouvelle fois le monde vivant.

L'esprit tranquillisé par cette perspective, il s'abîma à nouveau dans la contemplation fascinante des flammes et s'assoupit lentement. Mais sa torpeur fut brusquement traversée d'une intrusion qui se mélangea à ses songes indistincts.

Un cliquetis continu de feuilles et de branches agitées par une course fulgurante culmina soudain dans un fracas qui le fit sursauter de terreur. Les tables venaient d'être renversées et il ne comprit la signification de ce brutal remue-ménage que lorsque le hurlement de Jessica s'éleva dans l'air serein de l'aube. C'était un cri terrible, une sorte de piaillement strident d'oiseau de mer qui lui déchira les tympans.

— Jess ! hurla-t-il en se levant d'un bond.

Il aperçut immédiatement, derrière les tables renversées,

les convulsions de la bête qui venait de saisir sa proie et qui déjà la traînait par le chemin.

Paralysé par l'horreur, il entendit un second cri, plus faible mais plus prolongé que le premier, et vit le corps disloqué de sa sœur glisser sans résistance sur le sol et disparaître avec une extraordinaire rapidité sous les premiers arbres. Alors, saisi d'une épouvante incontrôlée, il se mit à courir stupidement, les gestes alourdis par la terreur, et à hurler sans fin.

— Jess ! Jess !... Elle a été attaquée !

Les yeux révulsés, il s'était adressé à Sally, figée dans une sorte d'indifférence lointaine. Trépignant sur place, il chercha alors du regard un salut qui n'existait pas.

— Betty ! hurla-t-il à pleins poumons. Betty ! Au secours !

Et puis, soudainement frappé par l'évidence de son impuissance, il s'abattit sur le sol en sanglots convulsifs, appelant sans cesse Betty et son père au milieu de râles et de hoquets.

Les yeux globuleux et fixes de Sally avaient suivi chaque détail de la scène, en bronchant à peine. Vaguement écœurée par ce qu'elle avait vu, et plus encore par la pitoyable et démonstrative réaction de Johnny-John, elle restait assise près du feu sans esquisser le moindre geste d'apaisement envers lui. Derrière les gémissements du garçon, elle entendait encore le bruissement des feuillages et des branches qui allait s'estompant, tandis que la bête emportait sa victime maintenant muette.

Le ciel avait gagné de nouvelles gradations de bleu et, éveillés autant par l'aurore que par le vacarme, les premiers oiseaux se mirent bientôt à pépier. Sally gardait son regard fixé sur les tables éparpillées où le drame s'était joué en quelques fractions de seconde. Tout s'était déroulé comme elle l'avait imaginé.

A sa grande surprise, Betty avait rapidement perdu de vue Valerie Walker qui s'était évanouie dans la nature aussi sûrement que n'importe quel petit animal rusé et craintif. Avec Doyle sur ses talons, elle avait descendu le chemin et brutalement pris conscience que l'objet de leur course avait disparu. Elle avait soupiré avec une pointe d'exaspération.

— Val ! Ça suffit maintenant, avait-elle lancé à tout hasard.

Doyle, essoufflé et en bras de chemise, s'était arrêté près d'elle.

— Dites, vous ne croyez pas que ça a assez duré ? D'accord, elle est marteau, mais je refuse de jouer plus longtemps les commandos-suicide.

Betty aussi commençait à se demander si cela en valait la peine.

— Ecoutez, elle a besoin d'aide, persista-t-elle cependant. Vous voyez bien qu'elle est en danger !

— Et nous, alors ? On est immunisés peut-être ? On va finir par tomber sur une de ces bestioles qui nous mettra tous d'accord !

Comme pour confirmer ces paroles, un léger tapage suivi d'un bruissement de branches se fit soudainement entendre quelque part à leur gauche.

— Elle est par là, fit aussitôt Betty.

— Qu'en savez-vous ? répliqua Doyle qui n'en menait pas large.

Cette remarque modéra Betty dans sa détermination. Elle hésita un instant, mais finalement se raccrocha à sa décision première.

— Ecoutez, on ne va tout de même pas la laisser ici dans l'état où elle est. Je vais la chercher.

— Vous êtes folle vous aussi, conclut simplement Doyle.

Sans attendre, la jeune femme quitta le chemin pour s'avancer dans les broussailles obscures, laissant Doyle planté derrière elle.

Avec précaution, elle s'enfonça dans la nature, jetant par instants des coups d'œil en arrière sur Doyle dont la silhouette restait parfaitement discernable au milieu du chemin.

A mesure qu'elle avançait, la forêt plus dense et plus fournie en cet endroit se refermait sur elle et l'engloutissait comme une eau noire et profonde. La lisière claire et dégagée donnant sur le chemin devint presque invisible.

Le bruit, en se renouvelant par instants, l'attirait toujours plus haut sur la pente boisée, au milieu de gigantesques sapins dont les branches épaisses tombant en lourdes draperies opaques lui fouettaient parfois les cuisses et les mollets.

— Valerie, c'est moi, Betty ! appela-t-elle à plusieurs reprises d'une voix amicale et persuasive.

A un certain moment, elle s'arrêta pour la bonne raison qu'elle ne savait pas trop où aller. Elle était rendue au milieu de nulle part, dans un environnement hostile obstruant sa marche et dans lequel elle n'était pas même certaine de retrouver son chemin. Elle hésita quelques secondes et s'avisa enfin qu'il était préférable de faire demi-tour.

— Valerie ! appela-t-elle une dernière fois. Je vous préviens, je vais rentrer. Ce n'est pas possible de continuer comme ça.

Elle attendit encore un peu une réponse, mais en vain. Le silence était aussi épais que les grands arbres. Elle fit une ultime tentative.

— Valerie, vous m'entendez ?

A peine eut-elle fini de prononcer ces paroles que lui parvint un grognement bref, étonnamment proche.

Betty sursauta et un rapide frisson de peur la parcourut subitement. Cela ressemblait aux grondements qu'avait proférés Valerie Walker vingt minutes plus tôt quand ils l'avaient trouvée près du camp. Mais dans la profondeur de cette forêt, c'était encore plus impressionnant.

— Val ?

Le grognement se fit entendre à nouveau, à quelques pas d'elle, avec une insistance menaçante.

— C'est vous, Val ?

Maintenant, Betty était moins sûre d'elle et commençait à

se demander si c'était bien la jeune femme qu'elle avait poursuivie sur toute cette distance.

— Val, je vous en prie. Cessez ce jeu.

Sa voix s'était cassée, et contenait une nuance d'affolement. Elle fit un pas en arrière, telle une antilope alertée s'apprêtant à la fuite.

Elle entendit encore une fois bouger, tout près d'elle, et elle eut l'impression que la chose mouvante était presque à portée de bras. Alors, une angoisse aiguë et suffocante lui serra la poitrine. Envahie par la panique, elle perdit le contrôle d'elle-même et se mit à crier dans une colère avivée par la peur :

— J'en ai assez, Val ! Sortez de là, maintenant !

Et elle se lança, poussée par une colère aveugle, dans les feuillages qui l'encerclaient.

Aussitôt, une lourde forme se jeta sur elle avec une force terrible. Betty poussa un hurlement de terreur et roula à terre. Elle se débattit convulsivement des jambes et des bras et il lui fallut quelques secondes pour comprendre que c'étaient des mains qui l'avaient saisie. Alors elle redoubla de colère et frappa de toutes ses forces.

— Ça suffit, je vous dis ! criait-t-elle à Valerie en la frappant à toute volée pour s'en défaire.

Elle lutta contre la démente qui l'avait attrapée par les cheveux et tentait de lui heurter la tête contre de grosses racines courant sur le sol. Betty crut un moment qu'elle ne pourrait s'en dépêtrer.

— Monsieur Doyle ! hurla-t-elle en désespoir de cause.

C'est alors que Valerie Walker lui asséna un terrible coup sur le visage. Betty, sonnée un instant, crut défaillir sous l'effet de la douleur. Mais, à sa grande surprise, cela déclencha chez elle une riposte immédiate d'une haine qu'elle ne se connaissait pas et qui décupla sa force.

D'un soubresaut violent elle se dégagea et, sans hésiter, elle enfonça un foudroyant coup de genou dans le ventre de l'assaillante.

— Salope ! lui cria-t-elle en même temps d'une voix blanche et sourde.

Et elle la frappa encore une fois de toutes ses forces.

Cette fois-ci, Valerie Walker lâcha prise, roula sur le côté et, les mains crispées sur l'abdomen, se mit à vomir.

Betty reprit lentement ses esprits et sentit sa colère refluer presque aussitôt, comme une lame abandonnant la grève. La blessure de son dos, ravivée, se signala soudain par une affreuse douleur qui la fit grimacer lorsqu'elle s'assit. Elle porta la main à sa pommette tuméfiée puis contempla Valerie toujours affalée à son côté. Alors elle se leva péniblement et vint se pencher sur elle.

— Allez, venez, lui dit-elle en la saisissant sous les bras pour l'aider à se relever.

Valerie était maintenant dans un étrange état semi-catatonique, une sorte d'absence muette et hébétée. Elle se laissa finalement entraîner par la jeune femme qui redescendit la pente en guidant ses pas.

Lorsqu'elles débouchèrent sur le chemin, Betty aperçut Doyle un peu plus haut, pétrifié, qui les fixait comme une apparition.

— Merci pour votre aide, lui lâcha Betty en arrivant à sa hauteur.

A la mine effarée de Doyle, elle comprit que toutes les deux devaient avoir une triste allure.

— Franchement, Betty, articula-t-il d'une façon assez veule, quand je vous ai entendue crier, j'ai bien cru que vous ne reviendriez pas. J'ai cru que vous étiez attaquée par une de ces bêtes.

— C'était à peu près ça, remarqua la jeune femme en jetant un regard sur Valerie qu'elle tenait fermement par le poignet.

Cette dernière, à la faveur de l'aube naissante qui nimbait maintenant d'une lueur parcimonieuse les versants est de la chaîne de Santa Lucia, se présentait dans un état de délabrement pitoyable. Ses cheveux emmêlés et hirsutes, où restaient accrochés des débris végétaux, accentuaient l'égarement de son visage aux yeux éteints. Un filet de salive séchée barbouillée de poussière s'échappait de la commissure de ses lèvres et son magnifique chemisier n'était plus qu'une loque ravagée et terreuse.

— Regardez ses pieds, fit Doyle.

Abaissant le regard, Betty découvrit alors que Valerie était pieds nus et que l'épiderme était ensanglanté des orteils jusqu'aux mollets. On distinguait sur la chair des éraflures de ronces et de profondes entailles où le sang s'était depuis un moment coagulé.

— Mon Dieu ! Dans quel état vous êtes ! ne put se retenir Betty.

C'est en se penchant pour examiner les plaies qu'elle entendit tout à coup le cri strident et affreux qui emplit la nuit finissante.

— Les enfants ! s'écria-t-elle.

Elle s'était redressée vivement, le visage affolé.

— Vite !

Elle saisit à nouveau Valerie sans ménagement et s'élança sur le chemin d'un pas précipité en la traînant derrière elle.

— Attrapez-la et aidez-moi. Vite ! ordonna-t-elle à Doyle complètement désemparé.

Il agrippa maladroitement Valerie à son tour et ils remontèrent la pente du plus rapidement qu'ils purent, ralentis par l'attachée de presse qui trébuchait et menaçait de s'effondrer à chaque pas.

— Vite ! Vite ! je vous en supplie, fit Betty, exhortant à la fois Doyle et Valerie.

Elle aperçut tout de suite les tables renversées et les chaises éparpillées. Abandonnant Valerie à Doyle, elle courut à toutes jambes sur les derniers mètres jusqu'au camp.

— John ! Sally !

Elle les découvrit à proximité des feux mourants.

— Jessica ! Où est Jess ?

En les voyant seuls tous les deux, elle avait compris

immédiatement ce qui avait dû se passer mais quelque chose en elle voulait refuser la vérité. C'était trop abominable.

Les enfants ne lui répondirent pas tout de suite et elle eut le temps de remarquer que Johnny-John gardait sur Sally un regard de dégoût mêlé d'effroi. La gamine, quant à elle, était prostrée un peu plus loin, silencieuse, renfermée et vaguement méprisante comme à son habitude.

Puis Johnny-John s'élança vers Betty et s'agrippa à elle de toutes ses forces en sanglotant.

— C'est la panthère, Betty ! La panthère !

La jeune femme se dégagea et fonça vers le chemin tandis qu'arrivaient les deux autres. Elle aperçut, traînant sur le sol, la veste de Doyle et les serviettes dont elle avait couvert la petite.

Au comble de l'affolement, elle se précipita dans les buissons et les broussailles à la recherche d'un indice.

— Jess ! Jess ! haletait-elle.

C'est alors qu'elle distingua des traces de sang dans les herbes foulées où le corps avait été traîné.

Elle suivit la piste macabre parfaitement distincte sur plusieurs mètres. Puis elle ralentit, car la nuit était encore trop obscure pour s'aventurer inconsidérément dans le sous-bois.

Elle fit encore quelques pas et se figea brusquement. Un rugissement extrêmement menaçant venait de l'avertir de ne pas approcher plus.

Betty découvrit sans peine l'animal à une dizaine de mètres de là, pratiquement acculé à la clôture d'un enclos, à demi camouflé par de hauts buissons. Entre ses pattes gisait le pantin désarticulé, immobile et sanguinolent qu'était devenue Jessica.

A cette vue, Betty s'élança, mais la bête se dressa d'un bond en rugissant de plus belle vers l'intruse. Cette fois-ci, Betty stoppa net. La panthère la foudroyait d'un regard meurtrier qui en disait long sur sa détermination. Et Betty comprit qu'il n'y avait rien à faire. L'animal, prêt à défendre chèrement sa proie, rugit une nouvelle fois et l'ivoire de ses crocs redoutables luit dans la pâleur froide et bleutée de l'aube.

Alors Betty commença de reculer, sans perdre de vue le monstre qui la fixait depuis son repaire. Elle ne reculait pas de peur, mais de lassitude, d'écœurement et de répulsion. Des larmes coulèrent bientôt sur ses joues meurtries par les coups de Valerie. C'étaient des larmes de fatigue et de révolte impuissante contre l'horreur primitive à laquelle elle était confrontée depuis plusieurs heures.

Le monde avait basculé dans un univers de barbarie originelle où la mort et le sang régnaient en maîtres, où l'intelligence humaine était non seulement superflue mais déplacée, un véritable handicap, où la loi du plus fort ne souffrait pas d'exception et n'offrait pas d'issue, qu'on soit avec ou contre elle. Betty avait résisté tant qu'elle avait pu, mais maintenant il lui apparaissait combien ses efforts étaient dérisoires. Elle était faible, affreusement faible et démunie. Elle n'était qu'un humain.

Reculant toujours, elle garda longtemps son regard fixé sur le tueur inflexible qui avait obéi obstinément aux impitoyables nécessités de sa vocation de carnassier, et sur le corps inerte qui ne servirait plus à rien maintenant, sinon à alimenter la bête. Et leur vision disparut bientôt dans le temple secret de la nature où les sacrifices au dieu originel de la lutte pour la vie se perpétuaient depuis l'aube des temps.

18

Un courant d'air empuanti enveloppa les deux hommes dès que Kurnitz poussa la porte de la fauverie. Surpris et incommodé, Russell tourna un regard interrogateur sur le docteur.

— Cette partie du garage a été transformée en fauverie, expliqua celui-ci. J'y héberge en ce moment une lionne.

Il glissa la main contre le mur et fit la lumière. Après quoi il s'effaça pour laisser entrer Russell dont l'expression vigilante se transformait peu à peu en un mélange d'inquiétude et de répulsion. En passant devant le vieil homme, il comprit dans un éclair d'intuition que cet endroit était à la fois le lieu de fixation de sa folie, et l'aboutissement, sinon la clé, de celle-ci.

Avec une parfaite lucidité, tout en s'efforçant de ne rien laisser paraître de ce calcul, Russell prit soin de ne s'avancer que de trois ou quatre pas, afin de ne pas s'éloigner trop dangereusement de Kurnitz et de pouvoir prévenir tout acte inconsidéré de sa part. Alors seulement il explora du regard la sinistre pièce.

En quelques rapides coups d'œil, il mesura toute l'horreur qui se présentait à lui. A côté de la lionne avachie et repue qui n'avait cessé, depuis qu'ils étaient entrés, de lisser son pelage à larges coups de langue méticuleux, il y avait la carcasse rougie d'un cadavre partiellement nettoyé de ses chairs. En toute autre circonstance, il aurait peut-être hésité et envisagé qu'il s'agissait d'un grand singe. Mais c'était de toute évidence un cadavre humain, bien qu'en aucune façon identifiable.

Il y avait surtout, sur le sol bétonné, en face de lui, cette vaste flaque de sang mal séché qui luisait encore sous la pâle lumière de l'ampoule. La tache se poursuivait en une longue traînée rougeâtre aboutissant à l'énorme congélateur dont le flanc émaillé de blanc était lui aussi abominablement souillé de traces arborant toutes les nuances de l'écarlate au pourpre.

Plongé dans une profonde horreur par la vision qui s'offrait à lui, c'est sans broncher que Russell enregistra les vestiges muets de l'épouvantable carnage qui avait dû se dérouler peu de temps auparavant. Il se tourna enfin vers Kurnitz, le visage défait.

— C'est atroce, articula-t-il péniblement. Pour quelle raison...

Mais il ne put continuer.

Le docteur, qui ne l'avait pas quitté des yeux, se tenait toujours à côté de lui de son allure de plantigrade débonnaire.

— Vous semblez impressionné, monsieur Rand.

Révulsé par ce qu'il voyait et suffoqué par la puanteur lourde et chaude de la fauverie, Russell avait en effet le sentiment de flotter dans un cauchemar.

— Vous êtes fou, docteur, fou à lier.

A la vision de cette affreuse boucherie, il avait cru tout d'abord pouvoir supporter la situation avec le détachement qu'il affichait en laboratoire lors des dissections animales. Mais il sentait que c'était presque au-dessus de ses forces. Pourtant, il lui fallait se ressaisir, sinon les choses allaient basculer d'une façon incontrôlable.

— Docteur, il faut cesser tout cela, reprit-il dans un souffle, d'une voix persuasive d'où il tentait d'effacer toute trace d'affolement. Vous me comprenez ? Il faut cesser ce jeu meurtrier. Cela ne peut vous mener nulle part.

Tout en parlant, il avait gardé un œil attentif sur l'arme que tenait Kurnitz.

Celui-ci l'observait d'un regard de bête rétive et méfiante, la tête légèrement inclinée. Lentement, Russell tendit sa main.

— Donnez-moi votre fusil, docteur.

Kurnitz resta un instant impassible devant Russell immobilisé dans son geste.

— Vous êtes insultant et vous me prenez pour un idiot, monsieur Rand, dit-il enfin. Ce n'est guère aimable de votre part.

Et sur ces paroles il referma soigneusement sur eux la porte du garage.

— Ecoutez-moi..., fit Russell en avançant vers lui.

Avec une surprenante agilité, Kurnitz s'écarta d'un bond, brandissant l'arme à bout de bras.

— Ne bougez pas ! cria-t-il.

Russell s'immobilisa.

— Vous ne croyez tout de même pas que vous êtes de taille à vous mettre en travers de ce que j'ai décidé ? continua le vieil homme. Ce qui se passe en ce moment dans la réserve est un rituel grave, un rituel digne de respect que rien ne saurait troubler, vous m'entendez ? Reculez, je vous prie.

Après une hésitation, Russell s'éloigna de quelques pas. Le regard de Kurnitz brûlait d'une démence que chaque minute semblait attiser.

— Ce qui s'est passé ici est une erreur, reprit celui-ci. Une erreur due aux circonstances. Mais avez-vous jamais remarqué que bien souvent les circonstances produisaient leur propre justification ?

Russell sentit que la poursuite d'une discussion était peut-être sa seule garantie de survie.

— Docteur, fit-il en contrôlant au mieux son émotion, est-ce que vous vous rendez compte que vous avez livré des humains sans défense à des bêtes ?

— Vous utilisez des mots de livre d'histoire, monsieur Rand. Je me suis tout bonnement contenté d'organiser une situation propice à la rencontre d'humains et de grands fauves. Et croyez bien que dans cette démarche il n'y avait aucune idée de châtiment. Disons qu'il s'agissait plutôt d'une sorte de subtil rééquilibrage. Oui, c'est cela : un rééquilibrage.

Tandis qu'il écoutait les paroles du professeur, Russell ressentit une nausée persistante l'envahir.

— Vous les avez livrés en pâture..., répéta-t-il. Qui était-ce ?

Il regardait la carcasse désarticulée reposant sur la litière ensanglantée de la lionne.

— Quelle importance ? rétorqua Kurnitz. Il s'agit d'une erreur, vous ai-je dit. Elle a débarqué ici à l'improviste. Elle n'aurait pas dû.

— Elle ?

Kurnitz haussa les épaules sans donner plus d'explications.

— C'était une femme ? insista Russell.

Mais le professeur se contenta de le fixer de ses petits yeux froids.

— C'est infect, conclut Russell. Monstrueux...

A ces paroles, Kurnitz afficha une mine déçue.

— Je suis navré de constater qu'un scientifique comme vous ne parvient pas à saisir ce qu'il y a de perfection dans l'inéluctable loi du sang, dit-il. Si réellement votre raison s'indigne, c'est qu'elle est abusée, et que vous-même, par ailleurs, abusez la science. Par quelle audace osez-vous donc imaginer que l'homme serait exempté de cette logique simple et limpide à laquelle se plie le monde vivant depuis l'extraordinaire miracle originel de l'assemblage de cellules en entités organisées ?

Stupéfait par ce discours inattendu et véhément du vieil homme, Russell tenta de ramener celui-ci dans le sentier des concepts élémentaires communément admis.

— L'homme échappe à la logique animale grâce à la raison, professeur, expliqua-t-il patiemment, comme à un étudiant particulièrement obtus. Vous savez cela, n'est-ce pas ? C'est pourquoi il a développé un mode comportemental évolué qui vise à l'éloigner des mœurs primitives des bêtes... Que vous le vouliez ou non, il y a un règne humain et un règne animal qui sont maintenant définitivement dissociés.

— Vous vous trompez, poursuivit imperturbablement Kurnitz. Le règne animal est un modèle absolu. Un modèle parfait. Chaque espèce, même le plus infime maillon de la chaîne vivante, est l'expression de cette perfection née de la matière et du temps. L'instinct du prédateur, c'est le moteur de la vie. L'instinct de la bête, c'est une transposition sous forme de pulsions et d'énergie du cheminement inexorable du temps. Vous faites partie de ceux qui pensent que l'homme, avec sa raison, domine l'instinct. Comme si une quelconque puissance au monde pouvait dominer le temps ! Vous vous méprenez sur toute la ligne... Même chez l'homme, c'est finalement la bête qui est la plus forte. Pourquoi ne pas l'admettre, dites-moi ? Pourquoi ne pas l'admettre ?

— Parce que l'homme lutte contre la barbarie bestiale, cette barbarie à laquelle vous vous livrez par je ne sais quelle aberration mentale, ne put s'empêcher de rétorquer Russell.

— Ce que vous appelez la barbarie n'est jamais qu'un pâle simulacre, dénaturé et lamentable, comme tout ce qui est humain, de la lutte pour la vie. Moi, je ne suis pas un barbare, monsieur Rand. Je ne suis que l'instrument dépassionné de la logique primitive de tous les êtres vivants !

Russell resta interloqué. Il était face à un dément dont le raisonnement était aussi ferme que le roc, et il voyait bien que son argumentation n'avait pas prise. Il était confronté à une sorte de machine aux fonctions élémentaires, consciente de son infaillibilité, et qui pouvait tout broyer sur son passage.

— Docteur Kurnitz, ce que vous défendez, c'est l'horreur, l'horreur même. C'est impossible...

— La nature n'a pas inventé l'horreur. La nature n'a pas de point de vue moral, monsieur Rand. Elle a élaboré une mécanique idéale pour la perpétuation de la vie, qui passe par la lutte et l'absorption. C'est un schéma pratique, efficace, d'une indifférence et d'une simplicité absolues. C'est l'homme qui a inventé l'horreur. Il l'a même cultivée avec une belle aptitude, c'est indéniable. Mais cette horreur ne restera jamais que l'expression dégénérée de son incapacité à se conformer au modèle imperfectible de la nature. C'est dommage et pitoyable.

Tout en parlant, il s'était approché de la grille sous le regard à peine intéressé de la lionne.

— Je vais vous montrer, monsieur Rand, que l'horreur n'existe pas, que c'est un concept absurde. L'absurdité de ce concept, c'est de reprocher à cette bête d'avoir des crocs et des griffes, et de s'en servir !

D'un geste rapide il fit jouer le loquet de la porte et ouvrit celle-ci en grand.

Kora cessa aussitôt ses ablutions appliquées et considéra l'ouverture d'un œil attentif.

— Que faites-vous ? s'alarma Russell en ressentant une soudaine crispation dans les intestins.

Kurnitz le considéra une nouvelle fois de son regard torve dans lequel Russell crut même lire une pointe de jubilation.

— Puisque vous demandez des explications, jeune homme, je vais vous en donner...

De son pas balancé de gros ours il se dirigea vers le congélateur et s'y assit lourdement. De cette place, il se mit à contempler la scène avec une visible satisfaction.

— Voyez-vous, je n'ai pas de respect particulier pour les humains, commença le professeur. Ce sont les moins intéressants des animaux. Tout ce que j'ai pu en voir au cours de mon existence m'a prouvé qu'ils s'apparentaient à la cohorte des êtres nuisibles peuplant la planète. Etres d'autant plus nuisibles qu'ils menacent le mécanisme parfait de l'évolution. D'une certaine façon, je les trouve plus proches des sauterelles que de n'importe quelle espèce de mammifères évolués...

Face au délire froid et maîtrisé du docteur, Russell prit conscience de son extrême vulnérabilité. Il comprit enfin qu'aux yeux de Kurnitz il n'avait guère plus de valeur qu'un insecte que celui-ci pouvait écrabouiller à tout moment dans une totale indifférence. D'un coup d'œil, il mesura la distance qui le séparait de la porte du garage maintenant fermée.

— N'essayez pas de me fausser compagnie, monsieur Rand, lui dit aussitôt Kurnitz qui avait surpris son regard. Je serais contraint de réagir énergiquement...

Russell sentit dans sa poitrine son cœur manquer un battement.

— Comme je vous le disais, reprit tranquillement Kurnitz, j'avais prévu depuis longtemps, très longtemps, d'organiser, au titre de couronnement de ma carrière, une chasse magnifique, la plus belle de toutes, celle où l'homme est le gibier... Un gibier pas vraiment digne de ces grands félins qui ont toujours accaparé toute mon admiration, je le reconnais. Mais enfin, un gibier assez rare pour les grands prédateurs, il faut bien le dire...

Kurnitz s'interrompit brutalement, comme si son délire venait de s'enfoncer par inadvertance dans une zone à vide. Les sourcils froncés, il s'efforça de rassembler le mystérieux tourbillon de ses pensées. Russell, qui l'observait avec la plus grande attention, éprouva presque de la pitié à l'égard du vieil homme dévoré par sa folie. Il fallait trouver une issue au plus vite avant que ne se déclenche une crise meurtrière.

— Les zoos..., fit Kurnitz en hochant la tête pensivement. Quelle abomination !

Il soupira.

— Dès que j'ai pris la responsabilité de cette réserve, j'ai su que je pourrais enfin bientôt accomplir ce vieux rêve. J'ai tout d'abord pensé attendre patiemment l'ouverture au public et puis je me suis ravisé. Cela aurait certainement donné matière à un très beau fait divers, mais il y avait beaucoup d'impondérables. Et bien sûr, lorsque la perspective de cette inauguration anticipée s'est présentée, j'ai compris que c'était l'occasion favorable que j'attendais.

Kurnitz respira largement, ravivé par une soudaine énergie.

— ... Un échantillon typique d'humains sans grand intérêt, voyez-vous. Sans vouloir vous offenser ! se reprit-il avec la meilleure urbanité à l'attention de Russell. D'ailleurs, je dois dire que je vous considère comme un individu digne d'intérêt. Ballard n'est qu'un imbécile cultivé, Milland un autre imbécile prétentieux, et sa clique purement négligeable sur le plan de l'espèce. Mais cela dit, on n'échappe pas aux impondérables et, malgré mes dispositions, il s'est produit quelques anicroches qui ont perturbé mes prévisions...

Il s'interrompit une nouvelle fois, la mine contrariée.

— D'abord Mme Milland, qui fait irruption ici au milieu de la nuit. Ensuite Brogan, et puis vous qui vous évadez de la réserve...

Ainsi, cette dépouille sanguinolente, c'était Mme Milland ! se dit Russell qui n'avait pas la moindre idée de ce à quoi avait pu un jour ressembler l'épouse du maire. Et Brogan ? s'interrogea-t-il... Grand Dieu !

Il venait de comprendre que Brogan, c'étaient ces traces de sang sur le sol et sur l'énorme coffre. Il l'a descendu ! se dit Russell en se rappelant le coup de feu. Il l'a fichu dans le congélateur !

— Mais tout cela va rentrer dans l'ordre, conclut Kurnitz. Le dénouement va être laissé aux bêtes, comme ce sera d'ailleurs le cas lorsque l'homme aura annihilé sa propre espèce, ce qui ne saurait tarder... Le règne animal prendra alors soin de faire le ménage, et la paix sauvage des anciens âges prédominera à nouveau, sur un monde débarrassé du fléau des primates pensants...

Il se tut un instant puis, sortant de sa rêverie, il quitta le congélateur et se tint debout sur ses pattes courtaudes.

— Monsieur Rand, commença-t-il avec une légère hésitation, il faut que tout ceci s'achève...

Russell, qui essayait vainement de devancer les pensées du professeur, vit celui-ci aller vers le mur du fond, changer son fusil de main et attraper de l'autre une étrange queue de billard. Il ne comprit que lorsqu'il aperçut le câble électrique qui pendait sous le bâton, au moment où Kurnitz se retourna vers lui.

— Je vais vous demander d'entrer dans cette cage, lui dit celui-ci avec une étonnante politesse dans la voix.

Russell fut plus surpris par le ton du professeur que par la nature du commandement. Garder mon sang-froid, se dit-il. J'ai une chance, une petite chance.

— Ne me regardez pas ainsi, monsieur Rand, lui dit Kurnitz. Vous et moi, nous allons partager le même destin. Je vais vous laisser en compagnie de Kora, et pour ma part j'irai rejoindre ce qui reste de vos amis dans la réserve. Voyez-vous, c'est une belle façon d'en terminer...

Il fit quelques pas vers Russell, tout en poursuivant son discours.

— Nous sommes dimanche. Sauf erreur, j'estime que personne ne viendra plus déranger ces lieux de vingt-quatre heures au moins, sinon de quelques jours. C'est plus qu'il n'en faut pour que le rituel s'accomplisse paisiblement.

Russell avait parfaitement reconnu l'instrument que Kurnitz avait saisi de la main droite. C'était un de ces bâtons que les dompteurs utilisaient au commencement du dressage des grands félins.

— Docteur, lui dit-il, toujours immobile, à deux pas de l'ouverture béante de la cage. Il y a une autre façon d'en finir avec tout cela...

— Vous ne voulez pas entrer ? l'interrompit Kurnitz.

— Docteur, reprit Russell. Laissez tomber tout cet attirail. Je comprends que vous ayez un grand désir de paix et de calme. Mais c'est inutile de provoquer des morts supplémentaires et injustifiées. Si vous voulez, je peux vous raccompagner tranquillement en ville. Tout se passera bien à Dos Rios...

Russell vit très nettement le regard du docteur se durcir.

— Décidément, vous êtes comme les autres. Vous n'avez

rien compris à tout ce que je vous ai dit, fit celui-ci d'une voix où montait la fureur.

Il agita brusquement le bâton.

— Entrez dans cette cage, monsieur Rand, sinon je vais vous y contraindre.

L'embout ! se disait Russell qui, sans en avoir l'air, gardait toute son attention fixée sur le bâton électrique. Eviter le contact avec l'embout métallique !

Et il s'éloigna prudemment de quelques pas.

— Ne bougez pas ! cria Kurnitz.

S'il avait eu un moment de panique au début, Russell maîtrisait maintenant complètement sa frayeur. Il fallait laisser venir le gros homme et espérer que ne lui viendrait pas la lubie de faire usage du fusil.

— Pour la dernière fois, entrez ! lui intima Kurnitz.

Voyant que Russell restait sans réaction, le professeur s'élança subitement sur lui pour l'électrocuter.

Aussitôt, Russell fit un écart et se jeta à pleines mains sur le bâton qu'il saisit par le milieu et détourna violemment. Surpris par la soudaineté de l'attaque, Kurnitz perdit l'équilibre et s'affala sur le jeune homme. Tous deux roulèrent sur le sol.

Dans la chute, l'embout du bâton racla les barreaux de la cage avec une gerbe d'étincelles et la lionne, effrayée, se mit à rugir.

Mais Russell avait sous-estimé la force du vieil homme. Celui-ci, en ruant avec une extraordinaire énergie, tentait de reprendre le dessus. Sans lâcher ni le fusil ni le bâton, il essaya de s'arracher de l'étreinte de Russell qui cherchait à l'immobiliser.

Une déflagration assourdissante emplit soudain le garage. Dans la lutte, Kurnitz avait appuyé sur la détente et les énormes chevrotines allèrent dévaster un des murs.

Kora bondit avec un terrible rugissement et s'approcha de la porte où les deux hommes avaient roulé. Russell vit Kurnitz essayant de diriger le fusil vers lui pour décharger un second coup à bout portant. Dans un réflexe irraisonné, il se retourna et mordit de toutes ses forces le poignet du vieil homme qui cria et lâcha prise.

Indécise, Kora continua à rugir avec fureur en direction des hommes, sans pour autant se résoudre à prendre part à la bataille.

Avec de véritables convulsions de dément, Kurnitz parvint un instant à échapper à l'emprise de Russell et brandit alors vers celui-ci le long bâton électrique. Il allait atteindre son adversaire quand son geste fut interrompu par une résistance inattendue. Le câble tendu à se rompre était coincé dans la charnière de la porte métallique. Sans hésiter, avec une fureur redoublée, Kurnitz tira de toutes ses forces pour le dégager.

Il y eut un bref éclair bleu accompagné d'un grésillement, et l'obscurité se fit instantanément dans le garage.

Russell comprit tout de suite. Un court-jus !

Surpris, Kurnitz s'était immobilisé.

Le fusil ! songea Russell. Sa main glissa sur le sol et sentit le contact froid de l'acier du canon. Il se dégagea alors du vieil homme toujours figé de stupeur et, le fusil à la main, se mit debout. Son mouvement provoqua dans l'obscurité un rugissement rauque et prolongé. Une sourde terreur primitive l'envahit brusquement. Sortir ! La porte !

Rassemblant ses pensées, il essaya de situer l'issue dans le noir total. De la main il chercha la grille de la cage pour se repérer et aussitôt courut vers la porte. En tâtonnant fébrilement, il trouva la poignée de la serrure, ouvrit et se jeta à l'extérieur.

C'est alors qu'une idée qu'il n'avait pas suscitée consciemment s'imposa à lui avec une fulgurance étourdissante. D'instinct, il referma la porte derrière lui, arc-bouté de toutes ses forces sur la poignée. Reprenant sa respiration, il aperçut immédiatement le loquet de sécurité fixé sur l'extérieur de la porte. Alors, après une seconde d'hésitation, d'un geste précis il fit coulisser celui-ci, condamnant définitivement l'ouverture de la porte depuis l'intérieur, et enfin il lâcha la poignée.

Russell fit un pas en arrière en considérant la porte close. Ses pensées tourbillonnaient impulsivement, sans lien entre elles, naissant et s'évanouissant avec la rapidité de l'éclair. Sa tête lui faisait l'effet d'une volière affolée et il se dit qu'il était peut-être devenu fou à son tour. A travers le déchaînement des instincts obscurs qui avaient assuré sa survie, sa conscience essaya bientôt de se frayer péniblement un passage. Une faible injonction lui dit qu'il était inutile de fermer cette porte, que Kurnitz était dorénavant inoffensif. Mais l'argumentation ne pesa guère face au tumulte désordonné des pulsions primitives qui dictaient sa conduite. Une certitude inflexible barra finalement la route à tout remords et, avec la sensation suave et douceâtre de la vengeance et de la condamnation, Russell s'abaissa pour ramasser l'arme qu'il avait emportée avec lui et s'éloigna dans le corridor pour emprunter l'escalier qui menait à l'appartement.

Comme douchée par la soudaine obscurité, la folie de Kurnitz se calma instantanément et, paralysé par une sorte de viscosité mentale, le vieil homme ne comprit que lentement la signification de l'évasion de Russell.

Plus accablé par sa démence que par la fatigue du combat, il se releva pesamment, prenant appui de ses mains sur ses genoux. A peine debout, il perçut un long frôlement soyeux contre la grille, non loin de lui. Il comprit que Kora venait de sortir de sa cage.

— Calme ! fit-il à la bête, sans la moindre frayeur dans la voix.

Un bref grondement lui répondit aussitôt.

Sans en tenir compte, Kurnitz s'avança de son pas lourd vers la porte du garage et constata sans peine qu'elle était fermée de l'extérieur. Il resta pensif un bref instant face à cette découverte. L'obscurité était totale et il était maintenant prisonnier de cette espèce de vaste matrice sans contours, puante et secrète où rôdait un tueur silencieux et indécis.

Alors, subitement, un spasme euphorique le secoua et il émit un petit rire cassé, à peine perceptible.

Loin de succomber aux affres de la terreur, il considéra la situation dans tout ce qu'elle avait d'ironique et d'approprié. Cette fois-ci, il rit franchement.

— Kora, tu m'entends ma belle ? appela-t-il d'une voix paisible.

Enveloppé par l'obscurité épaisse, il ne voyait rien. Mais la lionne, tous sens en éveil et les pupilles dilatées, distinguait dans un univers glauque les masses sombres qui l'environnaient. Elle avait parfaitement repéré le contour trapu de l'homme qui se tenait à quelques pas de là, forme vulnérable et incongrue, modulant des sons incompréhensibles qui ne faisaient qu'aviver sa colère.

La bête gronda une nouvelle fois pour tester les réactions du bipède immobile. Puis elle se déplaça sans un bruit sur le feutre de ses pattes en se rapprochant du mur, obéissant en cela à l'ordre génétique et ancestral qui lui faisait préparer toute attaque par le travers.

Lorsqu'elle se trouva à proximité du congélateur, son odorat d'une extrême sensibilité fut aussitôt sollicité par les traces de sang séché. D'une narine attentive et scrupuleuse elle analysa longuement la fine pellicule rougeâtre qu'elle voyait à peine. Elle acheva son exploration par un bref coup de langue sur le flanc émaillé du coffre. Avec une excitation croissante, elle reconnut le goût aigre et ferreux du sang humain dont elle s'était repue un peu plus tôt dans sa cage. Alors, une nouvelle et irrépressible pulsion s'associa à son agressivité naturelle et permanente de prédateur : le désir de tuer pour goûter à nouveau le chaud ruissellement du sang de la proie.

Les bras tendus devant lui pour se guider, Kurnitz fit à son tour quelques pas vers le milieu du garage, puis s'immobilisa.

— Kora, je te sens, dit-il. Je sais que tu es là.

Il avait tourné la tête dans la direction où la bête se tenait en effet tapie.

L'extraordinaire acuité qui s'était développée chez lui depuis des années, au contact des grands félins, lui permettait de déceler et même d'anticiper parfois le moindre de leurs mouvements.

Le délire qui agitait maintenant Kurnitz était alimenté par l'ardente exaltation de la proximité de la mort. Il sentait, sans que cela fût clairement formulé par sa pensée, qu'il était sur la route le menant à la grande révélation cosmique qu'il traquait et pressentait depuis si longtemps. Il savait qu'il allait bientôt s'intégrer à la grande logique de l'univers, participer à la loi immuable du transfert d'énergie, au sublime rituel nutritionnel donnant toute sa justification à la mort.

Dans le silence pesant de la nuit qui l'entourait, il capta d'infimes frémissements musculaires exprimant une force considérable, tendue et contenue à grand-peine.

A trois mètres de lui, Kora était en effet ramassée sur ses puissantes pattes, prête à bondir, et pourtant hésitante. Le bipède qui était à ses côtés avait à plusieurs reprises usé contre elle de ressources violentes et douloureuses qui l'incitaient à la méfiance. Allait-il, une fois de plus, déchaîner cette force qui la tétanisait et déchirait ses muscles ?

Comme s'il lisait dans ses pensées, Kurnitz perçut l'invisible et muette indécision de la bête. Alors, avec une froide détermination, il frappa du pied sur le sol pour la provoquer.

— Attaque !

Un terrible rugissement lui répondit aussitôt.

Il fit un violent mouvement vers la lionne en frappant du pied une nouvelle fois.

— Attaque, Kora ! Att...

Dans une détente foudroyante, la bête s'était jetée sur lui avant qu'il ne pût achever. Renversé sous le poids de l'énorme fauve, il s'abattit d'une masse et sa tête heurta violemment le sol cimenté. Un étourdissement le saisit et il crut un instant sombrer dans l'inconscience.

— Non ! gémit-il. Non !

Par ces paroles, Kurnitz ne protestait pas contre la mort qui l'avait assailli. Il ne protestait pas contre le carnage que son corps allait subir dans un instant. Il protestait contre ce nouvel impondérable risquant de compromettre la beauté des derniers instants de sa vie. Il s'indignait de sombrer prématurément dans un coma qui le priverait d'une dernière constatation scientifique. Il voulait ressentir cette torpeur magique et surnaturelle qu'il avait cru déceler tant de fois chez les proies vivantes déchiquetées par les griffes et les crocs des grands fauves. Mais sa conscience s'obscurcit. Un vertige inexorable et puissant l'entraîna subitement dans une nuit immense et sans fond, plus épaisse que les ténèbres d'où l'avait assailli le fauve. Il ne put goûter l'intense jubilation de la certitude définitive de la justesse de ses théories. Et s'il ne souffrit pas, ce fut tout simplement par hasard.

La lionne lui broya la gorge de toute la puissance de ses mâchoires. Mais c'était indiscutablement une expérience ratée.

19

Wand-da avait laissé derrière lui les petits humains blottis peureusement contre les feux et avait poursuivi sa marche tranquille et pourtant lourde de menace.

Depuis qu'il avait commencé à remonter les pentes et les sentiers jusqu'alors inconnus, chaque pas n'avait fait qu'exciter son instinct sauvage qui refaisait lentement surface. Comme s'il émergeait d'une longue et incompréhensible inaction, l'énorme tigre de Sibérie se mettait soudainement à retrouver l'efficacité oubliée de ses muscles, l'étonnante précision de son odorat, de sa vue, de son ouïe, et la conscience plus certaine de minute en minute de son immense force. De la foulée indécise et irrégulière de ses premières explorations, il était passé en peu de temps au pas mesuré et résolu du rôdeur aux intentions hostiles.

Car il avait décelé, après avoir longtemps contourné les flancs d'un sommet boisé, les traces multiples des différents mammifères qui en avaient parcouru les chemins. En plus de l'odeur caractéristique laissée par les animaux verticaux, il y avait ce fumet chaud, fauve et laiteux, signalant la présence d'une harde de ces proies quadrupèdes dont il se repaissait habituellement dans son enclos. C'est pourquoi, au fond de l'encéphale primitif, une insistante objurgation meurtrière avait lentement pris corps, stimulée par ces multiples indices et une agressivité naturelle qui ne demandait qu'à s'employer.

Les deux cerfs qu'il avait débusqués peu auparavant étaient quelque part devant lui. C'était une certitude que rien ne pouvait démentir. Car tout en passant devant le camp et en manifestant son trouble et son mécontentement aux petits bipèdes, il avait parfaitement humé la signature olfactive que les bêtes avaient laissée sur les feuillages en frôlant les arbustes. Non seulement alerté mais complètement réveillé, son instinct de prédateur absolu fonctionnait maintenant à plein rendement et le dominait totalement. Et, comme dans l'intention de propager autour de lui une frayeur paralysante énonciatrice des pires ravages, il se mit à feuler brièvement et de façon répétée, au rythme soutenu de sa marche.

Les deux cerfs s'étaient engagés précipitamment dans la large allée bordée d'une abondante végétation, et qui descendait doucement sur plusieurs centaines de mètres vers l'entrée de la réserve. Ils avaient bifurqué dans la broussaille et divaguaient de manière indécise. Le simple fait d'avoir mis en action le pauvre moyen de défense dont la nature les avait dotés, la course, les avait rassurés quelque peu. Et si leurs flancs palpitaient, c'était moins de frayeur que pour retrouver leur souffle. Agitant leurs oreilles par petites secousses rapides, ils auscultèrent la nuit et le vent. Le plus gros des deux, un mâle au front couronné de superbes bois, s'immobilisa soudain, la tête droite et les oreilles brusquement figées. Il venait d'entendre les grondements sinistres du fauve.

Wand-da ne percevait plus les trépidations mates qui résonnaient sur le sol caillouteux du chemin. Il n'y avait plus de bruit et il savait que les bêtes se dissimulaient maintenant dans la broussaille avec l'espoir illusoire de lui échapper. Sans précipitation, il flaira le sol puis s'introduisit à son tour dans les ombres du bas-côté boisé.

Lorsqu'il aperçut entre les feuillages les silhouettes immobiles des deux cerfs, un long frémissement parcourut son échine, irradiant tous ses muscles. Son œil se fixa intensément sur les deux proies, et il calcula rapidement l'angle d'attaque. Alors il s'élança d'un petit trot précis et silencieux qui alla s'accélérant. Quand sa course se fit entendre des deux cerfs, il était trop tard. Le tigre blanc était lancé à pleine vitesse et il déboucha subitement devant le grand mâle.

D'un bond il se jeta sur lui, mais le cerf fit front de ses bois et reçut le prédateur d'un violent coup de tête. Bousculé dans son élan, Wand-da roula de côté et s'affaissa sous le cerf tout en lui déchirant l'épaule où il avait eu le temps de planter ses griffes. Au contact du félin tombé entre ses pattes, le grand cerf recula d'une ruade terrorisée et, déjà ruisselant de sang, fit mine de s'éloigner. Mais animé d'une furie démesurée, Wand-da s'était relevé et, sans laisser le moindre répit à sa proie, se rua sur elle.

De toute la masse de ses trois cents kilos, il s'abattit sur le cerf qui s'écroula aussitôt. Puissamment crocheté à la gorge par les mâchoires du tigre, celui-ci brama à deux reprises dans une dernière prétention bruyante et désespérée à subsister, à s'accrocher à la vie. D'un furieux coup de tête, Wand-da déchira largement les chairs du cou, sectionnant tous les organes vitaux. Presque aussitôt, le grand corps du cerf se détendit et s'amollit, et sa fine tête barbouillée de sang s'affaissa sans vie dans les herbes. Arc-bouté sur ses puissantes pattes, Wand-da secoua violemment la carcasse de la bête gisant sous lui, pour s'assurer de sa totale et définitive inertie. Alors seulement, il desserra l'étreinte de ses mâchoires et, le mufle maculé du sang de sa proie, considéra celle-ci de ses yeux jaunes où ne s'étaient pas éteintes les lueurs meurtrières.

Son regard abandonna le cadavre et, sans attendre, rechercha la deuxième bête. Il fit quelques pas et émergea des broussailles. A une cinquantaine de mètres, affolée, la femelle errait ridiculement en butant contre les bosquets d'arbustes longeant le grillage d'un enclos. Dans une détente foudroyante, Wand-da s'élança sur le chemin et accourut sur sa prochaine victime.

Celle-ci, à la vue du gigantesque animal qui fondait sur elle, détala aussitôt. Mais le tigre la rejoignit en quelques bonds et la renversa sur la terre au milieu de volutes de poussière. Il lui broya le col d'un coup sec de ses mâchoires puis enfonça son mufle ensanglanté entre les pattes arrière et lui déchira l'aine et le bas-ventre. De ses crocs acérés il se mit à fourrager dans les viscères gluants émergeant de la plaie.

Il allait se délecter de sa proie encore vivante dont les pattes raclaient le sol et agitaient l'air inutilement, quand il aperçut, plus bas encore dans le chemin, quelque chose qui le stupéfia. C'était une vision digne des phantasmes les plus fous d'un tigre affamé : une harde entière de cerfs et d'antilopes venait de déboucher du sentier longeant l'enclos de Bira.

Alors une étrange connexion nerveuse s'effectua dans le cerveau tourmenté par l'instinct de meurtre et de prédation. Un irrépressible désir de tuerie généralisée s'empara de tout son corps. Une convoitise de chair et de sang brûlant l'envahit et, mû par des pulsions qu'il ne contrôlait pas, il s'écarta, abandonnant sans l'achever sa proie palpitante, et se mit à descendre vers le troupeau en suivant la lisière des broussailles.

Derrière lui, la femelle atrocement blessée, rassemblant ses forces, trouva le moyen de se redresser sur ses pattes, et, titubant comme un ivrogne, fit quelques pas comme pour s'éloigner du lieu où la mort lui avait donné rendez-vous. C'est alors que, brusquement, les chairs endommagées de son abdomen s'ouvrirent en grand et que le paquet de viscères déjà ravagés chut sous elle. Toujours titubant, elle avança encore, traînant ses intestins qui se déroulaient sur le sol et les piétinant de ses sabots. Quelques mètres plus loin elle s'écroula enfin d'une masse, morte, au milieu du chemin.

La harde, composée d'une douzaine d'individus, venait de prendre pied sur ce nouveau chemin. Les animaux, qui affichaient un comportement vaguement hébété et abruti, avaient parcouru depuis plus d'une heure l'inextricable labyrinthe des voies et des sentiers de l'immense réserve. Tout en suivant de façon stupide et bornée un chef de troupe, ils avaient erré obstinément dans la nuit, stimulés par une crainte diffuse. Conduits par hasard jusqu'à cette grande allée, ils en humèrent l'air, indécis mais conscients d'un danger.

Wand-da, immobile au milieu du chemin où la blancheur de sa robe striée se revélait distinctement dans la pâleur confuse de l'aube, ouvrit sa large gueule et émit un feulement grave et creux. Cet avertissement déclencha aussitôt un vent de panique dans le troupeau, et les bêtes s'éparpillèrent en désordre.

Excité par le remue-ménage, poussé par son inflexible instinct de tueur, Wand-da s'élança alors de toute sa puissance, implacable mécanique dévastatrice de muscles et d'os que rien ne pouvait arrêter.

Dans une rage effarante, il se livra à un carnage épouvantable. Son attaque fut si fulgurante qu'il tua net sous lui le premier cerf qu'il avait visé, en lui brisant l'épine dorsale. D'un bond il se jeta sur une autre victime, chétive et misérable, qu'il abattit d'un seul coup de mâchoire et traîna sur plusieurs mètres, emporté par son propre élan.

Halluciné par une fureur meurtrière alimentée par la rumeur, l'odeur et le goût du massacre, le tigre bondit d'une proie à l'autre, glissant et dérapant sous les feintes agiles des cerfs tentant de lui échapper. Il en crocheta plusieurs encore, qui bramèrent avant de succomber, tandis que quelques-uns parvinrent à remonter le chemin par où ils étaient arrivés.

Wand-da était aveuglé par la soif du sang. Ses pulsions trop longtemps bridées de prédateur déferlaient avec l'impétuosité des eaux d'un barrage dont la retenue aurait cédé. Il fut bientôt entouré de cadavres, de corps inertes mutilés ou mortellement blessés. Alors, tout fumant de rage et le pelage souillé du sang de ses proies comme s'il avait pataugé dans des flaques entières, il abandonna le champ de bataille déserté par les animaux rescapés et se lança à leur poursuite.

Parvenu dans le couloir, Russell essaya un autre interrupteur. Rien à faire. La maison tout entière était privée d'électricité. Le court-circuit avait dû faire sauter le compteur général. Avec précaution, il reprit sa marche, passa plusieurs pièces et se retrouva dans le salon. Au-dehors, la nuit refluait lentement et laissait place au voile spectral de l'aube.

Contournant les ombres de plus en plus distinctes des meubles, Russell se dirigea vers le poste téléphonique qu'il avait repéré lors de son arrivée. Il décrocha le combiné et constata l'absence de tonalité. Le vieux fou avait dit vrai, songea-t-il avec une pointe d'exaspération tout en raccrochant. La ligne était coupée !

Son regard fit machinalement le tour de la pièce, comme dans l'espoir idiot de trouver une solution. Mais Russell ne vit rien qui pût déclencher chez lui une soudaine inspiration salvatrice. Il n'avait pas le choix. Kurnitz avait pu couper la ligne n'importe où et il ne fallait plus compter sur le téléphone.

Il réfléchit donc en toute hâte. Le seul moyen de filer d'ici pour aller donner l'alarme à Dos Rios était la route. Mais sans les clés de sa voiture il ne lui restait plus qu'à faire du stop, là-haut sur le col. Stupide, se dit-il.

Alors, puisqu'il n'y avait pas de secours à attendre de l'extérieur, le plus pressé était maintenant de délivrer les prisonniers de la réserve. Encore fallait-il espérer que les fauves se soient à peu près tenus tranquilles et que la situation ne se soit pas aggravée.

Russell examina le lourd Remington qu'il avait toujours à la main. Il connaissait ce type d'arme et il cassa le canon sans difficulté. D'un coup d'œil il constata qu'il restait bel et bien une cartouche. Encore une fois, il fouilla la pièce du regard. Il cherchait à tout hasard des munitions. Il alla examiner rapidement un meuble planté contre le mur du fond, mais il ne trouva rien. En se dirigeant vers un autre placard, il renversa une chaise qu'il n'avait pas vue. Il était en train de s'en dépêtrer quand lui parvint la plainte caractéristique d'un cerf.

J'ai l'impression que mon plan a marché, se dit-il, attentif aux sons que lui apportait l'aube. Il fut alors frappé par une idée. Si le courant est coupé partout, songea-t-il, il n'y a plus rien à craindre de l'enceinte électrique !

Il prit sa décision sur-le-champ. Il fallait retourner à la réserve, pénétrer à l'intérieur et aider les survivants à passer par-dessus le double enclos. Il referma le canon dans un claquement et quitta la maison.

Au pas de course, il traversa la cour et dévala la longue allée. Une odeur fraîche annonçant le matin se dégageait de la nature, et déjà des essences fortes et lourdes voletaient dans la pénombre.

Il arriva bientôt sur le terre-plein où s'élevaient les imposantes portes de la réserve. Il s'arrêta à quelques mètres de la double enceinte. Sur sa droite, il pouvait voir le chantier du parking et le terrain onduleux et bouleversé où se distinguaient dans la nuit les masses sombres et incongrues, pareilles à des carcasses d'animaux préhistoriques, des deux bulldozers. Au-delà, de l'autre côté des grilles, c'était le lieu où régnait la mort sauvage depuis une douzaine d'heures.

Douze heures seulement ! s'exclama intérieurement Russell. J'ai l'impression que ce cauchemar dure depuis des jours !

Il inspecta le grillage. Comment grimper là-dessus ? se demanda-t-il.

Il soupira. Les choses n'étaient pas simples. Il se sentait aussi démuni qu'avant, et voilà qu'en plus il cherchait à retourner dans la réserve. C'est dingue ! se dit-il.

Son esprit était absorbé par ce problème quand, subitement, il fut saisi d'une idée qui ne l'avait pas effleuré de prime abord. Lentement, il tourna la tête vers le chantier. C'était peut-être ça, la solution ! Il considéra à nouveau les énormes grilles des portails coulissants. Mais oui, c'était ça !

Il posa le fusil et se dirigea vers le parking en cours de terrassement. Les bulldozers ! songeait-il. Si seulement ça pouvait marcher !

Trébuchant sur les blocs de terre retournée, Russell s'approcha des deux mastodontes froids et silencieux qui dormaient sous les dernières étoiles de la nuit. Prenant appui sur les chenilles, il grimpa sur le dos de l'une des bêtes et examina la place du conducteur. Ça paraissait jouable...

Deux ans auparavant, son père, qui avait décidé de niveler le long terrain descendant devant sa propriété, avait loué les services d'un conducteur d'engins qui, en deux jours, avait raboté le sol et même achevé l'excavation de la future piscine. Russell, alors en vacances, avait sympathisé avec le type qui l'avait initié aux subtilités de la conduite de ce genre de char d'assaut.

Sans hésiter, il ouvrit le coffre métallique situé à côté du siège et fourragea à l'intérieur. Il ne trouva que des outils graisseux. Il sauta alors à terre et fit la même recherche sur le deuxième engin. Sous les clés à tube, ses doigts découvrirent immédiatement ce qu'il cherchait. Les clés de contact ! Il y avait les deux trousseaux.

Prenant place sur le siège de moleskine éclaté par endroits, il essaya de mettre le contact. A la première tentative, un clignotant rouge s'alluma.

— Ça marche ! ne put-il s'empêcher de s'exclamer à voix haute en voyant que la préchauffe du diesel était en route.

Vingt secondes plus tard, un témoin vert s'alluma à son tour. Alors il actionna le démarreur. Sous le capot, il y eut un brusque ronflement et les bielles se réveillèrent tandis qu'une épaisse fumée noire s'élevait de la cheminée d'échappement.

Russell laissa tourner le moteur afin que la compression des vérins fût bientôt suffisante, et il releva l'énorme lame qui reposait sur le sol. Il enclencha le premier rapport et, lâchant l'embrayage un peu brutalement, fit sursauter l'engin qui se mit à glisser lentement dans le cliquetis de ses chenilles. Dansant lourdement sur le chaos du terrain comme un chalutier sur la houle, il franchit les remblais et s'approcha du portail.

Betty, bien que vidée de toute énergie et l'air absent, leva brusquement la tête et tendit l'oreille.

— Monsieur Doyle, écoutez ! On dirait un camion.

Chris Doyle, dont le visage reflétait une pâleur de plus en plus cadavérique à cause de la montée de l'aurore, tourna un regard franchement indifférent vers la jeune femme. Il était toujours en charge de Valerie Walker et maintenait celle-ci d'une main distraite.

— Vous entendez quelque chose, vous ? fit-il de mauvaise grâce.

Comme pour donner raison à Betty, le vent porta aussitôt le ronronnement régulier d'un moteur.

— Vous entendez ? J'ai l'impression que c'est à l'entrée de la réserve. Il faut aller voir tout de suite, le pressa-t-elle.

— On dirait le tracteur de M. Brogan, fit Johnny-John.

— Si c'est le laitier, dites-lui qu'à cette heure-ci je ne bois que du bourbon glacé, observa laconiquement Doyle.

Betty le regarda, interloquée, et un éclair de fureur parut soudainement dans ses yeux.

— Monsieur Doyle, j'en ai assez de vos plaisanteries, siffla-t-elle comme une maîtresse d'école excédée. J'ai besoin de votre aide. Pas de votre cynisme de salon. Je me moque que vous soyez lâche et méprisant. Tout ce que je vous demande, c'est de m'aider. Je veux sortir d'ici, avec le plus de vivants possibles. Vous êtes capable de comprendre cela ?

Doyle, qui n'était guère accoutumé à être apostrophé de la sorte, en resta sans réaction.

— Venez, fit-elle à Johnny-John et Sally. On descend vers la sortie. Continuez à vous occuper de Valerie, lança-t-elle à Doyle.

Sally se leva docilement, mais Johnny-John se montra hésitant.

— Betty, il y a le tigre, par là.

— Le tigre ?

— Le tigre blanc, précisa le gamin. Il est passé tout à l'heure et il est descendu par là.

Betty consulta Sally du regard, comme pour recevoir une confirmation. La fillette se contenta de faire un signe de tête affirmatif.

Ça continuait ! se dit Betty, exaspérée. Mais elle refusa de donner libre cours à son hésitation.

— On descend quand même, dit-elle fermement. S'il y a quelqu'un là-bas, c'est notre seule chance de salut.

— Et s'il n'y a personne ? s'obstina timidement Doyle.

— Il y a quelqu'un, monsieur Doyle. Il y a un moteur, avec quelque chose autour du moteur et quelqu'un sur le quelque chose, cria-t-elle sans pouvoir se dominer. Johnny-John et Sally, donnez-moi la main, on s'en va !

Malgré sa détermination, il y eut encore une seconde de flottement.

— Allons ! fit Betty.

C'était un ordre. Le garçon fut le premier à s'avancer, suivi de Sally. Alors Doyle leur enjoignit le pas, traînant Valerie derrière lui.

La troupe des rescapés s'engagea sur la pente douce de la large allée. Derrière eux, à l'est, le ciel était devenu d'un bleu limpide reposant sur un voile diapré de lumière blanche que le soleil, encore caché par les montagnes, poussait devant lui. Les couleurs de la nature renaissaient peu à peu dans toute la diversité de leurs nuances et aucun nuage n'était visible en quelque point que ce fût de l'horizon. Ce serait une belle journée.

Betty fut la première à apercevoir l'animal étendu en travers du chemin. Elle reconnut instantanément le pelage ras et fauve d'un cerf. La bête gisait, parfaitement inerte, et Betty comprit que c'était un cadavre. Elle s'arrêta et le reste de la troupe fit de même, contemplant la forme sans vie, quelques mètres plus bas.

— Betty ! appela Sally de sa voix froide et monocorde. Regarde là. Il y en a un autre.

La gamine indiquait le bas-côté broussailleux à leur droite. Au premier coup d'œil, Betty ne vit rien. Elle a encore décelé avant tout le monde quelque chose d'à peu près invisible ! se dit-elle, connaissant bien l'étrange comportement de la gamine.

Soudain, elle s'avisa que ces branches de bois mort pointant entre deux buissons étaient en fait les cors d'un autre cerf. Elle se dirigea lentement vers l'endroit et découvrit le grand mâle effroyablement égorgé qui la fixait de ses yeux vitreux.

Une sensation de malaise l'envahit lentement. Elle avait cru en sa propre détermination, et ces dépouilles lui rappelaient subitement qu'elle n'était qu'un être vivant en sursis dans un milieu terriblement hostile.

Revenant sur ses pas, elle poussa les enfants d'un geste ferme.

— Allez, on continue, leur dit-elle.

Ce fut encore Sally qui aperçut le curieux serpentin de chair sur le sol.

— Regarde ! lança-t-elle.

Les tripes boursouflées et répandues sur plusieurs mètres menaient à l'animal au ventre éclaté.

A la fois fascinée et gagnée par un immense dégoût, Betty ne put, durant un instant, détacher son regard de l'affreux carnage. De sa vie, elle n'avait jamais vu quelque chose d'aussi horrible.

Comme dans un cauchemar éveillé, ils longèrent le ruban bleuâtre des intestins au long duquel bourdonnaient déjà de grosses mouches matinales et passèrent la charogne.

Une petite brise fraîche leur apporta soudain le ronronnement régulier du puissant diesel, et ce bruit raviva l'énergie de la jeune femme. Tout en s'efforçant de maîtriser la vague de panique qui menaçait de l'envahir, elle pressa le pas et poussa les autres à dévaler rapidement le chemin. Une voix intérieure insistante lui disait qu'il fallait maintenant faire vite, que le danger était trop grand.

Le spectacle qui s'offrit à eux, lorsqu'ils débouchèrent sur la longue descente rectiligne menant au portail, les figea sur place. Ils se trouvaient au milieu de ce qui avait été un horrible champ de bataille. Il ne s'agissait plus de deux, mais bien de sept ou huit cadavres de cerfs étendus dans les positions diverses où la mort les avait saisis.

— Quel massacre ! murmura Doyle stupéfait qui, de surprise, en avait lâché Valerie.

À moins de cinq cents mètres de là, Betty aperçut également l'énorme insecte jaune et fumant qui s'approchait de la clôture. C'était une vision surréelle qui semblait confirmer à tous qu'ils étaient encore prisonniers d'un mauvais rêve sans fin. Un choc sourd et bref leur parvint lorsque la lourde lame d'acier du bulldozer heurta l'un des piliers du portail. Contournant plusieurs cadavres de bestiaux et jetant des regards horrifiés sur les terribles blessures qui avaient provoqué leur mort, ils précipitèrent leur marche.

En exécutant avec peine une marche arrière, Russell aperçut, à travers les grilles qui se dressaient devant lui, Betty et ses compagnons dévalant le chemin. D'un geste brutal, il passa à nouveau la vitesse et accéléra en direction de l'enceinte. Cette fois-ci, le choc fut plus violent et Russell bascula sur son siège. Tout en maintenant la pression sur l'accélérateur, il s'obstina sur l'énorme pilier de béton armé qui soutenait le dispositif du portail. Un panache de fumée noire s'éleva dans l'air tandis que le moteur se mit à peiner sous l'effort.

Un craquement sec se fit entendre. Le béton venait de se rompre et une large fissure horizontale courait maintenant sur le pilier. Russell fit à nouveau marche arrière et s'élança pour la troisième fois sur l'édifice, la lame de l'engin dressée comme un bélier. Il vit alors la pile de béton ployer lentement sur son ferraillage et s'affaisser centimètre par centimètre, entraînant l'énorme grille du portail.

Avec un lourd tintement de cloche, celle-ci s'effondra sur les barreaux de sa sœur jumelle fermant l'enceinte intérieure. Russell manœuvra à nouveau et lança le bulldozer à l'assaut de la deuxième grille. Pliant et broyant sous ses chenilles les débris de la première enceinte, l'engin heurta le nouvel obstacle qui fut à son tour ébranlé et se disloqua en partie. C'est alors que, jetant un coup d'œil par l'étroite brèche ouverte, Russell vit que Betty et les autres étaient statufiés sur le chemin, à deux cents mètres à peine. Il ne comprit la raison de leur immobilité que lorsqu'il s'aperçut que tous s'étaient regroupés en une troupe compacte et regardaient fixement dans la même direction.

Sans prendre le temps de réfléchir, Russell bondit hors de l'engin et courut chercher le Remington qui traînait sur le sol, non loin de là. Après quoi, prenant appui sur la lame du bulldozer, il escalada lestement la grille tordue et se glissa par le mince espace qu'offrait le portail disjoint de la seconde enceinte. Il se déchira la paume de la main droite contre un éclat de ferraille planté dans le béton, mais ne s'en soucia pas. Sans hésiter, il bondit à l'intérieur de la réserve tenant de sa main poisseuse le canon du fusil.

Ivre de sang et d'espace, il avait poursuivi méthodiquement sa tuerie dans l'étroit chemin bordé d'arbres, et seule une proie était parvenue à en réchapper. Dans l'étroit goulot de la piste où s'était fourvoyé Spike durant la nuit, les bêtes s'étaient retrouvées pour ainsi dire emprisonnées, et Wanda les avait chassées sans peine. Dans sa rage et son délire, il s'était acharné à lacérer et déchiqueter la dernière de ses victimes, découvrant dans les éclaboussements de sang et la saveur des chairs fumantes le summum d'une extase qu'il n'avait jamais connue jusqu'alors.

Puis, titubant à demi sous l'effet de l'immense euphorie meurtrière qui le baignait, il était retourné à pas comptés vers le large chemin où d'autres proies vivantes l'attendaient.

Dissimulé sous des feuillages épais, il avait surpris la troupe des animaux verticaux et les avait silencieusement suivis en se coulant lentement dans la nature. En stratège accompli, il avait devancé la troupe qui ne s'était aperçue à aucun moment de sa présence, et l'avait contournée sournoisement. Après quoi, de sa démarche sûre et implacable, il était sorti des broussailles pour voir venir à lui la petite horde vulnérable.

— Betty ! Ne bougez pas ! hurla Russell.

La jeune femme avait passé ses bras autour des enfants et, les tenant serrés contre elle, faisait mine de les éloigner de l'effroyable danger.

Le tigre était juché sur un tertre et les fixait de son regard immobile et froid de prédateur. Au mouvement de Betty, il feula de façon menaçante et abaissa lentement la tête.

Il y eut un frémissement de terreur dans le petit troupeau d'humains. Doyle ne put s'empêcher de faire deux pas en arrière.

— Surtout ne vous dispersez pas ! cria Russell à nouveau.

Se tournant vers lui, le tigre feula encore une fois. C'était un grondement puissant dont la fureur était parfaitement maîtrisée, et qui semblait avoir pour seul but de rappeler à ces proies dérisoires son omnipotence absolue sur le règne animal.

De l'emplacement où il se tenait, Wand-da contrôlait entièrement le terrain et Russell fut surpris de ressentir une certaine admiration face à une aussi parfaite stratégie. Il avança lentement et de biais pour se rapprocher de Betty et des autres, de façon à se trouver dans la trajectoire d'attaque du fauve. Une seule cartouche, se dit-il en serrant le fusil contre lui.

C'est alors que les premiers rayons du soleil apparurent, rasant timidement le sol. Et soudain, un superbe éclat de lumière chargé d'ocre et de vibrations dorées se posa sur le monticule où se tenait l'animal, illuminant celui-ci comme la statue d'un dieu oublié. Russell fut subitement stupéfait par la beauté sauvage de la bête.

Caressé par l'onde mouvante du disque solaire, Wand-da feula à nouveau, tête dressée cette fois-ci, inondant la nature de son cri, comme pour en prendre définitivement possession.

Alors Russell comprit tout à coup l'étrange fascination surnaturelle qui avait dû guider Kurnitz durant toute sa vie passée à l'étude des grands félins. Il y avait une force dans cet être qui dépassait la musculature et l'anatomie. Il émanait de la bête une puissance terrible qui semblait témoigner du long et mystérieux chemin qu'elle avait parcouru depuis le fond des âges, poussée par l'impérieuse et inaccessible logique du vivant.

Le tigre gigantesque feulait toujours par intermittence et, devant cette clameur, les oiseaux qui saluaient le jour s'étaient tus et la nature était devenue muette.

Soudain, le mécanisme implacable se mit en branle. D'un mouvement lent, calme et déterminé, Wand-da s'avança vers les proies, les oreilles couchées et les crocs dégagés par les babines frémissantes.

— Tirez ! cria Betty dans un souffle.

Russell épaula machinalement, mais il sut tout de suite qu'il ne pourrait pas abattre un tel animal. On ne tue pas l'esprit de la nature. Il venait de comprendre à quel point la bête était l'image d'une absolue perfection, et que, par là même, elle était indestructible. Il y avait, dans le regard jaune, hargneux et terrible de celle-ci, des éclats de pureté minérale lui conférant une totale invulnérabilité. Fasciné, Russell abaissa son arme et contempla la mort en marche.

Betty, terrorisée, recula à son tour de quelques pas, tirant à elle les deux gosses et heurtant Doyle, paralysé derrière elle.

— Russell ! Qu'avez-vous ? lui lança-t-elle affolée.

La bête, sûre d'elle-même, avançait toujours.

— Tirez ! implora Betty.

Sur cette injonction, réagissant comme un somnambule, Russell releva l'arme sans l'épauler pour autant.

Alors, comme si elle lisait dans les pensées du jeune homme, Betty comprit subitement la situation. Russell ne tirerait pas. La bête était la plus forte, et les volontés humaines devenaient en face d'elle des souffles inconsistants. Ils allaient tous succomber sous l'assaut de l'épouvantable machine qui les subjuguait. Ils allaient rejoindre les cadavres des animaux éparpillés sur le sol autour d'eux. Elle vit clairement l'accomplissement de sa propre mort.

Wand-da ralentit imperceptiblement sa marche et Russell s'en aperçut. Il vit distinctement les muscles de la bête se bander et saillir avec de délicates convulsions électriques. Il sut que l'énorme carnassier allait bondir et ravager la horde de bétail humain. Il ressentit au plus profond de lui-même une étrange exaltation devant toute la beauté de cette inéluctable fatalité dépourvue de haine, dépassionnée comme un rituel.

Et soudainement, dans une détente foudroyante, dirigeant avec une extraordinaire précision toute sa force de projectile vivant, le tigre blanc s'élança sur le groupe en feulant.

— Tirez ! hurla Betty à pleins poumons, au comble de l'horreur.

Avec des piaillements aigus de singes terrorisés, les humains se bousculèrent et s'éparpillèrent en un instant dans la nature. Wand-da se jeta de tout son poids sur Betty qui avait à peine bougé.

Russell tira.

La tête explosa littéralement sous l'impact, dans un jaillissement de sang et d'os fracassés. Avec un cri perçant, Betty s'écroula sous l'énorme masse tuée net qui s'abattit sur elle en plein élan.

Immobilisée sous le fauve déchiqueté qui l'aspergeait de son sang, elle se mit à hurler sans fin, en proie à une totale hystérie, et en se tordant convulsivement pour se dégager.

Sans précipitation, Russell s'approcha silencieusement, toujours hébété, et saisissant une des splendides pattes velues, s'acharna par secousses à déplacer le lourd cadavre de la bête. Le corps et le visage barbouillés de sang, Betty émergea de sous la dépouille, pitoyable et horrible à voir. Puis elle se releva péniblement, comme si cela lui demandait un effort considérable, et se jeta en sanglots sur Russell.

Elle l'étreignit de toutes ses forces, enfouissant son visage dans la veste de jean, secouée par une crise de larmes. Elle n'agissait pas ainsi par gratitude ou inclination. Elle serrait le dos du jeune homme à pleines mains pour le simple plaisir de toucher de la vie, une vie humaine consolante qui effacerait peut-être ces images d'horreur.

— Vous avez hésité ! gémit-elle en sanglotant. Vous avez hésité !

Russell la tint contre lui maladroitement, l'air absent et un peu abruti, comme s'il avait du mal lui-même à refaire surface dans un monde pour un moment libéré de toute menace de cette mort violente, animale, absurde.

— Vous avez hésité ! hoquetait-elle inlassablement, comme brisée par une ultime détresse dépassant en atrocité tout ce qu'elle avait éprouvé jusque-là.

S'éveillant lentement de l'étrange torpeur où il se trouvait, Russell se mit alors à caresser doucement les cheveux de la jeune femme, comme on fait pour apaiser un enfant craintif ou anéanti par le chagrin.

Le soleil était maintenant levé et commençait sa lente ascension dans l'océan limpide et turquoise du ciel californien. Un rouge-gorge vint se poser sur une branche et pépia avec vigueur en considérant d'un œil penché le couple enlacé. Une voiture fit entendre son klaxon quelque part dans la montagne. Apparemment, la vie continuait et on s'apprêtait certainement un peu partout en ce dimanche à subir l'assaut d'une rude chaleur.

— Dites, je ne voudrais pas déranger, mais on pourrait peut-être envisager de se tirer d'ici, non ?

C'était Doyle qui commençait à s'impatienter. Il venait de taper sur l'épaule de Russell qui tenait toujours Betty dans ses bras.

— Vous allez voir, poursuivit-il. Ça va donner quelque chose de fumant à la télé !

Il y eut d'abord la police qui passa au peigne fin toute la réserve dans de grosses voitures remplies de flics armés jusqu'aux dents. Une jeune recrue un peu nerveuse ne put s'empêcher de faire un carton sur une lionne défendant chèrement la carcasse de Norman Cass.

On retrouva sans peine Ballard, prostré à côté de la dépouille de Milland, et les restes abominablement mutilés de Spike North. Comme les voitures de télévision suivaient les ambulances, les hommes des news purent filmer les horribles choses qu'on rapporta sur des brancards. Ce qui fit le plus sensation fut bien entendu le squelette presque impeccable de Mme Milland. Mais il avait fallu également abattre Kora, car personne ne voyait comment entrer dans la fauverie où rugissait la bête affolée.

Puis on fit venir deux dompteurs d'un cirque itinérant pour traquer avec la police le reste des fauves et tenter de leur faire réintégrer leurs enclos, sous l'œil vigilant du président d'une association de protection des animaux. Cela donna lieu à un safari très remarqué aux journaux du soir, car une meute de cameramen avait suivi pas à pas les professionnels du dressage dans leurs œuvres.

Enfin, clou du spectacle, Chris Doyle apparut à vingt-deux heures sur CBS national. Pour l'occasion, la maquilleuse l'avait affublé d'une fausse cicatrice à la tempe et avait savamment décoiffé sa tignasse blonde, ce qui lui conférait une indiscutable allure sauvage. Inutile de préciser que Dos Rios connut un extraordinaire retentissement médiatique.

Sur plusieurs chaînes de télévision, des experts de tout poil jasèrent opportunément sur la captivité des fauves, la schizophrénie galopante, les excès de la science, la zoophilie et même la propagation du Sida chez les animaux.

Au grand regret de Doyle, Russell refusa d'apparaître comme témoin dans son magazine hebdomadaire, le mercredi suivant. Mais il réussit cependant à broder aisément sur le sujet, et annonça aux spectateurs saisis par l'émotion comment une idylle s'était nouée au milieu des pires dangers entre le jeune et brillant universitaire Russell Rand, de Berkeley, et Betty Holton, sauvée des griffes du tigre de Sibérie par celui-ci.

La « sauvage tuerie de Dos Rios » fit le bonheur de toute la presse et l'on en parla plusieurs fois par jour durant cinq bonnes journées. A la sixième, on nota un tassement et, la semaine suivante, lors de son magazine consacré au témoignage d'une jeune femme contrainte à la prostitution, Chris Doyle y fit à peine allusion.

Puis il y eut l'accident d'avion de San Diego, et la déclaration fracassante du gouverneur de Californie à propos du lobby homosexuel. Alors on n'en parla plus du tout.

La composition de ce livre
a été effectuée par Bussière à Saint-Amand,
l'impression et le brochage ont été effectués sur presse CAMERON
dans les ateliers de la S.E.P.C. à Saint-Amand-Montrond (Cher)
pour les Éditions Albin Michel

Achevé d'imprimer en juillet 1992.
N° d'édition : 12540. N° d'impression : 1491.
Dépôt légal : juillet 1992.